JAMES VANCE MARSHALL
Durch ewiges Eis

Buch

Lieutenant James Lockwood ist 22 Jahre alt, als er im Januar 1942 auf der antarktischen Halbinsel abgesetzt wird. Er gehört einem Sonderkommando der Navy an, das den Auftrag hat, dort eine Basis zu errichten und täglich Wetterberichte zu übermitteln. Zunächst verläuft alles planmäßig, doch eines Tages geschieht die Katastrophe: Ein deutsches U-Boot entdeckt das Camp und löscht die gesamte Belegschaft aus. Als Lockwood und sein Begleiter von einer Exkursion zurückkehren, finden sie nur mehr ein völlig verwüstetes Lager vor und die grausam zugerichteten Leichname ihrer Kameraden. Lediglich der kommandierende Offizier hat schwer verletzt überlebt. Die drei Männer wissen: Ihre einzige Chance besteht darin, die äußerste Spitze der Halbinsel vor Einbruch des antarktischen Winters zu erreichen. Sollte ihnen dies gelingen, hätten sie, wenn die Passagen noch eisfrei sind, zumindest eine geringe Chance, von einem Schiff aufgegriffen zu werden. James Lockwood wird der Einzige von den dreien sein, der den höllischen Weg durchs Eis schafft. Doch dann liegt die härteste Probe erst noch vor ihm. Denn wie soll er den mörderischen Winter in der Schneewüste überstehen – ausgestattet nur mit einem kleinen Zelt und Proviant für wenige Tage? Wie seinen Verstand bewahren inmitten von Dunkelheit, Kälte und Isolation, den Tod stets vor Augen?

Mitreißend und spannend erzählt J. V. Marshall vom mutigen Überlebenskampf des jungen Mannes in einer schier hoffnungslosen Situation – und entführt den Leser dabei in eine faszinierende Welt, die Strapazen und Gefahren, aber auch ungeahnte Wunder und Schönheiten birgt …

Autor

James Vance Marshall wurde 1924 geboren. Seine sechs bereits veröffentlichten Romane wurden in fünfzehn Sprachen übersetzt und weltweit in über 21 Millionen Exemplaren verkauft, drei Bücher wurden verfilmt. Er lebt heute mit seiner Frau in der Grafschaft Surrey.

James Vance Marshall

Durch ewiges Eis

Roman

Deutsch von Jerry Hofer

GOLDMANN

Die Originalausgabe erschien unter dem Titel
»White Out« bei Souvenir Press, London

Deutsche Erstveröffentlichung 8/2000
Copyright © der Originalausgabe 1999 by Donald Payne
Copyright © der deutschsprachigen Ausgabe 2000
by Wilhelm Goldmann Verlag, München,
in der Verlagsgruppe Bertelsmann GmbH
Umschlaggestaltung: Design Team München
Umschlagfoto: Tony Stone Bilderwelten/Page
Satz: deutsch-türkischer fotosatz, Berlin
Druck: Elsnerdruck, Berlin
Verlagsnummer: 44695
Redaktion: Petra Zimmermann
CN · Herstellung: Sebastian Strohmaier
Made in Germany
ISBN 3-442-44695-3
www.goldmann-verlag.de

1 3 5 7 9 10 8 6 4 2

Inhalt

Ein anderes Land

Überleben

Heimkehr

Ein anderes Land

»Die Vergangenheit
ist ein anderes Land«

Das versiegelte Kuvert wurde mir von einem Sonderkurier in meine Praxisräume in der Harley Street in London gebracht. Als ich es öffnete, hatte ich bereits eine Vorahnung, dass dies der Anfang eines besonders komplizierten Falles werden würde. In dem Kuvert befanden sich medizinische Berichte und eine Nachricht von meinem Freund und Kollegen Jim Sinclair, dem Chefarzt der Psychiatrischen Abteilung im Royal Naval Hospital in Haslar.

Admiralität, S.W.1.

Lieber Hugh,   *2. April 1944*

wie letzte Woche im Navy Veterans Club angedeutet, sende ich dir zu treuen Händen die Akte Lieutenant James Lockwood, RNVR. Ich mache dich hiermit offiziell darauf aufmerksam, dass die Angelegenheit streng vertraulich zu behandeln ist.

Oberleutnant James Lockwood ist der einzige Überlebende eines zehnköpfigen Navy-Sonderkommandos, das vor zwei Jahren in der Antarktis stationiert wurde. Wir wissen – und das hat der Oberleutnant bei seiner Erstbefragung so weit bestätigt –, dass das Lager ziemlich genau ein Jahr nach seiner Errichtung von deutschen U-Boot-Truppen angegriffen und vollständig zerstört wurde. Es gab drei Überlebende: Lockwood selbst und Obermaat Jim Ramsden, die sich zum Zeit-

punkt des Überfalls außerhalb des Lagers auf einer Schlittentour befunden hatten, und der Commanding Officer John Ede, der jedoch seinen schweren Verletzungen, die er bei dem Überfall erlitten hatte, offenbar relativ schnell erlag.

Der Obermaat Ramsden soll bei einem späteren Unfall ebenfalls verstorben sein, so dass Lockwood den gesamten antarktischen Winter praktisch ohne Lebensmittel allein und in absoluter Dunkelheit überlebte.

Dass er das geschafft hat, grenzt an ein Wunder; er leidet in Folge seiner Entbehrungen immer noch erheblich an Skorbut mit all seinen Auswirkungen auf den Dentalbereich, die Knochen, die inneren Organe, die Haut und die Psyche. Möglicherweise rührt daher auch seine vorgebliche Amnesie. Er behauptet, sich an nichts mehr, was während seines zweijährigen Aufenthalts in der Antarktis geschah, zu erinnern.

Zu seiner Person: Oberleutnant James Lockwood – zum Oberleutnant wurde er, wie du sicher aus der Presse weißt, während seiner Rückkehr aus der Antarktis auf einem Kriegsschiff der Royal Navy befördert – ist 25 Jahre alt und derzeit wegen des Verdachts auf Hochverrat vom Dienst suspendiert. In der Antarktis war er als Meteorologie-Offizier stationiert. Seine Tätigkeit galt als streng geheim und war von höchster Bedeutung.

Wie du dir denken kannst, sind seine Vorgesetzten in der Admiralität im höchstem Maße interessiert zu erfahren, was in der Antarktis passiert ist. Da der Lieutenant aber vorgibt, sich an nichts mehr erinnern zu können, will die Admiralität jetzt von dir als anerkanntem Amnesieexperten wissen:

1. ob sein Gedächtnisverlust echt ist,
2. ob in diesem Falle eine Heilungsmöglichkeit besteht und
3. ob es ihm dann zu einem späteren Zeitpunkt möglich sein wird, sich zu erinnern und seinen Vorgesetzten über seine Erlebnisse Bericht zu erstatten.

Dein unabhängiges Gutachten zu diesen Fragen wäre sehr wünschenswert.

Lt. Lockwoods Krankenakte, die Beschreibung seiner Aufgaben in der Antarktis sowie die wesentlichen Teile der Protokolle seiner bisherigen Befragungen durch die Admiralität sind beigefügt.

Kompetente Stellen in der Admiralität und auch ich als sein behandelnder Arzt haben erhebliche Zweifel daran, dass Lockwoods Amnesie authentisch ist. Angesichts jedoch der tief greifenden menschlichen Dimensionen dieses Falles (und natürlich auch des Rummels, den die Angelegenheit in der Presse gemacht hat und noch machen wird) sehen wir uns genötigt, bevor wir uns – möglicherweise – dazu entschließen, Anklage gegen Oberleutnant Lockwood wegen Hochverrats zu erheben, ein unabhängiges psychiatrisches Gutachten über die Glaubwürdigkeit des Betroffenen einzuholen.

Dein Einverständnis vorausgesetzt, bitte ich dich, schnellstmöglich einen Termin anzusetzen, an dem du in der Lage sein wirst, Oberleutnant Lockwood zu einer ersten Konsultation zu empfangen.

> *In diesem Sinne und bis bald –*
> *Dein Jim*
> *(Chefarzt J. S. Sinclair, RN.)*

PS. Und vergiss nicht: Einmal Navy immer Navy

Ich war sehr interessiert, aber zu beschäftigt an diesem Tag, um mich der Angelegenheit unmittelbar zuwenden zu können; doch nachdem mein letzter Patient gegangen war, blieb ich noch eine Weile an meinem Schreibtisch sitzen, um einen Blick auf diese ominöse Akte Lockwood zu werfen. Ich goss mir einen Drink ein und ließ mich nieder, um herauszufinden, weshalb dieser Lt. Lockwood und seine streng geheimen Pflichten einen Sonderkurier und so viel Aufhebens benötigten. Ich hatte – wie jeder Engländer – von dem Fall bereits in der Presse gelesen; ohne natürlich zu ahnen, dass er jemals auf meinem Schreibtisch landen würde. Ich muss zugeben, Lockwood war mir, wie er in der Presse dargestellt wurde, von Anfang an sympathisch. In meinen und in den Augen vieler Menschen war er ein Held. Er hatte bestanden, was keiner besteht. Nun hatte ich seine Akte in der Hand.

Die Geschichte hatte es in sich.

Der junge Lockwood war der einzige Überlebende eines Zehn-Mann-Navy-Sonderkommandos, das im Januar 1942 auf der Antarktischen Halbinsel abgesetzt worden war. Die Soldaten hatten Befehl, eine Basis zu errichten, von der aus sie täglich Wetterberichte und Wettervorhersagen übermitteln sollten. Diese, so hatte man gehofft, würden kriegswichtige Manöver und im Besonderen die Passage von Konvois in der südlichen Hemisphäre erleichtern. Die Operation Antarktis lief hervorragend, die Basis arbeitete höchst effizient. Bis es offensichtlich am 15. März 1943 zu dem Überfall kam. Ab diesem Tag blieben in Port Stanley die täglich per Funk übermittelten Wetterberichte aus. Am 6. März, also nur neun Tage zuvor, protokollierte der Captain eines britischen Zerstörers den Abbruch einer Jagd nach einem deutschen U-Boot im Südatlantik – wegen Treibstoffmangels. Das U-Boot war ihm in südliche Richtung entwischt.

Etwa zeitgleich mit dem am 15. März erfolgten Überfall auf das Sonderkommando-Lager begann die Antarktis in Eis zu erstarren. Lockwood war der einzige Überlebende des Desasters, das einzige menschliche Wesen, möglicherweise sogar das einzige Lebewesen auf dem ganzen Kontinent; die Migration der Tierwelt nach Norden war gegen Mitte März bereits abgeschlossen. Ein Überleben des Winters mit nur sehr geringen Mengen an Lebensmitteln und Brennstoff, in ständiger Dunkelheit, in schneidender Kälte und Eis schien ausgeschlossen. Er saß in der Falle.

Aber offenbar baute er sich eine Schutzhütte, und irgendwie und entgegen jeglicher Wahrscheinlichkeit schaffte er es, den schrecklichen antarktischen Winter zu überstehen. Endlich, als das Eis im Sommer (Dezember) schmolz, die Küsten der Antarktischen Halbinsel wieder frei waren und ein Schiff zu ihm durchdringen konnte, wurde er gerettet. Kein Wunder, dass er physisch und mental völlig zerstört war.

Und nun sollte also ich herausfinden, ob sein Gedächtnisverlust, bedingt durch seine Erlebnisse, echt war. Laut Erstbefragungsprotokoll des Schiffskommandanten des Minensuchers »Scoresby«, der ihn aus dieser Hölle herausholte, konnte er in sehr groben Zügen erkären, wie er die Zeit in der Antarktis verbracht hatte. Von detaillierteren Befragungen hatte man unmittelbar nach seiner Rettung auf Grund seines angegriffenen körperlichen und seelischen Zustands Abstand genommen. Bei seiner Zweitbefragung in Port Stanley auf den Falkland-Inseln wurden im Gegensatz zu seiner Erstbefragung allerdings schon größere Gedächtnislücken offenbar. Laut dem Protokoll des MI 6-Offiziers, Commander Middleton, konnte er sich nur noch an wenig von dem erinnern, was in dem Winter, als er allein war, passierte, und faktisch an nichts mehr, was sich vor der Zerstörung des Sonderkommandolagers ereignet hatte. Als er dann vor knapp sechs Wochen hier in London ankam, wusste er von seinen Erlebnissen auf der Antarktis praktisch überhaupt nichts mehr.

So also lag der Fall. Ich legte die Akte zurück auf den Schreibtisch. Die Navy war mit ihrem Latein am Ende, und ich sollte ihnen das Instrument liefern, mit dem sie ihm einen Strick drehen wollten. Ich erwägte bereits, den Fall zurückzugeben, aber dann fühlte ich mich andererseits doch

13

auch wieder geehrt, dass mein Ruf als Amnesieexperte offenbar bis in die höchsten Kreise der Navy vorgedrungen war; ich entschloss mich, den Fall zu übernehmen. Es waren mir aus meiner eigenen Praxis Fälle, in denen großer Leidensdruck zu Teilamnesien führte, bekannt. Vielleicht war dies bei Lockwood der Fall. Möglicherweise konnte ich ja wirklich eine Amnesie diagnostizieren ...

Eines allerdings verstand ich nicht. Weshalb maß die Admiralität der Angelegenheit eine so große Bedeutung bei, weshalb war sie so dringlich? Was warf man ihm denn vor? Wie auch immer, ich wollte die Sache beiseite legen, bis Lockwood selbst zu mir in die Praxis kam.

Ich schrieb meiner Assistentin eine Notiz, mit der Bitte, Lockwood zu einem frühen Termin einzubestellen.

Er war ein hoch gewachsener Mann, laut seiner Akte 1,85 Meter, aber er sah größer aus, denn er war jämmerlich dünn. Ich konnte sehen, dass er wahrscheinlich einmal sehr gut ausgesehen hatte, und er würde vermutlich auch irgendwann mal wieder gut aussehen, aber jetzt war er ein körperliches Wrack. Er bewegte sich steif, und er hinkte; Muskeln waren so gut wie keine mehr an ihm vorhanden, seine Zähne waren locker, die Haut in Folge von Skorbut fleckig und verfärbt; sein Haar war schneeweiß; er hatte den gejagten Blick eines Mannes, der Dinge gesehen hat, die er lieber vergessen würde. Mein Instinkt warnte mich, dass er kein einfacher Patient sein würde. Wir gaben uns die Hand.

»Bitte nehmen Sie Platz, Lieutenant Lockwood«, sagte ich, und als er sich gesetzt hatte, fragte ich ihn: »Was haben Sie in der Antarktis gemacht?«

»Ich fürchte«, sagte er, »ich kann mich nicht erinnern.«

»Aber irgendetwas muss Ihnen doch in Erinnerung geblieben sein! Die Kälte? Das Eis? Ihre Kameraden? Die Hütte, in der Sie lebten?«

Er schüttelte den Kopf. »Tut mir Leid.«

Ich musste Jim Sinclair Recht geben, denn ich hatte nicht den Eindruck, dass er mir die Wahrheit sagte. Zumindest nicht die ganze Wahrheit. »Ich verstehe«, sagte ich freundlich, »dieses Rühren an alten Wunden muss schmerzhaft für Sie sein. Das tut mir wirklich Leid. Aber glauben Sie mir, auf lange Sicht gesehen hilft es.«

»Aber ich will keine Hilfe.«

Das war das Leitmotiv unserer Konsultation. Lockwood war zwar verbindlich, aber völlig undurchdringlich. Er wollte nicht psychiatrisch behandelt werden. Alles, was er wollte, war in Ruhe gelassen werden und vergessen.

Ich war erstaunt. Für die meisten Menschen, die unter Gedächtnisverlust leiden, ist es äußerst beunruhigend, weiße Flecken in ihrem Leben zu haben, für die sie sich nicht verantworten können. Sie wollen geheilt werden. Wieso nicht dieser Lt. Lockwood? Wahrscheinlich hatte er etwas zu verbergen. Ich ließ von der Antarktis, über die er offensichtlich nicht sprechen wollte, ab und versuchte etwas über seinen Hintergrund zu erfahren.

Er erzählte, er sei das einzige Kind von Eltern aus der Mittelschicht. Sein Vater, sagte er, sei ein Konstruktionszeichner, der für ein Ingenieurbüro in der Stadt arbeitete. Was den Krieg angeht, sei er zu alt, um noch eingezogen zu werden, er täte aber Dienst als Luftschutzwart. Seine Mutter, die vor ihrer Heirat als Krankenschwester gearbeitet hatte, half in einem Krankenhaus aus. Die Ehe, so Lockwood, war glücklich, und ganz offensichtlich hatte er eine völlig normale Kindheit in dem Südlondoner Vorort Norwood und eine völlig normale Schulzeit, zuerst in der Dulwich College-Vorbereitungsschule und dann am College selbst verbracht. Mir schien, als habe er sich annehmbar gesund und fit gehalten; akademisch gesehen war er einigermaßen erfolgreich, er war gut in Sport und alles in allem ein zufriedener Mensch. Sozusagen der Archetyp des Mr. Normal. Wie viele Einzelkinder, die eine private Schule besuchten, hatte auch er während seiner Teenagerjahre nur wenig Kontakt zum anderen Geschlecht; doch dieser Mangel hatte sich bis zu einem gewissen Grad, als er von zu Hause wegzog und in die Navy ging, behoben. Auf dem Weg, sein Offizierspatent zu erwerben, schickte man ihn für einen dreimonatigen Meteorologie-Kurs auf das Royal Naval College in Greenwich; danach wurde er zum Jung-Offizier für Meteorologie auf dem Flugzeugträger »HMS Eagle« befördert. Während seines Dienstes auf der »Eagle« erfuhr er, dass die Admiralität (gegen Beförderung, versteht sich) Meteorologie-Offiziere für »Streng geheime Aufgaben auf der Südhalbkugel« suchte. Er meldete sich freiwillig – und wurde genommen.

Das alles klang mir nicht nach der Art von Kindheit und Jugend, in der ein Psychiater erwarten könnte, Leichen auszugraben.

Solange ich mich darauf beschränkte, Lockwood nach seinem früheren Leben zu befragen, antwortete er spontan und, dessen war ich mir sicher, auch ehrlich. Aber sobald ich begann, von ihm wissen zu wollen, was in der Antarktis geschehen war, änderte sich sein Verhalten. Er verschloss sich wie eine Muschel. »Ich weiß es nicht«, sagte er immer wieder, oder »Ich kann mich nicht erinnern«; und wenn er schließlich doch antwortete, geschah dies mit Widerwillen, als ob er Angst hätte, sich eine Grube zu graben, in die er hineinfallen könnte. Ich ahnte, dass da ein Geheimnis mit im Spiel war. Und ein Problem. Und sehr zu meinem Ärger spürte ich noch etwas anderes: Dies könnte einer jener wenigen Fälle werden, in die ich persönlich verwickelt werden würde.

Mehr als 30 Jahre lang, erst in einer kleinen Seitenstraße von Preston und nun schon seit fünf Jahren hier in der noblen Umgebung der Harley Street, waren Menschen mit Problemen zu mir gekommen, mit denen sie nicht umgehen konnten. Wenn sie sich nicht selbst helfen konnten, tat ich mein Bestes, sie wieder auf die Reihe zu bekommen. Meistens war ich in der Lage, mich von meinen Patienten zu distanzieren. Das war auch unbedingt notwendig, denn ich musste mir eine klinische Objektivität bewahren, um zu verhindern, ebenso schwach und verletzlich zu werden wie die, die ich zu behandeln hatte. Doch hin und wieder fand ich mich mit Fällen betraut, die mir ans Herz rührten. Und genau das passierte jetzt auch. Ich betrachtete Lockwoods ausgezehrten Körper, seine gehetzten Augen, und ich hörte seine vorsichtigen, ausweichenden Antworten. Sowohl mein Instinkt als auch mein professionelles Urteilsvermögen sagten mir, dass dieser Mann dringend Hilfe benötigte – umso mehr, weil er sich nicht helfen lassen wollte.

Den ganzen Nachmittag fuhr ich fort, ihn zu befragen, ihn auf die Probe zu stellen, ihn zu reizen, ihm zu schmeicheln. Und schließlich brachte ich ihn dazu einzugestehen, dass es ein oder zwei isolierte Vorfälle gab, an die er sich erinnern konnte.

Mir halfen dabei die Notizen des Gesprächs, das kurz nach seiner Rettung mit ihm geführt worden war. Ich legte sie auf dem Schreibtisch aus, so dass er sehen konnte, dass ich mich darauf bezog. »Es heißt hier«, sagte ich, »dass Sie sich trotz all der schrecklichen Dinge, die Sie durchgemacht haben, in die Antarktis verliebt hätten. Stimmt das?«

Lange schwieg er; dann sagte er einfach nur »Ja«.

»Wie hat diese Liebesbeziehung begonnen?«

Er sagte, er könne sich nicht erinnern.

»Das glaube ich Ihnen nicht«, setzte ich ihm entgegen. »Verliebte wissen immer, was sie antrieb!«

Sein Schweigen dauerte jetzt noch länger, und ich gewann den Eindruck, dass Lt. Lockwood das Für und Wider erwägte, mir die Wahrheit zu sagen.

»War es«, drängte ich ihn, »ein Fall von Liebe auf den ersten Blick?«

Ich konnte sehen, dass er sich in einem Dilemma befand. Er schien mir von Natur aus nicht heimlichtuerisch und auch nicht ausweichend zu sein. Aber aus Gründen, die nur er selbst wusste, hatte er entschieden, über das, was auf der Antarktischen Halbinsel geschehen war, zu schweigen. Doch dafür fühlte er sich schuldig. Es wäre ihm eine Erleichterung, ja sogar eine Freude gewesen, wenn wir einen Aspekt seines Aufenthalts dort gefunden hätten, über den es ihm möglich gewesen wäre zu sprechen. Seine Augen schrien förmlich danach.

»Bitte«, sagte ich. »Welchen Schaden können Sie davontragen, wenn Sie mir sagen, wie Sie zur Antarktis stehen?«

»Ich sehe in all dem keinen Sinn«, sagte er, »aber gut, ich werde es Ihnen sagen. Es war ein Fall von Liebe auf den ersten Blick.« Er schloss die Augen; und dann war es, als ob ein Damm in ihm brach. In wilder Flut sprudelten die Worte aus ihm heraus: »Ich werde nie diesen ersten Morgen vergessen. Wissen Sie, seit wir aus Port Stanley ausgelaufen waren, hatten wir nichts als Regen, Hagel und Nebel und raue See gehabt, und einen Wind, der so stark war, dass wir uns hineinlehnen mussten, um aufrecht stehen zu können. Aber als ich an diesem Morgen aufwachte, lag das Schiff so still und ruhig, dass ich dachte, es muss etwas passiert sein. Ich ging an Deck. Und es war wie ... nun, als ob ich mich auf einem anderen Planeten befand. Keine Wolke, kein Wind, kaum eine Welle auf der Wasseroberfläche. Und die ›Scoresby‹ fuhr in eine Wasserstraße hinein, die aussah wie ...«, er zögerte, »... wie eine Straße gesäumt von Wolkenkratzern; nur dass die Wolkenkratzer auf der einen Seite aus Eisbergen, auf der anderen Seite aus Gebirgen bestanden. Die Eisberge waren riesig. Ich schätze, einige waren mehrere Meilen lang und mindestens 150 bis 200 Meter hoch. Die meisten waren oben platt und hatten abgeflachte Wände. Aber immer wieder besaß einer ganz unglaubliche Formen, wie eine Burg mit Verliesen, Zinnen, Türmchen. Einige hatten Grotten, die sich entlang der Wasserlinie auftaten, und die See rauschte hinein und hinaus, smaragdgrün und saphirblau. Und die Sonne schien so warm, ich erinnere mich, sie schmolz das Eis, und große Wasserfälle stürzten an den Flanken der Eisberge hinab in die Tiefe. Ab und zu kalbte auch einer, und tausende Tonnen Eis krachten mit gewaltigem Getöse in die See. Und erst die Felsgebirge … mit Schnee bedeckt und über tausend Meter hoch, erstreckten sie sich nach Süden, so weit wir blicken konnten, und die Luft war so klar an diesem Morgen, ich schätze, wir konnten fast hundert Meilen weit sehen. Aber das war noch nicht alles.« Er machte eine Pause. »Was mich wirklich faszinierte, war die Fauna. Wissen Sie, als das Wetter schlecht war, sahen wir kein lebendiges Wesen. Tatsächlich schien es unmöglich, dass es überhaupt lebendige Wesen in dieser furchtbaren Umgebung gab. Aber nun, da es aufgeklart hatte, war überall Leben. Hunderttausende Seevögel – Kormorane, Möwen, Sturmvögel und Seeschwalben – kurvten um die Klippen, zehntausende Pinguine nisteten entlang der Küste und hüpften auf das Eis und wieder hinunter. Und das Wasser war lebendig: Es wimmelte von Fischen und Robben, sogar zwei Wale haben wir gesehen. Und alles«, wieder zögerte er, »war sauber und neu und frisch. Ja, ursprünglich. Als ob die Welt gerade erst erschaffen worden wäre.«

Wenn ich, so dachte ich, ihn nur dazu bringen könnte, über seine anderen Erfahrungen ebenso zu sprechen! Ich suchte nach einem weiteren Anknüpfungspunkt. »Das muss ein großartiges Erlebnis gewesen sein«, sagte ich. »Denken Sie, dass die anderen ebenso empfunden haben wie Sie?«

»Weiß ich nicht.«

»Aber eine so wunderbare Erfahrung ... Sie haben doch wohl darüber geredet? Mit Ihren Kameraden?«

Er sagte, er könne sich nicht erinnern.

Ich versuchte es mit einem Schuss ins Dunkle. Ich hatte im Erstbefragungsprotokoll gelesen, dass er insbesondere eine hohe Meinung von seinem Commanding Officer, Lieutenant Commander John Ede, gehabt zu haben schien. »Was sagte der Commanding Officer dazu?«, fragte ich. »Glauben Sie, dass er sich auch in die Antarktis verliebt hat?«

Seine Augen bekamen plötzlich einen furchtsamen Ausdruck. Seine Hände begannen zu zittern.

Ich schaute wieder auf die Notizen seiner Erstbefragung. »Sie kamen gut zurecht mit John Ede, nicht wahr?«

Das schien mir eine harmlose Frage zu sein. Doch die Wirkung war katastrophal.

Lockwood schauerte. Der erste Schauer war nur schwach; doch auf diesen folgte ein weiterer und dann im raschen Abstand noch einer und noch einer, jeder heftiger als der zuvor. Aus den Schauern wurde ein Schütteln. Ich konnte sehen, wie er verzweifelt versuchte, sich unter Kontrolle zu halten, aber es gelang ihm nicht. Und plötzlich fing er an zu weinen. Ohne Hysterie, ohne Selbstmitleid und ohne Verlegenheit.

Ich war betroffen. Menschliches Leid ist mir nicht fremd, und in den letzten Jahren hatte ich mich daran gewöhnt, mit den Auswirkungen des Kriegs umzugehen; ich habe Männer behandelt, die nie wieder laufen werden, Männer die nie wieder sehen werden, Männer, die nie wieder Geschlechtsverkehr haben werden. Aber in 30 Jahren psychiatrischer Praxis ist mir niemals etwas Vergleichbares passiert, und es war umso erschreckender, da es so völlig unerwartet kam.

»Es tut mir Leid«, sagte ich und war mir bewusst, wie unzulänglich meine Worte für ihn klingen mussten. »Glauben Sie mir, ich wollte Sie nicht quälen.«

Es gelang ihm schließlich, sich wieder unter Kontrolle zu bringen. »Ich bin es, der sich entschuldigen muss«, sagte er, »Sie schicken besser nach einem Eimer und einem Lappen!«

Ich wählte meine Worte mit Bedacht: »Ich möchte, dass Sie wissen«, sagte ich, »dass ich Sie all dies nur frage, weil ich auf lange Sicht gesehen glaube, dass es Ihnen hilft.«

Er starrte mich an, seine Augen waren mehr bittend als verärgert. »Ich sagte Ihnen doch schon: Ich will keine Hilfe.«

»Ich mache diese therapeutische Arbeit«, sagte ich langsam, »seit sehr langer Zeit. Und es entspricht meiner Erfahrung, dass es immer, immer und ausnahmslos besser ist, die Dinge ans Licht zu bringen. Man kann die Vergangenheit nicht begraben.«

Er zuckte zusammen. Er griff nach der Platte meines Schreibtisches und klammerte sich daran so fest, dass seine Knöchel weiß wurden. »Die Vergangenheit ist ein anderes Land«, sagte er. »Ich lebe dort nicht mehr. Ich will mich nicht mehr daran erinnern. Und ich werde mich nicht mehr daran erinnern.«

Das war das Ende unserer ersten Sitzung.

☆

Als er gegangen war, zündete ich mir eine Zigarette an und setzte mich hin, um über die Sache nachzudenken. Es schien mir, als ob hier ein Interessenkonflikt bestünde. So weit ich das zu beurteilen hatte, litt Lockwood keinesfalls an Gedächtnisverlust. Im Gegenteil. Die Sache quälte ihn so schrecklich, dass er endlich vergessen wollte. Sinclair, beziehungsweise die Admiralität, wollten jedoch, dass Lockwood sagte, was in der Antarktis geschehen war. Ich beschloss, ein Gespräch mit Jim Sinclair zu führen, um über die Hintergründe informiert zu werden, was es denn gewesen sein könnte, weshalb er sich nicht erinnern wollte.

Es war spätabends, als ich ihn endlich erreichte.

»Ich bin etwas besorgt«, sagte ich ihm, »über den Fall, den du mir anvertraut hast.«

»Lieutenant Lockwood?«

»Ja.«

»Was besorgt dich daran?«

»Ich frage mich, weshalb ich überhaupt damit betraut wurde. Er sagt, er will keine Therapie. Glaubst du nicht, dass wir seine Wünsche respektieren sollten?«

Einen Moment herrschte Stille, und ich hatte den Eindruck, dass Jim nicht gerade begeistert war von dem, was ich gesagt hatte. »Das ist ein wichtiger Fall«, antwortete er endlich. »Wir haben höchsten Respekt vor deinem Urteil. Wir würden gern wissen, wie du den jungen Lockwood einschätzt.«

»Um ehrlich zu sein, ich weiß überhaupt nicht, wie ich ihn einschätzen soll. Offenbar ist er durch die Hölle gegangen und will das vergessen. Das bindet mir ganz einfach die Hände. Müssen wir noch weiterreden?«

»Die Admiralität meint, wir müssen.«

Ich verstand, dass dies einer der Fälle werden würde, in dem die Admiralität und ich unvereinbare Positionen vertreten würden. Sie gingen von den Erfordernissen des Krieges und der Aufrechterhaltung der militärischen Disziplin aus, ich berief mich auf die Nöte meines Patienten und seines mentalen Wohlergehens. In solch einem Interessenkonflikt konnte man von einem Karriere-Offizier der Admiralität in der Royal Navy natürlich nicht erwarten, ein sympathischer Verbündeter zu sein. Nichtsdestotrotz plauderte ich noch eine Weile mit Jim; nicht nur, weil ich ihn mochte, sondern auch, weil ich hoffte, er würde mich über die Hintergründe von Lockwoods Aktivitäten in der Antarktis ins Bild setzen. Ich musste doch wenigstens wissen, was die Admiralität aus ihm herausbekommen wollte. Diese Hoffnung wurde nicht erfüllt. Sobald ich versuchte, ihn über Lockwoods Commanding Officer John Ede und sein unglückseliges Team von Meteorologen zu befragen, blockte er ab.

»Tut mir Leid, Hugh. Hände weg von diesem Thema.«

»Wirklich?«

»Du solltest mir lieber Glauben schenken. Es gibt niemanden in der Admiralität, der einem Außenstehenden auch nur ein Wort über das Ede-Fiasko sagt.«

»Aber Jim, erst einmal bin ich sein Arzt, und zweitens habt ihr mich beauftragt. Ich muss einfach wissen, was ich aus ihm herausbekommen soll.«

»Hör zu, ich sage es noch einmal: Wir wollen nicht, dass du etwas aus ihm rausbekommst; außerdem wird er dir sowieso nichts sagen. Wir wollen nur von dir wissen, ob sein Gedächtnisverlust echt ist oder gespielt. Nichts weiter.«

»Aber wie soll ich herausbekommen, ob er etwas verschweigt, wenn ich nicht weiß, was er verschweigt?«

»Tut mir Leid, ich kann dir dabei nicht helfen.«

»Warum all die Geheimniskrämerei?«, fragte ich ihn. »Ich meine, sie haben doch nur Wettervorhersagen übermittelt, oder nicht?«

»Glaube mir, mein Freund. Dieses Thema ist tabu. Ver-bo-ten!«

Die Art, wie er ver-bo-ten sagte, signalisierte mir, dass ich nichts mehr aus ihm herausbekommen würde. Wir verabschiedeten uns äußerst liebenswürdig; obwohl ich sicher bin, dass er glaubte, ich wäre ungebührlich inquisitorisch gewesen. Ich hingegen fühlte, dass er ungebührlich geheimniskrämerisch gewesen war. Die Art, wie er das Gespräch beendete, machte mich nachdenklich. »Du schickst uns deinen Bericht so schnell wie möglich, okay? Wir hätten dir Lockwood niemals zugewiesen, wenn die Angelegenheit nicht derart dringlich wäre.«

Ich sagte ihm, ich würde mein Bestes versuchen.

Es machte mich todunglücklich zu tun, worum ich gebeten wurde. Aber es herrschte Krieg. Ich konnte die Navy verstehen. Sie hatte ein Recht darauf zu erfahren, was passiert war. Ich arrangierte eine weitere Sitzung mit Lt. Lockwood für den folgenden Nachmittag.

☆

Dieses Mal war er noch wachsamer, noch gewappneter und noch verschlossener. Jede meiner Fragen parierte er mit einem versteinerten »Ich kann mich nicht erinnern«, und ehe wir uns versahen, waren wir an einem totem Punkt angelangt.

»Bitte«, sagte ich, »können Sie nicht ein bisschen kooperativer sein?«

Er zog die Schultern hoch. »Wie könnte ich? Wenn ich mich an nichts erinnere?«

»Aber Sie können sich doch an einige Dinge erinnern«, sagte ich. »Und außerdem bin ich zu der Überzeugung gelangt, dass Sie sich an mehr erinnern, als Sie zugeben.«

Darauf sagte er nichts.

Ich entschloss mich, meine Karten auf den Tisch zu legen. »Ich wurde gebeten, einen Bericht für die Admiralität anzufertigen«, sagte ich. »Sie möchten präzise wissen, ob Sie an Gedächtnisverlust leiden. So viel vorweg: Alles, was Sie hier sagen, unterliegt meiner ärztlichen Schweigepflicht. Meine Aufgabe ist es nicht, der Admiralität zu hinterbringen, was Sie mir erzählen. Darüber darf und werde ich nicht sprechen. Es geht nur darum, welche Diagnose ich stelle: Amnesie oder Aussageverweigerung. Und wenn wir dies zwischen uns beiden nicht klären, werden diese Gespräche weiter und weiter gehen. Das wollen wir doch beide nicht, oder?«

Wieder sagte er nichts.

Wir redeten – oder besser gesagt: Ich redete – den ganzen Nachmittag und ein gutes Stück in den Abend hinein. Und langsam, zögernd, manchmal schmerzvoll, bekamen wir es hin, eine Art von Verbindung herzustellen: obgleich eine nicht sehr befriedigende Verbindung; eine Beziehung, wie sie zwischen einem Wärter und dem Gefangenen oder dem Verhörenden und dem Festgenommenen besteht. Ich zog meine Jacke aus und bat ihn, dasselbe zu tun – so, wie man es in der Navy macht, um anzuzeigen, dass es sich um eine Sache von Mensch zu Mensch handelt, ohne Ansehen von Rang und Namen. Obwohl er mir vermutlich niemals glaubte, ich stünde auf seiner Seite, schien er mir doch zumindest teilweise zu vertrauen. Wir einigten uns darauf, wenn schon nicht alles, dessen er sich erinnerte, so doch zumindest das, was er bereit war, an Erinnerung einzugestehen, zu sortieren.

Mir schien der Schlüssel zu seiner mentalen Sperre in der Zerstörung des Sonderkommando-Basislagers zu liegen. Der Schock, von einer Routine-Schlittentour zurückzukehren und die verbrannten und zerschossenen Körper seiner Kameraden vorzufinden, war so traumatisch, dass er jegliche Erinnerung daran verdrängt hatte. Oder fast jede. Das Einzige, sagte er, dessen er sich im ersten Jahr in der Antarktis erinnerte, wäre eine Abfolge von unzusammenhängenden Bildern; wie die flüchtigen Projektionen einer Laterna Magica.

Diese Aussage machte einen gewissen Eindruck auf mich. Allerdings hatte ich das Gefühl, dass die Dinge nicht so einfach lagen, wie Lt. Lockwood mich glauben machen wollte. Einige meiner Fragen bereiteten ihm eine unerklärliche Pein und riefen insgesamt einen viel zu vehementen Protest hervor, als dass er nichts davon wüsste. Da waren insbesondere zwei Sachen, über die er keinesfalls sprechen wollte: was er und seine Kameraden den ganzen Tag über gemacht hatten und sein Verhältnis zu seinem Vorgesetzten Commander John Ede.

Es schien mir, dass das Sonderkommando beachtlich viel Freizeit gehabt haben musste. Sie waren zu zehnt, und nachdem ihr Lager aufgebaut und ihre meteorologischen und sendetechnischen Einrichtungen installiert waren, gab es nach meinen Informationen nur wenige zeitraubende Arbeiten, die sie beschäftigten. »Was«, fragte ich ihn, »haben Sie den ganzen Tag über getan? Haben Sie gelesen, Karten gespielt, Platten gehört, Tagebuch geführt, geturnt, fotografiert, die Gegend erkundet?« Er sagte, sie hätten all das gemacht, auch Steine untersucht. Ich fragte ihn, welche Steine das gewesen wären? »Alle«, antwortete er. Ich fragte: »Nach welchen Gesichtspunkten?«

Das interessierte mich. Aber zu meiner Enttäuschung bestand Lockwood darauf, dass er sich an fast nichts über ihre geologische Tätigkeit erinnerte. Er hätte, sagte er mir, eine schwache Erinnerung daran, dass seine Kameraden Löcher bohrten und Sprengungen durchführten. Und dann mussten sie die Gesteinsbrocken aufsammeln. Doch als ich Details von ihm wissen wollte, schraubte er förmlich seine Augen zu. Er presste die Hände zusammen, auf seiner Stirn bildeten sich kleine Schweißtropfen.

»Ich kann mich nicht erinnern«, flüsterte er, »ich kann mich nicht erinnern. Um Gottes willen, belassen Sie es dabei.«

Ich änderte den Gegenstand. Eine Wiederholung des gestrigen Zusammenbruchs würde ihm alles andere als gut tun.

Obwohl ich wusste, dass ich mich durch ein Minenfeld bewegte, fragte ich ihn nach John Ede. Damit hatte er ganz eindeutig ein Problem. Als ich versuchte, die Ursache dafür zu ergründen, brach Lockwood völlig zusammen und hatte Schwierigkeiten, seine Emotionen unter Kontrolle zu halten. Es schien mir, als ob ein hysterischer Ausbruch unmittelbar bevorstünde. Mein erster Gedanke war, dass Ede möglicherweise unbeliebt gewesen war und dass es Unstimmigkeiten oder sogar eine Meuterei gegeben hatte. Aber Lockwoods herausgeschriene Antwort: »Er war der beste Commander, den man sich überhaupt vorstellen kann!«, schloss diesen Verdacht ziemlich schnell wieder aus. Mein zweiter Gedanke war, dass beide vielleicht ein sexuelles Verhältnis miteinander gehabt hatten? Lockwood lachte mir mit seinen verwundeten, kranken Augen aggressiv ins Gesicht. »Ich habe es auf der Antarktis mit Frauen getrieben!«, schrie er und lachte wie ein Irrer. Dann ging sein Lachen in ein Seufzen über, und sein Seufzen in ein Weinen. Ich sah ein, dass meine Fragen zu viel Qual in ihm hervorriefen; es wäre nicht ratsam gewesen, damit fortzufahren. Daher änderte ich noch mal den Gegenstand und wandte mich Dingen zu, an die er sich klarer erinnerte und lieber darüber sprach: Dinge, die nach dem Tod seiner Kameraden passiert waren. Hier waren wir auf sichererem Grund, obwohl Lockwood immer noch unerklärlich vorsichtig in seinen Antworten war, so als ob er meine Fragen nicht spontan beantworten würde, sondern sich an ein vorgefasstes Konzept hielt. Sei es wie es sein mag, je weiter wir fortschritten, desto eindeutiger wurde es, wie sehr er diesen Winter in der Antarktis verdrängen wollte und bereits verdrängt hatte. Mein innerster Eindruck war, er habe so schrecklich gelitten, dass es falsch war, wieder aufleben zu lassen, was er vergessen wollte. Da ich jedoch diesen Fall unter allen Umständen zu einem auch im Sinne der Royal Navy befriedigenden Ende bringen wollte, beschloss ich, einen letzten Versuch zu unternehmen, ihn zum Reden zu bringen.

Er gab mir gegenüber zu, sich an all das zu erinnern, was Inhalt des Protokolls seiner Erstbefragung auf der »Scoresby« war. Nur über diese zwei Grauzonen, Commander Ede, und die geologischen Tätigkeiten, wollte er keinesfalls sprechen. »Wenn dies«, sagte ich vorsichtig, »unsere letzte Sitzung sein soll, würde ich sie gerne mit einem Experiment beenden.«

»Was für ein Experiment?«

»Sie kennen diese alten Hollywood-Filme, in denen der böse Psychiater seinen Patienten auf die Couch legt. Und mit einer Uhrkette vor seinen Augen pendelt.«

»Erzählen Sie mir nicht, Sie wollen mich hypnotisieren!«

»Nein, aber ich möchte Sie gerne auf die Couch bitten. Ich werde Sie auffordern, Ihre Augen zu schließen, Sie machen sich, so weit möglich, von der Gegenwart frei, denken an nichts, und ich werde Ihnen einige Fragen stellen.«

»Und das ist dann alles?«

Ich nickte. Er legte sich fast dankbar auf die Couch.

»Stellen Sie sich vor, Sie seien wieder in der Antarktis, in der Hütte, in der Sie überlebten – wie haben Sie sie genannt? Ihr *behouden huis.*«

Jedes Wort, das wir in diesen wenigen Minuten wechselten, ist in mein Gedächtnis eingebrannt. In Nächten, in denen ich nicht schlafen kann und meine Geister um das Fußende meines Bettes streichen, gehe ich noch mal durch das, was gesagt wurde und frage mich: Was hätte ich sonst tun können?

Ich wartete lange – es waren sicher zwei Minuten –, da es meiner Erfahrung entspricht, dass nichts die Angst wirkungsvoller löst als Langeweile; dann fragte ich ihn: »Wo sind Sie?«

Er sagte, er sei im *behouden huis.*

»Was können Sie sehen?«

»Nichts.«

»Überhaupt nichts?«

»Nein, es ist zu dunkel.«

»Wenn es so dunkel ist, woher wissen Sie dann, dass Sie im *behouden huis* sind?«

»Wenn man die Hand ausstreckt«, sagte er, »kann man die Wände berühren.«

»Das ist gut. Das ist genau die Art von Antwort, die ich möchte. Nun, was können Sie fühlen?«

»Kälte.«

»Schmerz?«

»Nein. Ich sage mir jeden Morgen, es gibt keinen Schmerz.«

»Was können Sie hören?«

»Stille.«

»Nichts weiter?«

»Manchmal höre ich den Wind.«

»Den Wind vor dem *behouden huis*?«

»Manchmal diesen Wind, manchmal einen anderen.«

»Was ist das für ein anderer Wind, den Sie hören?«

Eine Minute Pause, dann ganz unerwartet:

»Den Wind auf der Heide.«

»Sie können den Wind auf der Heide hören?«

»Manchmal.«

»Und welche Heide ist das?«

»Egal.«

»Eine Heide, die Sie aus England kennen?«

»Nein.«

Ich machte mir eine Notiz, dass das etwas war, worauf wir im Falle einer Fortsetzung unserer Gespräche noch zurückkommen sollten. »Sie machen das sehr gut«, sagte ich. »Was können Sie riechen?«

Das war nur eine weitere harmlose Frage, aber Lockwood

wurde plötzlich verkrampft. Die Stille dauerte und dauerte an, bis ich ihn erneut fragte: »Was können Sie riechen?«

»Robbentran.«

Ich war sicher, dass es nicht das war. »Gut, Sie können also Robbentran riechen. Und was noch?«

»Nichts! Nichts! Nichts!«

Ich begriff, dass ich mit dieser Frage in ein Wespennest gestochen hatte. »Vergessen Sie es«, sagte ich schnell. »Denken Sie an etwas anderes. An den Wind auf der Heide.«

Aber es war zu spät. Wieder schüttelte es Lockwood in schrecklichen, unkontrollierbaren Krämpfen. Sein Mund öffnete und schloss sich, aber es kam kein Laut hervor. Plötzlich griff er nach der Decke auf der Couch, auf der er lag, stopfte sich einen Zipfel davon in den Mund, schnappte nach Luft, als ob er ersticken würde. Und dann musste er sich furchtbar übergeben.

Wie ich schon sagte, ich bin daran gewöhnt, mit den Widerlichkeiten des Lebens umzugehen. Manche Psychiater sagen, sie würden dadurch abgehärtet, aber bei mir ist immer auch Mitgefühl dabei – obwohl ich es im Allgemeinen nicht zeige. Mir schien, der junge Lockwood war in der Antarktis offensichtlich durch die Hölle gegangen, und wenn er diese Hölle vergessen wollte, musste man ihm das gestatten.

Lieber Jim, schrieb ich, nachdem er unter Entschuldigungen gegangen war, *bezüglich Lt. James Lockwood RNVR bin ich eindeutig der Meinung, dass seine Amnesie real ist. Er ist nicht in der Lage, über seine Erlebnisse in der Antarktis Auskunft zu geben. Ob ihm dies zu einem späteren Zeitpunkt möglich sein wird, muss sich erweisen. Eine weitere Befragung des Patienten würde sich derzeit nachteilig auf seinen mentalen Gesundheitszustand auswirken. Aus diesem Grunde entlasse ich ihn aus meiner Obhut.*

Ich empfehle, Lt. Lockwood auf die Dauer von zwei Mo-

naten zu beurlauben. Sobald es sein physischer und psychischer Zustand erlaubt, sollte er einer nicht zu anspruchsvollen Aufgabe an einem nicht zu anspruchsvollen Kriegsschauplatz zugeführt werden.

> *Bis bald –*
> *Dein Hugh*
> *(ehemaliges Mitglied der Royal Navy)*

PS. In Anbetracht der Tatsache, dass die Britischen Streitkräfte den gegenwärtigen Krieg erklärtermaßen zur Wiederherstellung der Menschenrechte in Europa führen, würde ein Kriegsgerichtsprozess gegen Lt. Lockwood mit Sicherheit zu einer Schädigung des Ansehens der Royal Navy in der Öffentlickeit führen.

☆

Obwohl ich mich von Zeit zu Zeit an James Lockwood erinnere, sah ich ihn doch niemals wieder. Ich erinnere mich an ihn, weil er nun auch zu den Besuchern gehört, die in meinen schlaflosen Nächten um das Fußende des Bettes streichen – die Männer und Frauen, die zu mir um Hilfe kamen und denen ich nicht helfen konnte.

Lockwood ist keinesfalls der Tragischste von ihnen; aber sein besonders schwieriger Fall hat mich nie ganz losgelassen. Und je länger ich über unsere zwei Sitzungen nachdenke, desto öfter frage ich mich, ob ich das Richtige getan habe. Hast du nicht eine mögliche Lösung unmöglich gemacht? Hast du es dir nicht zu leicht gemacht? Ich kenne den Grund meiner Besorgnis. Ich habe Angst, dass Lockwoods Geheimnisse, wenn er sie für alle Zeiten verschlossen hält, eine furchtbare Last für ihn darstellen werden, von der er sich niemals mehr wird befreien können.

Wenn wir Frieden hätten, würde ich eine angemessene Zeit verstreichen lassen und ihm dann eine weitere Behandlung nahe legen, aber im Krieg ist ein solches Vorgehen mit einem aktiven Soldaten schlecht möglich. Im Herbst desselben Jahres versuchte ich herauszubekommen, was aus ihm geworden ist und erfuhr, dass er als Meteorologie-Offizier auf den weit entfernten Luftwaffenstützpunkt Benbecula auf den Äußeren Hebriden versetzt worden war. Ich schickte ihm eine Weihnachtskarte und bekam zu meiner Überraschung auch eine Antwort. Er dankte mir für meine Nachfrage und ließ mich wissen, dass er glücklich sei auf Benbecula. *Hier habe ich viel Ruhe und Seevögel,* schrieb er unten auf die Karte, *die mich an eine andere, bessere Welt erinnern.*

Der Krieg geht weiter, und die Zahl meiner schlaflosen Nächte nimmt zu. Es macht mir nichts aus, einen alten schwerreichen Lord zu therapieren, der zu mir kommt und sagt: Er könne sich nicht mehr erinnern, jemals geheiratet zu haben, wobei seine Lady meine Rechnung bezahlt, aber es lastet schwer auf mir, immer wieder mit Männern zu tun zu haben, deren Leben zerstört wurde. Ich habe in der letzten Zeit zur Genüge den jungen Lockwood gesehen, wie er geisterhaft am Fußende meines Bettes steht. Ich habe ihn in der Tat so oft gesehen, dass ich fürchte, ich laufe Gefahr, von dem Fall heimgesucht zu werden. Ich kann ihn nicht vergessen, kann nicht aufhören, wissen zu wollen, was er wirklich erlebt hat in diesem Winter in der Antarktis.

Überleben

Streng geheime Befehle
auf der südlichen Halbkugel

21. 1. 42, schrieb Lockwood in sein Tagebuch. *Schwere See, dicker Nebel und nie ein Sonnenstrahl. Wir steuern immer noch nach Süden und haben keine Ahnung, wo wir hinge-bracht werden und weshalb. Es wäre tragisch, wenn wir mit einem Eisberg kollidierten und sinken würden, noch bevor wir wüssten, was unsere Aufgabe ist.*

Mit einem Eisberg zu kollidieren war eindeutig möglich. Nach vier Tagen Südkurs seit den Falkland-Inseln sichtete das Minensuchboot »Scoresby« einige dieser schwimmen-den Giganten – hausgroße Eisblöcke, die vom Festlandeis der Antarktis abgebrochen waren und in die Drakepassage trieben. Während dieser vier Tage hatte es nichts als nur eine bleierne Wasserwüste zu sehen gegeben, doch am Abend des 22. Januar waren für die Erfahreneren des Spe-zialkommandos die aus dem Nebel dringenden Schreie von Seevögeln ein Anzeichen für Land. Als der Ausguck der »Scoresby« Brandungsgeräusche voraus meldete, warf der Minensucher Anker für die Nacht.

Am nächsten Morgen hatte sich der Nebel so weit gelich-tet, dass die Besatzung einige hundert Meter backbord vo-raus eine unbewohnt aussehende Insel ausmachen konnte, deren eisbedeckte Felsen steil aus dem Meer ragten. Es schien, als ob sie angekommen seien; wenn schon nicht an ihrem Bestimmungsort, so doch zumindest an der Schwelle dazu. Und wie um das zu bestätigen, ließ der Commanding

Officer, Lieutenant-Commander John Ede, in der Offiziersmesse der »Scoresby« zur Einsatzbesprechung antreten.

Lockwood konnte sich an diese Besprechung erinnern so
lange er lebte; wie in einem Traum, der einen nicht mehr
loslässt, kehrten die Ereignisse in Augenblicken von großer
Anspannung immer wieder zu ihm zurück: das unangeneh-
me Stampfen des Minensuchers, als er auf die starke Dü-
nung auflief, die Schwaden von Tabakrauch in der Messe,
die Gesichter seiner Kameraden, eingerahmt von Vier-Tage-
Bärten, die sie sich seit den Falkland-Inseln hatten stehen
lassen, und die erwartungsvolle Atmosphäre, eine Mischung aus Vorahnung, Besorgnis und Erregung. Der CO betrat die Messe.

»Bitte setzen Sie sich. Wenn Sie wollen, dürfen Sie rau-
chen.«

Er konnte sich an das Scharren der rückenden Stühle auf
dem stahlbeplankten Fußboden erinnern, dann an die absolute Stille, als die zehn ausgewählten Mitglieder des Sonderkommandos – gleich Boxern auf den Gong – darauf warteten zu erfahren, weshalb sie mitten im Krieg mit so großer
Geheimhaltung zu diesem äußersten Ende der Welt gebracht worden waren.

Der CO war ein Mann von wenig Gefühlen und noch weniger Worten. »Ich werde Ihnen jetzt etwas über die ›Streng
geheimen Befehle auf der Südhalbkugel‹ erzählen, für die
wir uns alle freiwillig gemeldet haben. Wir werden uns so
weit wie möglich dem Pol nähern, an Land gehen und eine
bemannte Wetterstation errichten.«

Lockwood konnte sich an seine Reaktion erinnern; und
an die seiner Kameraden: »Eine Wetterstation? Was für eine
Enttäuschung! Weshalb so viel Getue und Geheimniskrämerei um eine Wetterstation?«

Der CO hielt beschwichtigend die Hand hoch. »Ich weiß,
was Sie denken: nicht sehr aufregend, nicht sehr wichtig.

Aber die Wahrheit ist genau umgekehrt. Ich sage Ihnen warum.«

Lieutenant Commander Ede hatte die Gabe, sich verständlich auszudrücken – vor dem Krieg war er Dozent für Geologie an der Universität von Durham gewesen – und Lockwood konnte sich daran erinnern, wie er und seine Kameraden erst skeptisch waren, dann einigermaßen interessiert und schließlich voller Begeisterung zustimmten.

»Was wir zu tun beabsichtigen«, sagte Ede, »wird uns helfen, den Krieg zu gewinnen.«

Alles, was er ihnen an diesem Morgen erzählte, war logisch und nachvollziehbar. Er erklärte, dass bis vor kurzem Handelsschiffe in der südlichen Hemisphäre einzeln gefahren waren – jedes für sich allein. Einige Zeit lang wäre das gut gegangen, doch in den vergangenen Monaten hätten sich die Verluste durch deutsche U-Boote gemehrt, und so sei beschlossen worden, dass in Zukunft alle Schiffe, die in den südlichen Meeren kreuzen, in gut geschützten Konvois fahren sollten. Das Zusammenstellen eines Konvois jedoch, den Kurs zu bestimmen und eine sichere Passage zu gewährleisten wäre, wie Ede herausstrich, eine höchst komplizierte Angelegenheit. Eine der Voraussetzungen des Erfolges wären exakte Wettervorhersagen. Das Wetter auf der Südhalbkugel, so erklärte er, entstünde in der Antarktis – »dort bauen sich die Fronten auf« – allerdings hätten die Alliierten auf der ganzen Antarktis keine einzige Wetterstation. Vorhersagen für den Südatlantik, den Südpazifik und den Indischen Ozean basierten daher gegenwärtig auf nur wenig mehr als Vermutungen; wie oft schon hätte ein Schiff von einem Sturm erst erfahren, als es mitten drin war. »Wir werden das ändern«, sagte Ede. »Wir werden eine Basis auf der Antarktischen Halbinsel errichten und dreimal täglich Wetterberichte senden. Tag für Tag. So lange, bis wir den Krieg gewonnen haben.«

Die Leute stellten Fragen. Woher würden Ausrüstung und Lebensmittel kommen? Ede sagte, dass sie noch an diesem Nachmittag ein Rendezvous mit der »Loch Tarbert«, einem Versorgungsschiff der Falkland Company haben würden, das ihre Ausrüstung, ihre vorgefertigten Wohnquartiere sowie ausreichend Lebensmittel und Brennstoff für drei Jahre an Bord hätte. Wieso so weit nach Süden? Ede sagte, je weiter sie in Richtung Pol vorrückten, desto näher seien sie dem Gebiet, wo die Tiefdruckgebiete entstehen, und desto besser könnten sie sie überwachen. Ob es ihnen gestattet sei, Tagebuch zu führen? Ede sagte, das ginge in Ordnung, aber es verstünde sich, dass ihre Tagebücher gegebenenfalls der Zensur unterlägen. Am Ende der Einsatzbesprechung schien jede Frage beantwortet zu sein. Es kam Lockwood zu diesem Zeitpunkt nie in den Sinn, dass mehr hinter dieser Mission stehen könnte, als Ede erzählt hatte. Die Leute des Sonderkommandos redeten immer noch darüber, dass dies eine interessante, wenn nicht sogar eine höchst aufregende Aufgabe zu werden versprach, als das Tuten eines Nebelhorns das Rendezvous mit dem Versorgungsschiff ankündigte. Die Wolkendecke war niedrig, der Nebel dick wie Erbsensuppe, das Licht düster und die, die an Deck eilten, um das Ereignis mitzuerleben, konnten zuerst überhaupt nichts erkennen. Dann sahen sie ihn schließlich, den schwer beladenen Frachter, der wie ein prähistorisches Monster aus dem Nebel auftauchte. Die »Loch Tarbert« rollte Furcht erregend; erst schimmerten ihre Positionslichter wie ein Heiligenschein im Nebel, einen Wellenschlag später brachen sie sich in Spiralen im Wasser. Wenige hundert Meter achteraus bezog sie Position, und dann fuhren die beiden Schiffe gemeinsam mit Südkurs in Richtung Antarktische Halbinsel.

Lockwood und einer der Soldaten des Kommandos teilten sich in die erste Nachtwache. Beim Absuchen der See nach Treibeis hatten sie viel Zeit zum Reden; besonders ein

Detail der Unterhaltung blieb in Lockwoods Gedächtnis haften.

»Da ist eine Sache, die ich nicht verstehe, Sir« – mit 18 Jahren war der Unteroffizier Burkenshaw der »Benjamin« an Bord und brauchte Rückversicherung. »Warum schicken sie so viele Leute, nur um eine Wetterstation zu errichten? Und warum sind der CO und so viele der höheren Offiziere Geologen?«

Dieselbe Frage hatte sich Lockwood auch schon gestellt, aber da er keine Antwort darauf wusste, tat er die Frage ab. »Vielleicht«, sagte er, »hat jemand Höhenlinien mit Luftdrucklinien verwechselt … Schauen Sie! Ist da Eis?«

Sie richteten ihre Ferngläser auf das Wasser vor ihnen, aber das Weiße dort war kein Eisberg; es war das Mondlicht, das durch den Nebel sickerte und das Meer mit einem weißen Schimmer überzog.

In jener Nacht klarte das Wetter auf. Am Morgen war es, als ob ein Maler seine Leinwand sauber geschrubbt hätte und mit einem völlig neuen Bild aufwartete. Als die »Scoresby« und die »Loch Tarbert« mit Südkurs durch die Bransfield-Straße schipperten (der schmale Wasserstreifen, der zwischen der Antarktischen Halbinsel und den vorgelagerten Inseln liegt), war der Himmel wolkenlos, kein Lüftchen regte sich und die See war glatt gebügelt wie ein Dorfweiher. Um sie herum ragten hohe Gebirge, und die Eisberge glitzerten wie Gebilde aus Kristall, übersät mit Sprüngen und Rissen, durch die das blaue Eis glühte wie von eingeschlossenen Neonröhren. Und überall war Leben; Seevögel kurvten über die Klippen, Pinguine nisteten entlang der Küste und das Wasser war voll von Fischen. Am Nachmittag begleitete ein Paar Buckelwale die Schiffe fast eine Stunde lang. Einer versuchte, sich der festgewachsenen Krebse auf seinem Rücken zu entledigen, indem er sich am Rumpf der »Loch Tarbert« rieb.

John Ede verbrachte fast den ganzen Tag damit, sein »Team«, wie er es nannte, besser kennen zu lernen. Er war ein stiller, unaufdringlicher, effizienter Mann, stets darauf bedacht, seine Autorität eher durch Zustimmung als durch seinen Dienstgrad zu wahren. Wie er betonte, würde das Sonderkommando in vieler Hinsicht seine Aufgabe mehr im Sinne einer friedlichen Expedition denn als kriegerische Aktivitäten wahrnehmen. Es war schon spät am Abend, als er mit Lockwood ins Gespräch kam.

Lockwood hatte die meiste Zeit seiner dienstfreien Stunden vorne am Bug der »Scoresby« verbracht, von wo aus er die Schnee- und Eisfelder beobachtete, die sich zu einer ungewöhnlichen Pracht entfalteten. Eine Zeit lang sprachen die beiden Männer über dies und das, und bald war beiden klar, dass sie sich gut leiden mochten. Sie waren auf derselben Wellenlänge, in jeder Beziehung. Ede brauchte nicht besonders scharfsichtig zu sein, um zu sehen, dass sein jüngster Wetteroffizier von der Antarktis vom ersten Augenblick an begeistert war. Er deutete auf die schneebedeckten Berge: »Herrlich, nicht wahr?«

Lockwood nickte. Dann sagte er zögernd, weil er nicht wusste, wie sein Kommandant darauf reagieren würde: »Es kommt mir vor wie Blasphemie – finden Sie nicht auch? – den Krieg zu einem so wunderschönen Ort zu tragen.«

Eine Weile war Ede still, dann sagte er: »Ich weiß, was Sie meinen, und ich verstehe Sie, aber ich bitte Sie, etwas nicht zu vergessen.«

»Und das wäre, Sir?«

»Wir können nicht eine Linie auf die Karte malen und sagen, hier endet der Krieg. Die Antarktische Halbinsel ist nun mal britisches Territorium. Sie selbst und alles, was sich darauf befindet, gehört uns. Wir können damit machen, was wir wollen. Sie werden das nicht außer Acht lassen, okay?«

Lockwood war überrascht, dass jemand, der normalerweise so ausgeglichen und gar nicht national gesinnt war wie sein CO, nun plötzlich die Flagge schwenkte und sich auf angestammte Rechte berief. Lockwood war vernünftig und sagte: »Ich werde es nicht außer Acht lassen, Sir.« Sie wechselten das Thema, sprachen über etwas anderes. Doch vergessen konnte Lockwood das Gespräch nicht.

Gutes Wetter hält in der Antarktis selten lange vor. An jenem Abend trieben dunkle Wolken aus dem Westen heran und verdunkelten mit Schneegestöber die Berge der Halbinsel. In der Nacht wurde es so kalt, dass sich auf dem Deck des Minensuchers eine dünne Eisschicht bildete und kleine Eiszapfen wie Perlenschnüre im Rigg hingen.

Je weiter die beiden Schiffe nach Süden fuhren, desto mehr Probleme bekamen sie mit dem Eis, insbesondere dem Packeis. *24.1.42*, schrieb Lockwood in sein Tagebuch. *Die Eisschollen werden dicker. Die »Scoresby« kommt gut damit zurecht, aber die »Loch Tarbert« macht immer weniger Fahrt. Mit ihrem Holzrumpf im Eis ist sie ungefähr genauso sicher wie eine Jungfrau auf einer Herrengesellschaft. Aber was soll's, der Alte scheint entschlossen, uns so weit wie möglich nach Süden zu bringen, mindestens bis zum 65. Breitengrad.*

Mit dem Bug die immer dicker werdenden Eisschollen wegschiebend, kämpften sich der Minensucher und in dessen Schlepptau das Handelsschiff vorbei an der Insel Anvers hinein in eine große hufeisenförmige Bucht nicht weit von der Bismarck-Straße entfernt. Hier warfen sie Anker, und wie es schien, war Ede zufrieden. Sie waren wohl nahe genug an den Pol herangefahren. Am nächsten Morgen hielten sie Ausschau nach einer Stelle, wo sie an Land gehen konnten. Das war leichter gesagt als getan. Sie brauchten eine Stelle, wo das Wasser tief genug war, damit die »Loch Tarbert« längsseits der Küste gehen konnte, um entladen zu werden, jedoch nicht zu weit vom geplanten Ort des Lagers entfernt; es wäre schwierig (wenn nicht gar unmöglich) gewesen, die vorgefertigten Bauteile ihrer Unterkunft und ihre Ausrüstung, sowie den dreijährigen Vorrat an Brennstoff und Lebensmitteln über eine lange Strecke hinweg über das Eis zu transportieren.

Sie brauchten 24 Stunden, einen solchen Platz zu finden und weitere 48 Stunden voller Blut, Schweiß und knochenharter Arbeit, die »Loch Tarbert« zu entladen und alles zu ihrem künftigen Lagerplatz zu schaffen – eine Anhöhe mit ebenem Grund, etwa 100 Meter vom Ufer entfernt, die lawinenfrei und windgeschützt war. Um den Hügel zu erreichen, mussten sie eine kleine spiegelglatte Steigung hinauf, die die Männer »Berg Sodom« nannten. Sie brauchten nicht lange, um herauszufinden, dass die bequemste Art, ihre Sachen auf den Berg Sodom zu schaffen, die war, sie hinaufzuwinschen. Fast schon am Ende dieser Arbeit passierte etwas, das Lockwood weiteren Anlass zum Denken gab.

Es war Abend. Eineinhalb Tage lang hatten sie rund um die Uhr geschuftet. Ausladen ist für eine Polar-Expedition immer der wundeste Punkt, denn es besteht die Gefahr, dass bei einem plötzlichen Wettersturz das zu entladende Schiff auf die offene See ausweichen muss, und die Mitglieder der Expedition wie ausgesetzt auf dem Land zurückbleiben, ohne dass ihre Unterkunft fertig wäre und die Hälfte der Sachen noch auf dem Schiff sind. Nach 36 Stunden Schlepperei und Winschen bei Temperaturen unter minus 20° Celsius waren ihre Füße erstarrt, ihre Rücken krumm, die Finger gequetscht und gefühllos. So war es offensichtlich nicht zu vermeiden gewesen, dass eines der Bündel, das zum Berg Sodom hinauf musste, nicht genügend gesichert war. Es rutschte aus der Halterung, fiel aufs Eis, bekam Geschwindigkeit, glitt den Abhang hinunter und ins Wasser. Ede war stocksauer. Ganz besonders, als er sah, dass einer der Gegenstände, die ins Wasser gefallen waren, eine Pappröhre war, die die Karten des Sonderkommandos enthielt.

»Bergt diese Röhre!«, schrie er. »Ich wiederhole: Bergt die Röhre! Lasst kein Wasser hineinkommen!«

Die Röhre hätte in einem Turnier zu Ehren des Königs nicht schneller aus dem Meer gefischt werden können, doch in eine der Öffnungen war Wasser eingedrungen.

Als die, die die Rolle aus dem Wasser gefischt hatten, die nass gewordenen Karten aus der Papprolle hervorholten, schrie Ede: »Geben Sie sie sofort her!«

Ede scheuchte die Herumstehenden fort: »Treten Sie zurück!«

Lockwood verstand nicht, weshalb er ihnen sagte, sie sollten zurücktreten. Diese Landkarten waren doch keine Menschen, denen medizinisch geholfen werden musste. Oder Bomben, die explodieren könnten. Er beugte sich über Edes Schulter und sah auf einer der Karten die Buchstaben »FIDS«, die, wie er gelernt hatte, für »Falkland Islands Dependencies Survey« standen; und am Rand, in gedruckten roten Lettern, sah er das Datum »2. 4. 33« sowie die Positionsangabe »65° 01'S, 62° 35'W« – beinahe die identische Position, an der sie vorhatten, ihre Wetterstation zu errichten.

»Ich sagte, zurücktreten!« Edes Stimme klang scharf.

Das Sonderkommando wusste sehr wohl, was ein Befehl war. Überrascht traten die Männer zurück. Und Lockwood war nicht der Einzige, der das Gefühl hatte, dass Dinge vor sich gingen, die sie ganz offensichtlich noch nicht verstanden.

Sie brauchten eine Woche, um ihre Unterkunft und das Lagerhaus aufzubauen, ihre Kanonenöfen zu installieren, ihren Sendemast aufzurichten und gegen den heftigsten Sturm zu vertäuen sowie ihren Empfänger und Sender so einzustellen, dass problemloser Funkkontakt mit Port Stanley zustande kam. Ihr nächster Schritt war es, die meteoro-logischen Instrumente auszupacken, sie zu reinigen, sie zu testen und zu installieren. Und es dauerte nicht mehr lange, bis sie dreimal am Tag, um 8.00 Uhr, um 14.00 Uhr und um 20.00 Uhr Wetterberichte sendeten. *So weit, so gut*, schrieb Lockwood in sein Tagebuch. *Es sieht aus, als ob unsere »Streng geheime Mission« ein Sahneschlecken wäre. Die Kommandanten der »Scoresby« und der »Loch Tarbert« drängen darauf, in See zu stechen.*

Es gab keinen Grund für das Kriegsschiff und den Frachter, noch länger zu warten. Mit dem Beginn des Herbstes würde das Eis bald dicker und das Wetter schlechter werden, und mit jedem Tag, der verging, wuchs die Gefahr, dass die Schiffe beschädigt oder sogar vom Eis eingeschlossen werden könnten. Es war Zeit, Abschied zu nehmen. Da wurden noch schnell ein paar Briefe nach Hause geschrieben, ein letztes Mal die Vorräte überprüft, eine letzte wilde Party in der Offiziersmesse des Minensuchers gefeiert. Dann, am frühen Morgen des 5. Februar, legten die beiden Schiffe ab und fuhren mit Nordkurs die Antarktische Halbinsel hinunter.

Ede und sein Team bestiegen einen »Nunatak« – einen riesigen Felsen, der wie eine Pyramide aus dem Eis aufragte – und beobachteten, wie die Schiffe kleiner und kleiner wurden und immer mehr verblassten, bis sie, egal wie sehr sie ihre Augen auch anstrengten, im Dunst verschwunden waren.

Keiner sagte etwas, als sie in ihre Unterkunft zurückkehrten. Jeder war sich der Tatsache bewusst, dass sie nun für eine sehr lange Zeit die einzigen menschlichen Wesen auf dem unwirtlichsten Kontinent der Erde sein würden.

Etwa eine Woche nachdem die Schiffe am Horizont verschwunden waren, bekamen die Mitglieder des Sonderkommandos einen ersten Hinweis darauf, dass ihre Befehle sich nicht nur auf die Übermittlung von Wetterberichten beschränkten.

Am Morgen des 11. Februar hatte Lockwood in sein Tagebuch geschrieben: *Für uns zehn gibt es nicht viel zu tun. Ich schätze, unser Hauptproblem wird die Langeweile sein.* An diesem Abend jedoch rief Ede sein Team zusammen und sagte, die Admiralität habe diese Schwierigkeiten vorausgesehen »und etwas für uns arrangiert, um Schaden von uns zu wenden«.

»Ich möchte klarstellen«, sagte er, »dass das Senden von Wetterberichten unsere Hauptaufgabe ist und bleibt. Nichts wird daran etwas ändern. Aber um uns in Bewegung zu halten und damit uns nicht langweilig wird, schlagen uns unsere Vorgesetzten vor, ein wenig Forschung zu betreiben ... Und nun werde ich Ihnen den Hintergrund dazu erzählen ... In den frühen 30er Jahren begannen Wissenschaftler, die für die ›Falkland Islands Dependencies‹ arbeiteten, eine geologische Vermessung eines Teils der Antarktischen Halbinsel durchzuführen. Aber sie mussten feststellen, dass sie sich damit übernommen hatten. Das Wetter war schlecht, das Terrain schwierig, und um die lange Geschichte kurz zu machen: Sie haben diese Vermessung niemals zu Ende gebracht. Heute, zehn Jahre später, haben wir die bessere Ausrüstung – und genügend Zeit. Deshalb wollen wir beenden, was sie begannen.«

Die Mitglieder des Sonderkommandos waren sich nicht sicher, was sie davon halten sollten und wollten wissen, weshalb sie von diesem geologischen Auftrag nicht von Anfang an erfahren hatten. Es gab eine Menge Fragen. Würden sie ihre Vermessung an derselben Stelle durchführen wie die Wissenschaftler? Würden sie die Ergebnisse per Funk nach Port Stanley durchgeben? Suchten sie nach etwas Bestimmtem? Ede war jedoch sehr ausweichend, und schon bald brachte er die Diskussion zu einem schnellen Ende.

»Ich weiß«, sagte er, »all diese Geheimhaltung lässt die Angelegenheit kompliziert aussehen. Aber ich habe geheime Befehle erhalten, zu denen nur ich Zugang habe. Und ich muss Sie bitten, dies zu respektieren und einfach zu tun, was uns befohlen wurde.«

Genau dies tat das Sonderkommando, mehr als ein Jahr lang. Lockwoods Tagebuch dokumentiert ihren Einsatz als Geologen.

14.2.42. Wieder ein wunderbarer Tag. Die Sonne steht tief, gibt aber immer noch Wärme ab. Ede achtet peinlichst genau darauf, dass wir unsere mysteriöse Vermessung exakt bei 65° 01' S beginnen. Es ist genau die geografische Breite, die ich auf der FIDS-Landkarte gesehen habe. Es sieht so aus, als ob wir der Vermessungslinie der Wissenschaftler so exakt wie möglich folgen.

28.2.42. Die Vermessung hat nun die Abhänge des Mount McCumbers erreicht. Was wir tun, ist sehr einfach. Etwa alle 25 Meter bohren wir ein Loch ins Eis, füllen es mit Sprengstoff, legen ein Zündkabel und lösen eine Explosion per Fernsteuerung aus. Dann schleppen wir die Gesteinsbrocken zurück ins Lager zur Analyse. Wir haben noch nichts gefunden, was unser Interesse wecken könnte.

11.4.42. Halten schon zum wiederholten Male Kriegsrat, was es denn sein könnte, wonach wir suchen – denn wir alle sind davon überzeugt, dass wir ganz sicher nach etwas Bestimmtem suchen. Aber was? Öl haben wir ausgeschlossen, weil wir nicht tief genug bohren. Gold haben wir ausgeschlossen, denn die Steine, die wir untersuchen, haben mit Gold nicht das Geringste zu tun. Einer der Geologen, Dave, meinte, Radium. Er sagt, Radium findet man in metamorpher Lava, und aus diesem Gestein scheinen die Felsen zu sein, die wir untersuchen. Doch niemand von uns glaubt, dass Radium so selten oder wichtig ist, um all die Geheimhaltung zu rechtfertigen. Das Geheimnis bleibt ungelöst.

18.5.42. Sonne ade – ein letzter winziger Rest von Rot, wie ein Tropfen Blut, am Horizont. Nach ein paar Monaten werden wir sie wieder sehen. Was für eine Aussicht! 1700 Stunden völliger Dunkelheit!

24.6.42. Keine Sonne mehr bedeutet nicht das Ende der geologischen Arbeiten. Bei gutem Wetter arbeiten wir weiter im Licht der Sterne oder des Mondes, manchmal unterstützt von dem fantastischen Feuerwerk der Aurora. Wir alle meinen, dass das, was immer wir suchen, sehr wichtig sein muss.

Diese und einige Dutzend ähnlicher Einträge in Lockwoods Tagebuch zeichnen ein Bild der Ereignisse des ersten Jahres auf der Halbinsel. Was diese Einträge nicht widerspiegelten, war die Kameradschaft, die im Team herrschte.

Es ging nicht von selbst oder ohne Anstrengung; doch langsam aber sicher wurden die Mitglieder des Sonderkommandos nicht nur gute Kollegen, sondern auch Freunde. Es hätte leicht auch anders kommen können. Menschen, die unter widrigen Umständen gezwungen sind, in engen Quartieren Backe an Backe zu leben, gehen sich oft auf die Nerven. Schweres Atmen, Schnarchen, oder wenn jemand in der Nase oder in den Zähnen popelt, können oft unverhältnismäßige Reaktionen hervorrufen. Selbst so kleine Fehltritte, wie die Augenbraue zu heben oder sich zu räuspern, können bei entsprechender Wiederholung nahezu unerträglich werden. Es sagt viel über den Humor und die Anpassungsfähigkeit der Geologen und Meteorologen aus, dass sie rasch in der Lage waren, sich über ihre Eigenarten lustig zu machen, und bald schon Freundschaften schlossen, die ein Leben lang halten würden. *Ich bin glücklich,* schrieb Ede am Weihnachtstag in das Logbuch, *ein so ausgeglichenes Team von Offizieren und Soldaten zu haben. Wir haben uns zu einem wunderbar fröhlichen Haufen zusammengerauft.*

Am 1. März erreichten sie den Eisfall.

Bis zu diesem Zeitpunkt hatten sie – immer genau dem Breitengrad 65° 01' Süd entlang – fast zwei Drittel der Breite der Halbinsel vermessen, alle 25 Meter Löcher gebohrt und Felsproben genommen. Manches Terrain, durch das sie sich hindurcharbeiten mussten, war schwierig gewesen; aber der Eisfall war nicht nur schwierig, er war selbstmörderisch. Er hing über dem Kopf eines Gletschertals: eine erstarrte Lawine aus weißen und blauen Eiskristallen, Zacken und Rissen, und es sah aus, als könnte sie jeden Augenblick ins Gleiten geraten und einen Eisrutsch auslösen, der einen halben Berg mitreißen würde. Der Breitengrad 65° 01' Süd verlief genau darunter.

Ede war entschlossen, die Vermessung keinen Meter abweichen zu lassen; sie sollte hundertprozentig kontinuierlich verlaufen. Mit einem ängstlichen Blick auf die Zacken über ihnen stiegen sie hinab ins Tal.

Sie brauchten eine Woche, um die Sprenglöcher zu bohren und fast genauso lange, die Zündkabel zu einem Ort zu verlegen, von dem aus sie die Sprengladungen sicher zünden konnten. Als sie schließlich die Detonation auslösten, wären sie nicht im Mindesten überrascht gewesen, wenn der Eisfall abgestürzt wäre, aber er hielt. Mit Daumendrücken und Stoßgebeten gingen sie an die Arbeit und sammelten die Felsbrocken, die um die Bohrlöcher herum lagen, auf. Sie gingen äußerst behutsam ans Werk, da sie wussten, dass jede kleinste Bewegung am Fuß des Eisfalls eine größere weiter oben auslösen konnte; und sie sprachen flüsternd, weil sie wussten, dass auch Schall ein Desaster hätte auslösen können. Sie hatten etwa die Hälfte der Bohrlöcher geräumt, als sich eine Wolkenwand über den Gletscher schob und es zu schneien begann. Gerade noch hatten sie in strahlendem Sonnenlicht gestanden, jetzt kam ein Schneesturm auf. Das war das Letzte, was sie brauchten: schwerer, nasser Schnee, der sich über unstabilem Eis auftürmt, geradezu ein Patentrezept für Lawinenabgänge. Ede handelte klug und brach die Arbeit ab.

Sie beeilten sich fortzukommen. Unter normalen Umständen hätten sie die Gesteinsbrocken auf ihren Motorschlitten geladen und wären selbst auf Skiern nach Hause gefahren. Die Wetterbedingungen wurden jedoch bald so schlecht, dass Ede ihnen sagte, sie sollten die Felsen liegen lassen und selbst auf den Motorschlitten steigen. Die Proben wurden vorher noch rasch in Taschen verstaut und an der Seite des Eisfalls aufgestapelt. Der Ort wurde mit Fahnen markiert und seine Position in die Karte eingetragen. Um acht Uhr abends waren alle wieder in ihrem Lager.

In jener Nacht machte Ede wie gewöhnlich einen Eintrag ins Logbuch. *11. März. Haben unter dem Eisfall gesprengt. Keine Lawine! Nachmittags Wetterverschlechterung, ließen die Felsproben beim Gletscher, um sie später aufzusammeln.*

Ede benutzte nur selten drei Wörter, wenn zwei auch genügten. Seine Eintragungen für die nächsten Tage waren minimal.

12. März. Schneesturm. Bleiben im Lager.

13. März. Schneesturm hält an.

14. März. Wetter bessert sich. Morgen werden Lockwood und Ramsden mit dem Handschlitten zum Eisfall gehen und die Felsbrocken abholen.

Das war der letzte Eintrag ins Expeditions-Logbuch.

Die Schrecken des Krieges

Die Geologen und Meteorologen des Spezialkommandos waren nicht die Einzigen, die diesen antarktischen Schneesturm erlebten. Weniger als eine Meile vom Lager entfernt warteten andere Männer in anderen Uniformen den Sturm im Windschatten eines Eisbergs ab.

Was zu diesem eher unwahrscheinlichen Zusammentreffen am untersten Ende der Welt führte, war die Fehleinschätzung des Kommandanten einer deutschen »Milchkuh« gewesen, eines Mutter- oder Versorgungs-U-Bootes, das Hitlers großräumig operierende U-Boot-Flotte mit Treibstoff versorgte. Der Vorfall ereignete sich am 1. März 1943 im Südatlantik – zufälligerweise am selben Tag, als Ede und sein Team bei dem Eisfall ankamen.

Der Milchkuh war seit ihrem Auslaufen aus Wilhelmshaven noch kein alliiertes Flugzeug oder Schiff begegnet. In den letzten Tagen des Februar hatte sie in den einsamen Weiten des Südatlantik vier U-Boote betankt, was ohne jegliche Komplikationen verlaufen war. Die Milchkuh wurde unvorsichtig. Als eines ihrer »Kälbchen« Schwierigkeiten hatte, den Ort der »Fütterung« zu finden, brach sie die Funkstille und lotste es zu sich. Das war ein Fehler. Eine alliierte Radarstation fing die Funksprüche auf und erfuhr dadurch ihren Standort.

Es waren zwar keine Kriegsschiffe in der Nähe, aber die amerikanischen und britischen küstengestützten Flugzeuge hatten eine lange Reichweite; am späten Nachmittag tauchte eine »Liberator« des Küstenkommandos aus einer Bank von Nimbostratuswolken herab, um die zwei U-Boote in ihrer verwundbarsten Position zu stellen: still nebeneinander liegend an der Wasseroberfläche, wo sie mit einem Schlauchrohr verbunden Treibstoff austauschten.

Ihre Chancen standen schlecht.

Die langsame Milchkuh blieb an der Oberfläche. Ihre Flak feuerte auf die Liberator; vehement, aber wirkungslos. Überschüttet mit einem Teppich von Wasserbomben, sank sie mit geborstenem Rumpf in die Tiefen des Atlantiks. Diejenigen, die sofort starben, hatten dabei noch Glück.

Die schnellere und beweglichere U-102 kappte die Schlauchverbindung und tauchte ab.

Sie tauchte so schnell, dass drei Männer der Mannschaft wie Kaulquappen von Deck gespült wurden; zu der Zeit, als die Wasserbomben explodierten, war sie bereits auf 100 Fuß Tiefe. Ihre Schnelligkeit rettete sie. Unter dem Explosionsdruck vibrierten ihre Planken, aber sie barsten nicht, ihre Lichter flackerten, aber sie gingen nicht aus. Für einige Zeit klemmte das Höhenruder, aber die Besatzung konnte es reparieren; der Tauchgang, der sehr leicht hätte ihr Letzter werden können, wurde abgefangen und die U-102 schlich sich davon wie ein verwundetes Tier, um Zuflucht in der Dunkelheit des Wassers zu suchen, 500 Fuß unter der Oberfläche. Keine Chance für ein Flugzeug, sie hier noch aufzuspüren.

Die Liberator kreiste, ihre Crewmitglieder suchten das Meer nach Ölflecken ab. Sie wussten, dass sie der Milchkuh den Rest gegeben hatten, waren sich aber mit der kleineren U-102 nicht sicher. Sie blieb verschwunden. War sie zerstört oder einfach nur abgetaucht? Der Funkoffizier der Liberator erstattete Meldung.

Den ganzen Abend und fast die ganze Nacht kroch die

U-102 mit einer Geschwindigkeit von drei Knoten in südliche Richtung. Südlich deshalb, da ihr Kapitänleutnant glaubte, dass dies die Richtung sei, in der sie ein Jäger am wenigsten vermutete; mit drei Knoten, weil dies die optimale Geschwindigkeit war, um aus der Gegend zu verschwinden, ohne dass ihre Motorengeräusche sie verrieten. Am frühen Morgen des folgenden Tages fingen die Männer der Besatzung an, aufzuatmen. Gerade als sie sich zu ihrer glücklichen Flucht gratulieren wollten, hörten sie ein Geräusch, vor dem sie sich die letzten zehn Stunden gefürchtet hatten: zuerst verschwommen, dann immer lauter das »Ping« eines Sonars, eines Unterwasser-Ortungsgeräts. Und dann, zuerst undeutlich, dann zunehmend stärker, das Wirbeln der Schraube eines Kriegsschiffes.

Die Jagd begann.

Von allen Todesarten, die die Menschen füreinander ersonnen haben, gehört der Tod des U-Bootfahrers zu den Schrecklichsten. Das war der Besatzung der U-102 klar. Einige der Männer fluchten, andere bekreuzigten sich, einige dachten an ihre Lieben zu Hause, andere drohten, verrückt zu werden, und wieder andere machten vor Angst in die Hose. Kapitänleutnant Bungert nahm das Boot auf 550 Fuß Tiefe und schaltete die Notbeleuchtung ein. Dann kam das Schlimmste von allem: das Warten.

Das Ping des Sonars nahm sowohl an Tonhöhe als auch an Lautstärke zu, es wuchs zu einem schrillen Crescendo an; als das Kriegsschiff so nahe kam, dass der Richtstrahl das U-Boot nicht mehr traf, keine Echo mehr zurückwarf, war für einen Augenblick lang Stille. Dann kamen die Schraubengeräusche, wurden immer lauter, bewegten sich genau über das U-Boot hinweg. Die Besatzung wartete auf die Detonation der Wasserbombe. Die kam aber nicht, weil man auf dem Zerstörer nicht genau wusste, in welcher Tiefe das U-Boot lag. Es war also nur ein Probelauf gewesen, was bewies, dass der Kapitän des Zerstörers ein erfahrener Jäger war.

Aber Bungert war ebenso erfahren. Und schlau. Schlau wie ein in die Ecke gedrängtes Tier, das weiß, dass es den Gegner nicht verletzen, aber doch täuschen kann, um mit Beweglichkeit und Glück sein Leben zu verlängern. Wenn auch nur für kurze Zeit.

Der Zerstörer wendete. Wieder erfasste sein Sonar die U-102, kam auf sie zugefahren, diesmal um zu töten.

In dem Augenblick, als der Ortungsstrahl nicht mehr von der Hülle des U-Bootes abprallte, sondern darüber hinwegstrich, befahl Bungert »90 Strich Backbord«; die U-102 schlich sich wie eine Krabbe aus dem Weg des Zerstörers. Die Bombe explodierte nicht in ihrer unmittelbaren Nähe sondern etwa 50 Meter weit entfernt. Durch das U-Boot ging ein Ruck, es erzitterte in der Schockwelle, die Lichter flackerten, die Tür eines Spinds sprang auf, Ölzeug und ein Hammer schlitterten über den Boden, die Planken krachten und ächzten wie Bäume im Sturm. Eine Planke leckte und ein dünner Wasserstrahl, tödlich wie ein Dolchstoß, brach durch die Hülle. Man war auf so was vorbereitet. Die Planke wurde abgedichtet, dann begann das Warten aufs Neue.

Außer dem leisen Klopfen der Motoren im Leerlauf herrschte Stille. Eine Gnadenfrist, aber nur für kurze Zeit. Die Mannschaft wusste, was als Nächstes kommen würde. Nach etwa zehn Minuten nahm das Horchgerät des U-Boots das Ping des Sonars wieder auf, die Schraubengeräusche wurden stärker, kamen näher. Die Crew starrte vor sich hin, einige schlossen die Augen, beteten. Der Obersteuermann wollte auf den Boden spucken; alles was dabei herauskam, war ein Zischen, so trocken war sein Mund. Dieses Mal waren die Wasserbomben näher. Die U-102 schleuderte seitwärts wie ein Fisch an der Angel. Männer wurden zu Boden geworfen, Wasser spritzte auf die Batterien. Kleine Dampfwolken von weißem Kohlenmonoxid drangen aus den Batteriegehäusen. Auch darauf war man vorbereitet. Die Crew streifte sich Gasmasken über und klemmte die Batterien ab. Dann warteten die Männer wieder, fragten sich, ob die Bomben das nächste Mal noch näher kämen, fragten sich, wie viele Anläufe der Zerstörer wohl brauchen würde, bis er sie vernichtete.

Bungert dachte, wenn sie blieben, wo sie waren, wären ihre Überlebenschancen gleich Null. Er befahl, das U-Boot tiefer zu legen.

Als die U-102 in dunkleres, »schwereres« Wasser sank, baute sich der Druck auf die Außenhaut immer weiter auf. 600 Fuß. Kleine Tropfen Wasser perlten über die Innenwände des U-Boots, als ob es schwitzte wie im Todeskampf. Sie gingen tiefer. 620 Fuß. Eine Niete brach. Wie ein Geschoss flog sie durch das Zwischendeck, verfehlte einen Mann nur knapp und grub sich in das gegenüber liegende Schott. Dann brach eine weitere und noch eine, und sie gingen immer noch tiefer. 640 Fuß, maximale Druckbelastung, der Tiefenmesser war im roten Bereich. Zum Entsetzen der Mannschaft sank das Schiff noch tiefer. 660 Fuß. Bungert stellte das Ruder flach, trimmte das Boot, stoppte die Maschinen. Das Boot hing im Ungewissen wie eine Blechbüchse, die jederzeit zerdrückt werden konnte.

Selbst hier fand das Sonar sie wieder; nicht mehr so deutlich, denn je größer die Tiefe, desto schwieriger die Ortung.

Der Zerstörer machte einen erneuten Anlauf. Als ob er froh sei, sie wiedergefunden zu haben, kam er mit voller Kraft auf sie zu, und wieder detonierten die Wasserbomben, diesmal 50 Fuß über ihnen. Es schüttelte die U-102, als ob sie einen Schlaganfall erlitte. Wasser strömte durch die vorderen Torpedorohre ein. Das Heck stieg in die Höhe und brachte sie an den Rand einer Tauchfahrt, von der es keine Wiederkehr mehr gegeben hätte; aber auch dieser Schaden konnte behoben werden. Teile des U-Bootes waren überflutet, wurden notdürftig abgeschottet, und als es wieder auf ebenem Kiel lag, blieb für die Mannschaft nichts anderes mehr zu tun übrig, als auf den nächsten unvermeidlichen Angriff zu warten. Dagegen war kein Kraut gewachsen. Die Männer beteten, dass der Zerstörer ihnen beim nächsten Mal den Gnadenschuss geben möge, bevor sie unter der Last zusammenbrächen und mit ihren Köpfen schreiend gegen die Schotten schlügen.

Schließlich, als sie es am wenigsten erwarteten, kam, wenn auch keine Begnadigung, so doch ein Aufschub der Vollstreckung. Der Zerstörer schien Schwierigkeiten zu haben, sie auszumachen. Zweimal brach er einen Angriff ab. Einmal fuhr er in die falsche Richtung, und die Wasserbomben detonierten mehrere Seemeilen entfernt.

Bungert hatte nur eine Erklärung dafür. Sie mussten einen Verbündeten gewonnen haben: das Wetter. Während des Tankvorgangs mit der »Milchkuh« hatte er gesehen, wie sich im Westen Wolken auftürmten, die Anzeichen eines nahen Sturms. Der Sturm, sagte er sich, musste sie jetzt erreicht haben, und die Wellen mussten so hoch sein, dass sie mit dem Sonar des Zerstörers Katz und Maus spielten. Vielleicht, dachte er, wenn wir still genug, tief genug, lang genug liegen bleiben, verlieren sie den Kontakt und geben auf.

Der Captain des Zerstörers war jedoch kein Mann, der aufgab.

Er hatte gewusst, dass ein Sturm im Anrollen war – die alliierten Wettervorhersagen für die südliche Hemisphäre waren im letzten Jahr sehr zuverlässig gewesen – und einen Angriff nach dem anderen gefahren, um das U-Boot, bevor sich die Bedingungen verschlechterten, zu zerstören. Doch die U-102 hatte sich als schwer greifbar erwiesen. Dem Captain war klar, dass er sie verlieren könnte. Er hatte nicht mehr allzu viel Treibstoff, in schwerer See erwies sich sein

Sonar als unzuverlässig, und sein Schiff (ein alter Town Class-Zerstörer) war im Sturm alles andere als einfach zu manövrieren. Die See an diesem Morgen wurde immer schwerer, bis schließlich riesenhafte Brecher, so hoch wie Gebirge, aus Westen anrollten. Gegen Mittag krachte einer auf die Brücke, zersplitterte eine der angeblich unzerbrechlichen Glasscheiben und tötete einen der Wachoffiziere. Das Kriegsschiff hatte zunehmend Schwierigkeiten, den Kontakt zur U-102 aufrecht zu erhalten. Aber der Captain war sicher, dass sie sich irgendwo unter ihm befand, reglos wie ein Mäuschen. Wenn das Wetter aufklart, sagte er sich, werde ich sie kriegen. Stunde um Stunde umkreiste er die Stelle, wo er zum letzten Mal Kontakt mit ihr gehabt hatte. Und wartete.

Oben wurde die Crew des Zerstörers von Wind und Wellen geschüttelt, von Kälte, Gischt und Hagelschauern betäubt. Unten verharrte die Mannschaft eingezwängt in klaustrophobischer Enge, angewidert von dem Gestank aus Schweiß, Dieselöl, abgestandenem Essen und einer Toilette, die seit 36 Stunden nicht mehr gespült worden war. Der Mangel an Sauerstoff sorgte für eine zunehmende Desorientierung der Mannschaft. Mehrere Male versuchte Bungert mit kleinster Geschwindigkeit davonzuschlüpfen. Aber der Zerstörer nahm wie ein schnüffelnder Bluthund die Geräusche ihrer Maschine auf und folgte ihnen. Sie änderten ihren Kurs, der Zerstörer änderte seinen. Sie stoppten, der Zerstörer stoppte. Und das Warten begann aufs Neue.

Bungert sah ein, dass er nur noch eine Karte auszuspielen hatte. Er musste sie bald spielen, bevor der Sturm nachließ. In den frühen Morgenstunden, als er dachte, die Crew des Zerstörers wäre weniger aufmerksam und damit beschäftigt, die Position zu halten, fasste er einen Entschluss. Mit maximaler Geschwindigkeit und bei größtmöglicher Tiefe floh er nach Süden. Nach Süden, weil seine Tanks randvoll waren, und er damit weit ins Südmeer vordringen konnte. Er hoffte, der Zerstörer hingegen würde knapp bei Treibstoff sein und würde sich sträuben, ihnen in Seegebiete zu folgen, die weit vom Stützpunkt entfernt lagen.

Von einem Augenblick zum andern wurde aus dem Katz-und-Maus-Spiel eine donnernde Jagd; der Zerstörer konnte ihnen folgen, aber es war ihm nicht möglich, in diesem entsetzlichen Wetter einen weiteren erfolgreichen Angriff zu starten.

Auf der U-102 verschlechterten sich die Konditionen. Die stundenlangen Vibrationen der Maschinen ließen die Mannschaft zittern wie Epileptiker. Die Hitze machte sie schwitzen wie die Schweine, der Gestank machte sie würgen, der Mangel an Sauerstoff machte sie träge. Sie wirkten wie angeschlagene Boxer, durch Schmerz und Qual betäubt bis zur Gefühllosigkeit. Ihre Pein schien kein Ende zu nehmen. Stunde um Stunde flohen sie nach Süden, wie ein Tier, das blind durch die Nacht rennt, verfolgt von einem Jäger, den es niemals sieht und doch nicht abschütteln kann. Einmal hielten sie an, um mit dem Horchgerät zu lauschen. Das war ein Fehler. Der Zerstörer hatte immer noch Kontakt mit ihnen und einmal mehr zerrissen Wasserbomben die See um sie herum. Dies – natürlich wussten die U-Bootfahrer das nicht – war der letzte Angriff des Zerstörers. Sein Kapitän schrieb in das Logbuch: *Das U-Boot wurde gut geführt und war schwer zu fassen. Nach 31-stündiger Verfolgung unter Gruppe C-Bedingungen, während der wir 9 Angriffe fuhren – zwei davon mit der Versuchswaffe »Hedghog« – war ich durch Treibstoffmangel gezwungen, das Unternehmen abzubrechen und Kurs zu setzen nach Simonstown.*

Der Zerstörer drehte ab nach Ost in Richtung Afrika. Das U-Boot hielt weiter Südkurs; Bungert hatte ja keine Ahnung, dass die Jagd zu Ende war. Er hatte einmal den Fehler gemacht, anzuhalten, er würde diesen Fehler nicht ein zweites Mal begehen. Mit voller Kraft setzte die U-102 ihre Flucht nach Süden fort, vorbei am Wendekreis des Steinbocks, vorbei am 50. Breitengrad, vorbei an den Vulkankegeln der Inseln Candlemas und Thule und hinein in die einsamen Weiten der Scotiasee. Nicht bevor sie weiter südlich waren, als ein U-Boot in Kriegszeiten jemals zuvor gewesen war, gab Bungert den Befehl, den die Mannschaft 48 Stunden lang herbeigesehnt hatte: »Maschinen stopp.«

Sie lagen bewegungslos und horchten. Da war kein Wellenschlag, kein Ping des Sonars, kein Wirbeln von Schrauben. Nichts als Stille. Trotzdem wartete Bungert. Erst als er vermutete, die Sonne sei bereits untergegangen, und die U-102 würde im Zwielicht auftauchen, stieg er auf 12 Fuß Wassertiefe. Nach einer ganzen Weile weiteren Wartens gab er den Befehl: »Seerohr ausfahren.«

Er glaubte nicht wirklich, den todbringenden Zerstörer zu entdecken, aber die Angst saß ihm immer noch im Nacken; ein Albtraum, der zu schrecklich war, um hinweggewischt zu werden, bis das Gegenteil bewiesen war. Als er das Seerohr um 360° gedreht hatte, war der Spuk vorüber. Da war kein Zerstörer, aber da war etwas anderes. Etwas so Unerwartetes, dass Bungert im ersten Moment das Periskop schon wieder einfahren – und abtauchen wollte.

Nach Norden, Osten und Westen hin waren See und Himmel ohne besondere Merkmale. Doch nach Süden hin sah er bildfüllend eine Helligkeit und einen grellen, blendenden Schein wie von Bogenlichtlampen. Und über den Horizont wirbelten in einem makabren Tanz merkwürdige grüne und purpurne Spiralen. Er war so sehr auf Kriegsbilder eingestellt, dass er dachte, er sähe einen Konvoi, der angegriffen worden war und lichterloh brannte. Doch bereits als er den Gedanken dachte, verwarf er ihn auch schon wieder. Das war unmöglich. Abgesehen von der Tatsache, dass kein

Konvoi so weit im Süden fahren würde, waren da keine Schiffe. Die Lichter, die er sah, waren keine Suchscheinwerfer und die grünen und die purpurnen Spiralen keine Leuchtspur- oder Vernebelungsgeschosse. Auch hatte die Szene den Anschein von Ruhe und Friedlichkeit: war völlig verschieden vom Tumult des Kriegs.

Dann plötzlich kam es ihm, was er da sah: Er schaute auf das antarktische Packeis, gebadet in der »Aurora australis«, dem antarktischen Polarlicht.

Er gab den Befehl zum Auftauchen. Wie ein großer Wal hob sich die U-102 aus dem Meer, das Wasser lief in glitzernden Kaskaden von ihren Decksaufbauten ab.

Erst, nachdem die wachhabenden Offiziere den Horizont Segment für Segment mit ihren Ferngläsern abgesucht hatten, gab Bungert den Befehl, den die Mannschaft so dringend erwartet hatte: »Wache abtreten! An Deck mit euch.«

Sie stiegen aus dem Kommandoturm wie Zombies, wie Halbtote aus ihren Särgen. Sie waren bleich, schwach, und es war ihnen schwindelig. Sie waren dreckig, verschwitzt und krank. Aber sie lebten. Sie holten tief Luft, starrten auf die Weite des Ozeans und auf den Glanz der Aurora und sandten ein Stoßgebet zum Himmel.

Zuerst genügte es ihnen, überlebt zu haben. Sie standen zusammengedrängt in kleinen Gruppen an Deck, taten nichts, sagten nichts, aber fühlten, wie das Leben in sie zurückkehrte, als hätten sie eine Infusion bekommen. Dann fingen sie an, sich zu waschen, überschütteten sich mit Meerwasser, das sie in Eimern nach oben zogen, und schrubbten sich die Kleidung sauber, so als ob sie mit dem Abreiben von Schmutz und Kot auch ihr Gedächtnis von dem reinigen könnten, was sie durchgemacht hatten. Als ihr Bewusstsein endlich zur Kenntnis nahm, dass ihre Qual vorüber war, gewahrten sie schließlich auch ihre Umwelt.

Es war einer dieser seltenen Abende im Südmeer, ohne

Wolken, ohne Wind und einer glatten, sachte wogenden See. So weit sie sehen konnten, erstreckte sich das Treibeis nach Süden. Es glitzerte wie weißes Feuer; darüber schimmerte das Polarlicht in stetig sich ändernden Formen, bildete Lichtbänder aus Purpur, Weiß und Grün, und eingestreut sah man ein Feuerwerk, das aussah wie Sterne, die vom Himmel fielen. Es war nicht nur die Schönheit des Augenblicks, der sie berührte. Es war das Wissen um die Zeitlosigkeit; so, wie Treibeis und Aurora heute Abend glitzerten und schimmerten, so hatten sie schon vor Millionen Jahren geglitzert und geschimmert und würden es noch in Millionen Jahren tun. Wie sehr wünschten sie sich, diese Nacht möge nie zu Ende gehen, doch kurz nach 4 Uhr morgens drang langsam Licht in den Himmel ein. Bungert gab den Befehl zum Tauchen. Obwohl er es für höchst unwahrscheinlich hielt, dass alliierte Flugzeuge oder Kriegsschiffe so weit im Süden patrouillierten, wollte er nicht mal die Chance Tausend zu Eins riskieren. Solange der Tag andauerte, lag die U-102 unter Wasser, und die Mannschaft schlief.

Zum ersten Mal seit einer Woche schliefen die Männer tief – und träumten; träumten, man hätte ihnen gesagt, dass sie bis Ende des Kriegs hier liegen bleiben könnten: keine Vibrationen mehr, keine Hitze, kein Schnappen mehr nach Luft, kein Hin- und Hergeschleudertwerden von Schott zu Schott, kein Gestank mehr von Exkrementen, kein Niederreißen mehr des Periskops, weil sie nicht sehen wollten, wie um Hilfe schreiende Matrosen eines torpedierten Handelsschiffs in Öllachen verbrannten, kein in die Hosemachen mehr, wenn Schraubengeräusche lauter wurden und Wasserbomben explodierten ... nur noch Eis, Polarlicht, Wind und Meer, Himmel und Sterne, Pinguine und (wie manche glaubten) Eisbären. Was ihren Träumen einen bitteren Beigeschmack verlieh, war, dass sie, während sie es träumten, wussten, dass dies nur ein Wunschtraum war.

Als es dunkel wurde, tauchte die U-102 wieder auf. Die zweite Wachmannschaft kam an Deck, überprüfte die Reparaturen, die die 1. Wache ausgeführt hatte, kontrollierte die Batterien. Der Navigator stellte fest, dass er mit dem Kompass wegen der Nähe zum magnetischen Pol Schwierigkeiten hatte. Dann bekam die Mannschaft frei, die Männer durften tun, was sie wollten. Die einen standen da und unterhielten sich, andere beobachteten das Polarlicht, wieder andere rannten über das Deck, um sich Bewegung zu verschaffen; einige der Männer zogen wasserdichte Rettungsanzüge an, ließen sich von ihren Kameraden ins Wasser abseilen und plantschten um den U-Bootrumpf herum wie Pilotfische um einen Wal. Als sie wieder an Bord gezogen wurden, verkündeten sie stolz, sie würden es noch ihren Enkelkindern erzählen, dass sie in der Antarktis gebadet hätten. Selten waren sie so fröhlich gewesen.

Als der Himmel im Osten hell zu werden begann, kam der Obersteuermann zu Bungert, druckste ein wenig herum und sagte dann fast entschuldigend: »Die Männer fragen, ob wir aufgetaucht bleiben können, Herr Kaleu? Um den Sonnenaufgang zu erleben?«

Bungerts erste Reaktion war, dass dies völlig absurd sei. »Dafür kommen Sie vor das Kriegsgericht«, kam ihm in den Sinn. »Was, Herr Kapitänleutnant Bungert, hatten Sie im hellen Tageslicht an der Wasseroberfläche zu suchen?«

»Herr Kaleu, die Mannschaft möchte den Sonnenaufgang sehen.« Er dachte einen Augenblick lang nach. Die Chancen, so weit im Süden angegriffen zu werden, sagte er sich, waren nicht Tausend zu Eins, sie waren eine Million zu Eins. Nach allem, was die Mannschaft durchgemacht hat, dachte er, könnte ihr moralische Aufmunterung nicht schaden.

»Gut. Eine Freiwache an Dock. Die andere auf Tauchstation. Höchste Alarmbereitschaft.«

Die Wache, die an Deck bleiben durfte, hat nie vergessen,

was sie an diesem Morgen sah. Langsam überzog ein schwaches Glühen den Horizont im Osten. Das Glühen wurde stärker und heller. Sein Zentrum geronn zu einem pulsierenden karminroten Flecken, als plötzlich der obere Rand der Sonne über den Horizont stieß und rote und goldene Strahlen sich wie die Speichen eines Riesenrads über den Himmel fächerten. Dann, als die Strahlen auf die wellige Fläche des Eises trafen, brachen sie sich in alle Farben des Spektrums: rot, gelb, grün, blau. Mehrere Minuten lang sah das Treibeis aus, als würde man es durch ein Kaleidoskop betrachten, als ob ein Regenbogen vom Himmel auf die Erde gefallen sei. Als die Sonne sich klar über den Horizont erhoben hatte, verblassten die Farben allmählich; aber sie verschwanden nicht. Im Nachspiel der Morgendämmerung fing das Packeis an zu glühen, nicht hell, sondern sanft: eine Mischung aus Beryl und Taubengrau, Perlmutt und Lapislazuli, Amethyst und Aquamarin. Es war nur die Geburt eines neuen Tages, doch als die U-Bootfahrer dies sahen, glaubten sie, es geschähe ihnen ein Wunder; und so mancher erinnerte sich an seinen Traum, den Rest des Krieges hier im Packeis zu verbringen.

»Herr Kaleu!« Der Funkoffizier stolperte die Leiter des Turms empor. »Wir haben ein Signal!«

Der Traum platzte wie eine Seifenblase. Bungert wurde aus der Fantasie in die Realität zurückgeholt. »Peilung?«

»190 Grad, Herr Kaleu. Aus Süd.«

Er konnte es nicht glauben. Nach Süden hin war nichts als Eis. Niemand konnte von dort senden. Er schaute den Funkoffizier mit Skepsis an. »Aha, neues Mitglied im Reziprok-Club.« Es war zwar ein elementarer, aber doch recht häufiger Fehler eines Funkers, eine Nordpeilung mit ihrem Kehrwert 180° anzunehmen, eine reziproke Fehlberechnung – in anderen Worten. »Mal wieder Süd mit Nord verwechselt?«

»Nein, habe ich überprüft.«

Er starrte auf das Eis, erwägte kurz die Möglichkeiten und verwarf sie wieder. »Ist das Signal verschlüsselt?«

»Nein, Herr Kaleu. Ganz normale Sprache. Englisch. Wir glauben, es handelt sich um einen Wetterbericht.«

Er brauchte Zeit, um nachzudenken; wenn da ein Kriegsschiff in der Nähe wäre, sollten sie besser von der Wasseroberfläche verschwinden. Er gab Befehl zum Tauchen.

Eine halbe Stunde später lag die U-102 bewegungslos in einer Tiefe von 500 Fuß. In einer Nische, die als Kapitänskajüte diente, brüteten Bungert, sein 1. Offizier, der Funker und der Chefingenieur, der perfekt Englisch konnte, über dem Funkspruch, den sie so unerwartet aufgefangen hatten. Die ersten Worte fehlten, der verlorene Rest des Satzes musste gemutmaßt werden. Im Wesentlichen lautete die Meldung:

... wie gewöhnlich unsere 06.00 Uhr-Beobachtungen: Luftdruck 998 fallend. Temperatur minus 17° Celsius, Wind 40 bis 45, in Böen 60, Süd, stärker werdend. Wolkendecke vier Zehntel in 1000 Fuß Höhe, verdichtend. Zeitweilig Nebel. Vorhersage: Ein schwaches Tiefdruckgebiet bewegt sich langsam nach Osten in das Weddellmeer. A bientôt.

Der Funkspruch kam unzweifelhaft aus Süd. Und nach der Stärke des Signals zu urteilen, von nicht sehr weit aus Süd.

»Was halten Sie davon?«, wandte sich Bungert an seinen 1. Offizier.

»Ich denke, es ist ein Wetterbericht von einem Kriegsschiff, Herr Kaleu. Es könnte an der Eiskante patrouillieren.«

»Teilen Sie diese Meinung, Nummer Zwei?«

Der Chefingenieur schüttelte den Kopf. Nach seiner Meinung, sagte er, würden die Alliierten, von denen bekannt sei, dass sie nur wenige Kriegsschiffe besäßen, wahrscheinlich kaum ein Schiff in einem so abgelegenen Gebiet wie der

Antarktis patrouillieren lassen. Auch dachte er, dass die Art wie dieser Funkspruch abgefasst war, nicht zu einem Kriegsschiff passte.

»Sie sind der Sprachexperte. Sagen Sie uns, weshalb.«

»Herr Kaleu … der Funkspruch beginnt mit ›wie gewöhnlich unsere 06.00 Uhr Beobachtungen‹. Das setzt voraus, dass auch zu anderen Tageszeiten Wetterbeobachtungen übermittelt werden. Dann die Art, wie der Funkspruch endet: ›A bientôt‹ – so ähnlich wie ›Bis bald‹, wie zwischen Freunden. Ich würde sagen, solche Vorhersagen werden regelmäßig übermittelt. In stets den gleichen Zeitabständen. Ich sehe kein Kriegsschiff so etwas tun.«

»Was ist Ihre Theorie?«

»Ein Wetterschiff, Herr Kaleu, das abseits des Eises vor Anker gegangen ist und zwei oder dreimal pro Tag Wetterberichte sendet.«

Bungert nickte. Das machte Sinn. »Ein Wetterschiff«, sagte er langsam, »wäre doch ein sehr lohnendes Ziel.«

In den nächsten 48 Stunden fing die U-102 weitere fünf Funksprüche auf, alle mit derselben Peilung, was bestätigte, dass ihre Beute stationär und schon deshalb eher ein Wetterschiff als ein Kriegsschiff sein musste. Trotzdem bereiteten sie ihren Angriff mit der Sorgfalt eines Räubers vor, der nicht weiß, ob er es am Ende mit einem Frosch oder einem Tiger zu tun hat. Sie übten Notaufstieg und Sturztauchen, übten den Drill an der 88 mm-Kanone und ermittelten so exakt wie möglich den Standort ihres Opfers. Das war nicht einfach, aber mit einer Kombination aus berechneten und angenommenen Standorten entschieden sie, dass das Wetterschiff nahe der Küste der Antarktischen Halbinsel bei 65° Süd vor Anker liegen musste.

»Vielleicht«, meinte der 1. Offizier, »sind sie gar nicht auf einem Schiff, sondern an Land.«

»Denken Sie, dass sie an Land überleben könnten?«

Das war eine der vielen Fragen, die sie sich stellten, aber nicht beantworten konnten. Sie wussten so wenig über die Antarktis. Keiner von ihnen war bisher auch nur in die Nähe dieses Kontinents geraten. Ihre Seekarten reichten nicht weiter als bis zum 60. Breitengrad. Der einzige Bezug, den sie hatten, war eine Karte aus einem nicht mehr ganz neuen Schulatlas. Sie wussten, dass sie an der Grenze zum Unbekannten operierten.

»Glauben Sie«, fragte der 1. Offizier, »dass das Wasser so weit im Süden eisfrei ist?«

Bungert klappte den Atlas zu. »Es gibt nur einen Weg, das herauszufinden.«

Das war der Anfang einer neuen Jagd. Nur dieses Mal war U-102 der Jäger.

Sie hatten Glück mit der Jahreszeit. Ein paar Monate früher oder ein paar Wochen später hätte ihnen das Packeis den Weg nach Süden versperrt. Sie hatten auch Glück mit dem Wetter. Für Anfang März gab es in jenem Jahr ungewöhnlich wenige Schneestürme. Ihre Fahrt an den alten Robbenbänken der Inseln Livingston und Deception vorbei war weniger gefährlich als in manchem anderen Jahr. Sie fuhren am Tag und das sehr vorsichtig, denn es waren Eisberge in der Nähe, deren Kanten sie hätten aufschlitzen können wie eine Konservendose. Doch mit einer wenig bewegten See und guter Sicht gab es keine großen Schwierigkeiten, den Irrgarten von Kanälen zu befahren, den schon die »Scoresby« und die »Loch Tarbert« vor einem Jahr passiert hatten. Wie schon ihre Vorgänger waren auch sie von der Vielfalt an Leben überwältigt. Sie hatten immer geglaubt, die Antarktis sei ein toter Kontinent, doch der Himmel über ihnen war schwarz vor Vögeln, die sich zu ihrer alljährlichen Reise nach dem Norden sammelten. Das Meer um sie herum wimmelte vor Pinguinen, Delfinen und Robben, ebenfalls auf ihrem Weg nach Norden. Und jeden Tag, dreimal täglich, hörten sie die

Stimmen der Männer, die sie töten würden. Sie waren ihnen fast schon vertraut: die des Schotten, dessen Vorhersagen sie nur schwer verstanden, die des Mannes mit der gedehnten Sprache, der immer mit »A bientôt« endete, und die desjenigen, der seine Vorhersagen herunterratterte, als ob ihm die Zeit davonliefe – wie sie es tatsächlich auch tat.

Am 11. März erreichten sie das Ende der Kanäle und sahen vor sich eine große, in abendliches Sonnenlicht getauchte Hufeisenbucht, deren südliche Ausläufer in die Weiten des ewigen Eises übergingen. Das Wetterschiff lag, so mutmaßten sie, irgendwo in dieser Bucht. Jetzt mussten sie ihre Taktik ändern: am Tag abtauchen und nachts ihr Opfer lokalisieren. Bungert sah, dass treibende Eisschollen die eine Gefahr darstellten, schlechter werdendes Wetter die andere.

Wetterumschwünge spielen sich in der Antarktis schnell und dramatisch ab. Am 11. März, eine Stunde vor Sonnenuntergang, war der Himmel wolkenlos, die See war ruhig und der Wind lau. Eine Stunde nach Sonnenuntergang hing eine dicke Wolkendecke über ihnen, der Himmel hatte sich zugezogen, es schneite, die Brecher schlugen heftig gegen die Küste, und der orkanartige Wind drückte riesige Eisschollen in die Bucht.

Es war eine merkwürdige Situation: Eine Bucht mitten auf einem unbewohnten Kontinent; eine Gruppe Männer auf der einen Seite, eine andere auf der anderen; sie kannten sich nicht, hatten sich nie gesehen oder miteinander gesprochen, und doch wollten die einen versuchen, die anderen zu töten. Was die Situation noch merkwürdiger machte, war, dass die eine Gruppe die andere dreimal täglich sprechen hören konnte, wenn sie ihre Wettervorhersagen übermittelte. Vorhersagen, die der Countdown zu ihrem eigenen Requiem waren. Solange ihre Vorhersagen schlecht waren, würden sie ein paar Stunden länger leben. Wenn sich die Vorhersagen besserten, würden sie sterben.

Am Abend des 14. März sagten die Meteorologen voraus, dass die letzten Reste einer Front sich über der Halbinsel bis Mitternacht auflösen würden. Der 15. März, die Iden des März, würde ein wunderschöner Tag werden.

In dieser Nacht bat der Chefingenieur seinen Kapitänleutnant um ein privates Gespräch. Er war ihm peinlich, was er vorschlagen wollte: »Ich vermute, Herr Kaleu, es wird nicht möglich sein, die Leute gefangen zu nehmen?«

Bungert schüttelte den Kopf. »Ich denke genau wie Sie. Ich wünschte, es gäbe einen anderen Weg. Aber überlegen Sie mal: Wenn wir ihnen die Chance gäben zu überleben, könnten sie SOS funken. Wenn wir dann die Halbinsel wieder hinaufführen, würde dort ein Kriegsschiff auf uns warten.«

»Ich weiß, die Idee war verrückt.«

Bungert legte die Hand auf die Schulter seines Chefingenieurs. »Nicht Ihre Idee ist verrückt, sondern der Krieg.«

Kurz vor Mitternacht rief er die Besatzung seines Schiffs zu einer Einsatzbesprechung.

»In dem Moment, da sich das Wetter bessert, fahren wir hinein, lokalisieren sie, bleiben untergetaucht bis zur Morgendämmerung. Dann tauchen wir auf. Die 88 mm-Kanone wird kurzen Prozess mit ihnen machen. Und wir wollen keine Überlebenden.«

Sie sahen das Licht genau zu dem Zeitpunkt, als sie in die Bucht einfuhren. Den goldenen Schein, der aus einem westlich gelegenen Fenster der Holzbaracke drang. Als der Himmel sich von Wolken lichtete, konnten sie die Umrisse der Baracke erkennen: ein lang gestrecktes Gebäude, weniger als 100 Meter vom Ufer entfernt. Das perfekte Ziel. Sie tauchten und beobachteten weiter durch das Periskop. Nichts rührte sich. Vermutlich schliefen die Männer in der Baracke und träumten von ihren Lieben in einem weit entfernten Land.

Sobald es hell genug war, klar zu sehen, gab Bungert den Befehl zum Auftauchen.

Ruhig hob sich das U-Boot aus dem Meer, Kaskaden von Wasser rannen beinahe lautlos über seinen Rumpf. Fast ohne ein Geräusch zu machen, versammelte sich die Mannschaft an Deck, lud die 88 mm-Kanone und richtete sie aufs Ziel. Die Kanone konnte ein Flugzeug aus fast 1000 Meter Höhe herunterholen. Sie auf eine 150 Meter weit entfernte hölzerne Baracke abzufeuern war, wie eine Nuss mit einem Vorschlaghammer zu öffnen.

Als der Kanonier anzeigte, dass er fertig war, hob Bungert das Fernglas an die Augen. »Wie lautet die Abfolge?«

»Zuerst den Sendemast, dann die Baracke und zuletzt das Gebäude, von dem wir glauben, dass es ein Treibstofflager ist.«

»Feuer frei.«

Der erste Schuss war etwa sechs Meter zu tief und ein wenig zu weit rechts. Der zweite eine Idee zu hoch. Der dritte war ein Volltreffer. Der Sendemast fiel nicht nur einfach um, er wurde regelrecht zertrümmert. Vor einer Sekunde war er noch da, jetzt gab es ihn nicht mehr. Wie Sensenblätter fuhren die Geschosse in die Unterkunft, rissen die Wände heraus, zerschmetterten Kojen, schleuderten Körper in die Luft, als ob sie Marionetten wären. Eine Sekunde lang sah man die Silhouette eines Mannes in einer der Lücken, die aus den Wänden herausgerissen worden waren. Er hatte die Hand über die Stirn gelegt und spähte auf das Meer hinaus und schien nicht glauben zu können, was passierte. Ein Geschoss riss ihn in zwei Hälften. Die untere blieb, als ob sie nicht zu ihm gehörte, aufrecht stehen, die andere flog in kleinen Fetzen über das Dach. Der Kanonier, völlig entnervt, verlor die Treffsicherheit und schoss wild durch das Camp.

Aus dem völlig zerborstenen Gebäude kam ein Mann gerannt. Er hatte ein Gewehr. Im Zickzack lief er durch den Geschosshagel und den Rauch und stieß dabei an alles, was noch stand. Dann ließ er sich nieder auf ein Knie und legte an. Der Kanonier auf dem U-Boot machte einen solchen Höllenlärm, dass niemand den Gewehrschuss hörte. Ein Matrose der Kanonenwache riss die Arme in die Luft und schlitterte tödlich getroffen ins Wasser. Er starb, als seine Kameraden ihn herausziehen wollten.

Das änderte die Sache. Das Mitleid, das die Mannschaft des U-Boots bis jetzt mit den Angegriffenen verspürt hatte, verkehrte sich in Zorn. Es war, als ob der Schütze mit seiner hilflosen Geste der Verteidigung ihnen die Rechtfertigung dafür gegeben hätte, was sie taten. Die Kanone schwenkte auf ihn, und alles, was von diesem Mann übrig blieb, war rotgefärbter Schnee. Noch einmal krachte ein Geschoss in die Baracke und dann war das Treibstofflager an der Reihe. Mehrere Sekunden lang schlugen die Geschosse sauber durch, ohne den Treibstoff zu entzünden, dann aber kam die Explosion, unter der alles zerbarst. Aus dem Trümmerhaufen stieg dicker Qualm und ein Schauer brennenden Kerosins kam über dem Lagerplatz nieder. Flammenzungen leckten an den Holzresten empor, setzten sie in Brand und verzehrten alles, womit sie in Berührung kamen.

Bungert meinte, dass in einem solchen Inferno nichts, nicht einmal eine Laus, die von einem Menschen abgesprungen war, noch leben konnte. »Feuer einstellen.«

Gerade noch halb taub vor Lärm, waren sie nun einer solch absoluten Stille ausgesetzt, dass es fast wehtat. Niemand sprach ein Wort, es schien nichts zu sagen zu geben.

Sie wussten, was sie als Nächstes zu tun hatten: sicherstellen, dass sie ihre Arbeit sauber erledigt hatten. Es wäre zu riskant gewesen, mit dem U-Boot längsseits ans Eis zu fahren. Aber sie hatten ein Schlauchboot und die Küste war nicht weiter als 50 Meter entfernt.

Vier Mann gingen an Land: Bungert, der Chefingenieur und zwei einfache Matrosen. Wie es aussah, war es ausgeschlossen, dass irgendwer überlebt hatte, aber die Offiziere nahmen zur Sicherheit ihre Pistolen mit. Nur für den Fall …

Als sie das Schlauchboot festmachten und auf das Eis kletterten, fragte einer der Matrosen: »Was tun wir, Herr Kaleu, wenn wir einen finden, der noch lebt?«

»Damit wäre es ziemlich gnädig«, Bungert klopfte auf sein Pistolenhalfter.

Sie hatten nicht erwartet, jemanden lebend vorzufinden. Und es geschah auch nicht.

Das Camp war vollkommen zerstört, wie ausradiert. Was die Kanone nicht geschafft hatte, hatten die Flammen besorgt. Die Körper der Toten waren als solche kaum noch zu erkennen. Dies war kein Ort, wo sie sich lange aufhalten wollten. Sobald Bungert festgestellt hatte, dass es keine Überlebenden mehr gab, musste er nur noch Beweisstücke von dem Angriff sammeln, um sie mit nach Wilhelmshaven zu nehmen. Er kletterte in den Schutthaufen hinein. Von einem der Körper nahm er sich die Identitätsplakette und die Überreste einer Brieftasche, von einem Haufen glimmender Kleider eine Navy-Offiziersmütze.

»Herr Kaleu!« Ein Matrose stocherte in dem Durcheinander. »Sieht aus, als ob sie Felsbrocken gesammelt hätten.«

Bungert überlegte. Er erinnerte sich, wie überrascht er war, als sie den ersten Funkspruch aufgefangen hatten; dass die Engländer Männer tief in die Antarktis schickten, nur um Wetterberichte zu senden. Könnte, fragte er sich, an dieser Wetterstation am Ende der Welt mehr dran gewesen sein als nur Meteorologie?

»Was sind das für Steine?«

Sie standen in einem kleinen Kreis, und ließen, während der Wind an ihnen zerrte, die Proben von Hand zu Hand gehen. Keiner von ihnen kannte sich mit Geologie aus. Der

Chefingenieur meinte, sie sähen wie Granit aus. Bungert dachte, wie eine Art von Lava. »Vielleicht«, sagte einer der Matrosen, »haben sie nach Öl gebohrt.«

Nichts an den Steinen schien besonders interessant zu sein, aber wenn die Engländer sich damit abgegeben hatten, sie zu sammeln und aufzubewahren, sagte sich Bungert, könnte mehr dran sein, als es den Anschein hatte. »Wir nehmen ein paar mit«, sagte er, »zur Analyse.«

Als er sich hinunterbeugte, um einen der Steine aufzuheben, dachte er, in seinem Augenwinkel eine Bewegung gesehen zu haben. Hatte sich da nicht einer der Körper geregt?, dachte er. Das war es, was er befürchtet hatte, seit sie an Land gegangen waren. Er holte seine Pistole aus dem Halfter, da hörte er ein Rufen vom U-Boot: »Landgänger! Eis treibt in die Bucht!« Die Nachricht war klar und deutlich: Wir müssen hier raus!

Das Echo hallte noch über das Eis, als eine plötzliche Explosion die Reste der Baracke erschütterte. Dann hörten sie das Geknatter wie von Gewehrschüssen und das Jaulen von Projektilen. Es war wie in einem Horrorfilm, wenn ein Totgeglaubter zum Leben erwacht und auf seine Feinde schießt. Es dauerte einige Zeit, bis sie erkannten, was geschehen war: Teile der Baracke glimmten noch immer und das Feuer hatte eine Schachtel mit Patronen entzündet. Sie warfen sich zu Boden, während weitere Projektile über das Eis jaulten.

Bungert hatte bereits einen Mann durch den Unglücksschuss verloren. Er wollte keine weiteren Opfer. »Bleibt unten. Und dann zurück zum Schlauchboot.«

Er erinnerte sich an den Körper, von dem er geglaubt hatte, dass er sich bewegt hätte. Er starrte ihn an. Der Körper lag reglos. Nur der Wind zerrte an der zerfetzten Hose, so dass es aussah, als ob das Bein zuckte. Das muss es wohl gewesen sein, sagte er sich, was ihm ins Auge gestochen war.

Während die Kugeln noch immer über das Eis fegten und das Feuer, neu entfacht, an den Überresten der Baracke fraß, machten sich die Landgänger auf den Weg zum Schlauchboot.

Wenige Minuten später hielt die U-102 auf das offene Meer zu. Bungert stand an der Reling, die Sonne war aus dem Eis gestiegen, stand da als stumme Zeugin und klagte ihn an.

So lange er lebte, würde er die Szene dieses Morgens nie wieder vergessen. Sie ängstigte ihn; jetzt und noch 50 Jahre später, als er in einem Mannheimer Krankenhaus im Sterben lag ... Auf der Steuerbordseite erhoben sich die in flamingorosa Licht getauchten Berge der Antarktischen Halbinsel. Unverfälscht spiegelten sie sich im stillen Wasser. Ein Bild von Schönheit, Ruhe und Frieden. Dahinter, eingehüllt in Rauch, lag ein Eisfeld, dessen Fläche blutgetränkt war und bedeckt mit den Überresten von dem, was einmal Menschen gewesen waren. Eine Szene von Zerstörung und Schrecken. Er war nicht das, was man einen religiösen Menschen nennen würde, aber er hatte sehr stark das Gefühl, dass er Gottes Werk besudelt hatte.

In dieser Nacht schrieb er in sein Tagebuch: *Wir sind im Krieg und ich weiß nicht, wie wir anders hätten handeln sollen. Dennoch haben wir alle ein Gefühl von Schuld. Denn den Krieg an einen Platz zu tragen wie diesen* – er zögerte, dann schrieb er genau dieselben Worte, die Lockwood ein Jahr vorher gesagt hatte –, *kommt mir vor wie Blasphemie.*

Die Iden des März

Es war zwei Uhr morgens. Lockwood träumte von einem Mädchen, das er ab und zu gesehen, aber nur einmal gesprochen hatte, als er ein Rütteln an seiner Schulter spürte. »Wachen Sie auf, Sir.«

Er öffnete die Augen, sah die vertrauten Wände der Baracke, roch den üblichen Geruch des Kohleofens und hörte die Stimme des Obermaats: »Das Wetter hat aufgeklart, Sir.«

»Gut.«

Eine halbe Stunde später und nachdem sie eine Tasse Kakao getrunken hatten, zogen Lieutenant Lockwood und Obermaat Ramsden ihren Handschlitten über den frisch gefallenen, knirschenden Schnee. Über ihnen funkelten die Sterne wie Diamanten, die Mondsichel hing tief über den Bergen der Halbinsel. Es war die perfekte Nacht für eine Schlittentour.

Sie brauchten drei Stunden bis zum Eisfall; dort angekommen, fanden sie ohne Probleme die Markierungsfahne, räumten den Schnee weg und luden die Felsbrocken auf den Schlitten. Die Brocken waren in Segeltuchtaschen verpackt – für jedes Bohrloch eine eigene Tasche –, damit sie immer wussten, aus welcher Sprengung die Steine stammten. Die von unter dem Eisfall sahen auch nicht anders aus als alle anderen, die das Vermessungsteam in den letzten dreizehn Monaten zur Analyse in ihr Lager gebracht hatte. Jeder einzelne dieser Felsbrocken war mit Spezialgeräten getestet worden, ohne jedoch den geringsten Hinweis auf irgendetwas zu geben. Ihr Enthusiasmus war verflogen. Als Ramsden aus alter Gewohnheit seinen Geigerzähler über die Taschen hielt, erwartete er nichts.

Jetzt aber begann er zu knattern.

»Sir!«

Lockwood hatte das Knattern gehört. Er kam rüber und hielt seinen Geigerzähler ebenfalls über die Tasche. Diesmal war das Knattern sogar noch lauter, es klang wie gedämpftes Maschinengewehrfeuer.

Erschrocken aber auch neugierig zugleich starrten sie auf die Taschen. Zwei oder drei Jahre später hätten sie vermutlich Bescheid gewusst. Doch Anfang 1943 war über Radioaktivität und Atomenergie so gut wie nichts bekannt; jenseits der Grenzen Japans waren die Städtenamen Hiroshima und Nagasaki bedeutungslos. Keiner der beiden war Geologe; da sie aber seit über einem Jahr mit Geologen zusammenarbeiteten, hatte sich Lockwood geringfügige Kenntnisse auf diesem Gebiet angeeignet.

»Was genau«, fragte Ramsden, »bedeutet dieses Knattern?«

»Dass die Felsbrocken radioaktiv sind.«

»Und was bedeutet das?«

»Dass sie selten sind. Und wertvoll. Und, wie ich vermute, dass sie das sind, wonach wir gesucht haben.«

»Aber weshalb?«

Lockwood schnallte sich die Skier an. »Je schneller wir zurückkommen, desto eher können wir den Alten fragen.«

Sie sahen zu, dass auch keine der Taschen im Schnee zurückblieb, dann machten sie sich auf den Weg zum Camp.

Sie fuhren gerade um den Rand einer schmalen Senke, als sie plötzlich Schüsse hörten. Sie bremsten, sahen sich um. Im ersten Moment dachten sie, dass das Eis brach und sie in eine bodenlose Gletscherspalte fallen würden, doch das Eis bewegte sich nicht. Sie starrten auf die Taschen auf ihrem Schlitten. Würden sie gleich explodieren wie ein Vulkan? Sie waren argwöhnisch, weil sie sich die Herkunft der Geräusche nicht erklären konnten. Aber mit den Steinen war nichts. Nach mehreren Sekunden begriffen sie, dass der Lärm, obwohl laut, von weiter her kam. Aus der Richtung, wo das Camp lag.

Sie schauten sich an, Angst stieg in ihnen auf.

»Gewehrschüsse?«

Ramsden nickte.

»Kommen Sie, schnell!«

Sie ließen den Schlitten zurück und zogen auf wackeligen Beinen, aber mit langen, kräftigen Armschüben davon. Ihr Lager war noch etwa sechs Meilen entfernt; kurz davor erhob sich ein etwa 150 Meter hoher Schneehang, der ihnen die Sicht zur Küste versperrte. Es würde einige Zeit dauern, den Gipfel zu erklimmen, bis sie auf ihr Camp hinabsehen könnten. Etwa eine Minute lang hatte das Geräusch der Schüsse angehalten, nun herrschte Stille, die aufgrund ihrer Absolutheit noch viel beängstigender war. Sie sprachen kein Wort. Sie konzentrierten sich darauf, ihr Lager so schnell wie möglich zu erreichen, und wagten nicht daran zu denken, was sie vorfinden würden, wenn sie dort ankämen. Es schien ihnen eine Ewigkeit zu dauern, bis sie die Bergkuppe erreicht hatten.

»Sir!« Ramsden hielt schwer atmend an. »Lassen Sie mich die Lage peilen.«

Ramsden hatte Recht. Wenn ein deutsches Kriegsschiff das Lager beschossen hatte, wären vielleicht Deutsche gelandet und hätten das Lager gestürmt. Blind in die Falle hineinzustolpern wäre fatal gewesen.

»Okay.« Er deutete auf eine Schneewächte unterhalb des Kamms. »Die gibt uns Deckung. Wir werden beide die Lage peilen.«

Sie kletterten hin, stießen ein Loch durch den Schnee und starrten hinunter: auf die Überreste ihres Lagers und ihrer Kameraden.

☆

Ramsden erbrach sich fast, und Lockwood stammelte immer wieder: »Mein Gott. Mein Gott. Mein Gott.« Einen Augenblick lang schienen das Meer, der Himmel, der Schneehang und das Eisfeld ineinander zu stürzen. Lockwood dachte, er würde ohnmächtig. Nichts, was er sich je hatte vorstellen können, war so entsetzlich wie das, was er sah: die Baracke zu Asche verbrannt, die Körper seiner Freunde, zerschossen, geschwärzt vom Feuer, bewegungslos hingestreckt in den Schnee. Vor seinem geistigen Auge sah er sie, wie sie einst gewesen waren: Dave mit seinem endlosen Repertoire an Witzen, die jeder schon kannte, John mit seinen kleinen charmanten Freundlichkeiten, Ken, der immer wieder die Fotos seiner Frau und seiner zwei kleinen Kinder umgruppierte. Dann schien etwas in ihm zu klicken, und das Unerträgliche, was geschehen war, verwirbelte sich in seinem Kopf wie in einem Wasserstrudel. Alles, was jetzt zählte, war die Gegenwart. Er stieß sich ab von der Hangkante. »Kommen Sie, vielleicht lebt noch jemand.«

Die Flammen waren weitgehend erloschen – es gab nicht mehr viel Brennbares –, aber immer noch stiegen kleine Rauchwölkchen aus verkohlten Trümmern und glimmenden Überresten von Kleidern und Decken. Sie suchten alles ab, niemand hatte überlebt.

Ramsden beugte sich über den CO. Er lag unter verkohlten Balken. Blut von Schuss- und Splitterwunden sickerte aus seiner Brust. Eines der Geschosse hatte eine tiefe Furche in die Seite seines Kopfes gerissen, er war übersät mit Brandwunden. Ramsden meinte, eine winzige Bewegung gesehen zu haben. »He, Sir!«

Edes Augen waren geschlossen. Er hatte kleine Schweißperlen auf der Stirn und atmete flach.

Sie knieten sich neben ihn hin und wussten nicht, ob sie hoffen sollten, dass er das Bewusstsein wiedererlangte, oder in ihren Armen starb. So oder so würde es bald zu Ende gehen. Unerwartet öffnete Ede seine Augen. Zuerst schienen sie weit in die Ferne zu starren, dann richteten sie sich auf Lockwood. Mit einem gequälten Lächeln drückte Lockwood seine Hand und fühlte Edes Gegendruck.

»Ich bleibe bei ihm, sehen Sie, was Sie retten können.«

Nach etwa zehn Minuten kam Ramsden mit hängenden Schultern zurück. »Da gibt es nichts zu retten, Sir.«

»Nichts?«

»Ein paar Konservendosen, zwei Kanister Kerosin. Das ist alles.«

»Gibt es irgendeine Chance, die Sendeanlage zu reparieren?«

»Nein.«

»Sie bleiben beim Alten, ich sehe mal nach.«

Es dauerte nicht lange, bis Lockwood einsah, dass Ramsden Recht gehabt hatte. Alles, was er fand, waren ein paar Dutzend Konservendosen, die meisten von ihnen beschädigt; etwa 40 Liter Sprit, der abseits der Baracke gelagert worden war; einige halb verbrannte Decken und Kleidungsstücke; ein oder zwei Gegenstände ihrer meteorologischen Ausrüstung. Ihre Überlebenschancen waren äußerst gering.

»Das war's wohl.« Ramsdens Stimme war ohne Hoffnung.

»Nun, ich habe nicht die Absicht zu sterben.«

»Denken Sie, wir werden gerettet?«

»Ich denke, wir müssen uns selbst retten.«

»Zu Befehl, Sir.«

Er wusste, was Ramsden dachte: Verdammte Offiziere, immer mit der großen Klappe. Er tat sein Bestes, um be fehlsmäßig zu klingen: »Sie bleiben beim Alten, ich werde mich um die Leichen kümmern.«

»Zu Befehl, Sir.«

Natürlich wäre es leichter gewesen, wenn beide sich um die Leichen gekümmert hätten, aber er konnte den Gedanken nicht ertragen, dass Ede allein sterben sollte, ohne dass ihm jemand die Hand hielt. So machte er sich daran, die Toten wegzuschaffen. Er wusste, dass er weder die Zeit noch die Kraft haben würde, Gräber auszuheben. Andererseits war ihm klar, dass er und Ramsden schier verrückt werden würden, wenn sie die Leichen nicht aus ihrem Blickfeld bekämen. Also zog er jeden einzeln, oder das, was von jedem übrig war, zur Kante einer Anhöhe, etwa 50 Meter von der Baracke entfernt, legte die Überreste unter die Kante und hackte mit seinem Pickel so lange in den Schnee darüber, bis er eine kleine Lawine auslöste, die sich über sie ergoss und sie in ewige Kälte hüllte. Eine armselige Beerdigung; aber er sagte sich, seine Kameraden würden es verstehen, und deren Angehörige würden es nie erfahren.

Als er zu Ramsden zurückkehrte, lag Ede im Koma. Aber er lebte noch.

Ruhig überlegten sie, was nun geschehen sollte und hofften, dass ihre Entscheidungen trotz ihrer aussichtslosen Lage in dieser Eishölle keine schlimmen Konsequenzen nach sich zögen.

Sie erkannten, dass es keine Möglichkeit gab, aus den Überresten der Baracke eine Notunterkunft zu bauen; alles war zerstört und verbrannt. Allerdings war auf dem Schlitten, den sie auf halber Strecke zurückgelassen hatten, ein kleines Zelt mit Notration und einem Erste-Hilfe-Kasten. Die wichtigste Maßnahme war also, den Schlitten zu holen, eine Aufgabe, die Ramsden übernehmen wollte. »Wenn Sie beim Alten bleiben, hole ich ihn, Sir.«

Lockwood wollte in der Tat beim Alten bleiben, aber er

war sich nicht sicher, ob es fair wäre, Ramsden die fünf oder sechs Meilen-Strecke zum Schlitten allein gehen zu lassen.

Der Obermaat löste das Problem auf seine Art. »Einer von uns muss bei ihm bleiben, Sir«, sagte er. »Besser Sie als ich.«

Die Schnee- und Wetterbedingungen waren gut, und Ramsden war zuversichtlich, bis zum Anbruch der Dunkelheit zurück zu sein. Die Entscheidung war vernünftig, doch als Ramsden hinter dem Kamm des Schneehangs verschwand, war Lockwood versucht, ihm nachzulaufen und ihn zu bitten zu bleiben. Noch nie in seinem Leben hatte er sich so allein gelassen gefühlt.

Er deckte den CO mit dem Rest einer Decke zu und setzte sich neben ihn. Alles war sehr ruhig und sehr still. Zuerst war es beängstigend, doch als er sich daran gewöhnte, war es fast eine Erleichterung, von nichts abgelenkt zu werden, sich konzentrieren zu können auf das, was wichtig war. Wie wollten sie überleben?

Er ging die Optionen durch. Erste Möglichkeit: Sie könnten bleiben, wo sie waren. Für eine in Not geratene Expedition war dies die Standardrichtlinie. Doch je mehr er darüber nachdachte, desto weniger gefiel ihm diese Lösung. Er konnte sich genau vorstellen, was geschehen würde. Die Vorgesetzten in Port Stanley würden sich anfangs wundern, weshalb das Sonderkommando keine Wetterberichte mehr übermittelte. Ihre erste Vermutung wäre, dass ihr Sender ausgefallen sei. Nach mehreren Tagen ohne Wetterberichte würden sie realisieren, dass etwas Schlimmeres passiert sein musste. Aber was konnten sie tun? Eine Rettung durch die Luft war unmöglich, da es keine Flugzeuge gab, die auf der Antarktis landen konnten. Auch eine Rettung über See war ausgeschlossen, denn mit jedem Tag, der verging, würde das Eis dicker werden und sich weiter nach Norden ausbreiten. Zum Zeitpunkt, da Rettungsmaßnahmen eingeleitet werden konnten, wäre ihnen der Zugang zu ihrer Station mit an Sicherheit grenzender Wahrscheinlichkeit verwehrt. Wenn sie also blieben, wo sie waren, bestünde keine Hoffnung. Sie würden vielleicht einen oder zwei Monate überleben; dann würde sie der Winter einschließen, sie würden keine Lebensmittel mehr haben, und das wäre dann das Ende. Zweite Möglichkeit: Sie könnten mit ihrem Schlitten zur Spitze der Antarktischen Halbinsel vorstoßen und hoffen, dass sie dort gerettet würden. Das war das Notprogramm, das im Falle eines Unglücks – so hatte ihnen Ede gesagt, etwa wenn die Baracke niedergebrannt oder die Lebensmittel verdorben wären – befolgt werden sollte. Tatsache war, dass die Meteorologie-Station auf der Breite von 65° Süd nur drei oder vier Wochen im Jahr eisfrei war, die Spitze der Halbinsel bei 62,5° Süd jedoch drei oder vier Monate lang. Wenn sie es schaffen würden, zwischen Ende Dezember und Anfang April die nördlichste Spitze der Halbinsel zu erreichen, hätte ein Rettungsschiff die Chance, zu ihnen durchzukommen. Für einen solchen Fall hatte man ihnen Rettungsmaßnahmen zugesagt. Der Seeweg zwischen Feuerland und der Antarktis wurde im regelmäßigen Abstand vom Minensucher »Scoresby« befahren; wenn anzunehmen war, dass die Expedition in Schwierigkeiten geraten sei, hätte die »Scoresby« Befehl, so nah wie möglich bei der Spitze der Halbinsel zu warten und nach Überlebenden Ausschau zu halten. Ede hatte ihnen gesagt, dass das Erreichen der Spitze keine Garantie, aber doch eine Aussicht auf Rettung war.

Wie, fragte sich Lockwood, sollten sie die Spitze rechtzeitig erreichen? Es war bereits Mitte März. Anfang April würde wahrscheinlich der ganze Antarktische Kontinent von Meereis umgeben sein, abgetrennt vom Rest der Welt durch eine Barriere, die kein Mensch in der Lage war zu überwinden. Es waren über 200 Meilen bis zur Spitze, 200 Meilen des schwierigsten Geländes der Welt; nichts als Schnee- und Eisfelder, überzogen von steilen Gebirgen mit

Schneebrettern und unzähligen Gletscherspalten. Es schien ausgeschlossen, dass sie diese Reise in drei Wochen schaffen könnten. Doch welche andere Möglichkeit hatten sie zu überleben?

Plötzlich merkte er, dass Edes Augen offen waren, und er etwas zu sagen versuchte.

Lockwood beugte sich über ihn. Zwischen den beiden hatte immer eine gute Beziehung bestanden. Er ahnte, was der Alte von ihm wollte. »Sie möchten, dass ich die Befehle lese, Sir?«

Ede konnte nicht nicken, doch seine Augen schlossen sich.

In den letzten Stunden hatte Lockwood an alles andere als an die »streng geheimen Befehle« des Sonderkommandos gedacht. Jetzt aber stellte er fest, dass sich Neugier in ihm regte. Wie es aussah, waren sie am Ende ihres gemeinsamen Weges angelangt. Nun würde er es endlich erfahren, weshalb sie mit so großer Geheimhaltung zu dieser entfernten Ecke der Welt gebracht worden waren – vorausgesetzt, die Metall-Kassette, von der er wusste, dass sie die versiegelten Befehle und andere wichtige Dokumente enthielt, war noch vorhanden. Er fand sie unter einem Haufen Asche und verkohlten Dachbalken. Ein 88 mm-Geschoss hatte eine Seite der Kassette weggeblasen, Edes Logbuch, die Landkarten und die peinlich genau zusammengetragenen geologischen Daten waren zu Asche verbrannt. Nur ein fest verschnürtes, in feuerfeste Folie gewickeltes Päckchen hatte überlebt.

Die Mittagssonne schien angenehm warm. Er setzte sich neben Ede in den Schnee. »Ich habe die Befehle, Sir. Wenn Sie möchten, dass ich sie lese, zwinkern Sie.«

Edes Augen schlossen sich.

Lockwood öffnete das Päckchen, brach das Siegel.

Die Befehle bestanden aus zwei eng beschriebenen Schreibmaschinenseiten und vier weiteren Seiten Anhang.

Lt. Cdr. John Dickson Ede, RNVR.
Streng vertraulich.
Ein Spezial Navy Sonderkommando wird unter Ihrem Befehl eine Basis auf der Antarktischen Halbinsel errichten. Von dort werden Sie meteorologische Observationen übermitteln und geologische Untersuchungen durchführen.

Meteorologische Anweisung: Ihr vorgebliches Ziel wird es sein, tägliche Wettervorhersagen zu übermitteln. Diese sind geeignet, Operationen der Kriegsmarine zu erleichtern, insbesondere die Durchführung der Passage von Konvois in der gesamten südlichen Hemisphäre.

Geologische Anweisung: Ihr verdecktes Ziel wird es sein, eine geologische Bodenuntersuchung durch einen Querschnitt der Antarktischen Halbinsel durchzuführen, in der Hoffnung, auf Uran zu stoßen, dessen spurenhaftes Vorkommen von Wissenschaftlern der Falkland Islands Dependencies Survey im Jahre 1933 bestätigt wurde. Dies ist ein streng geheimer Befehl. Seine Wichtigkeit wird durch eine Mitteilung des Premierministers an Präsident Roosevelt unterstrichen, dessen Inhalt zu Ihrer Kenntnisnahme freigegeben wurde.

Ehemaliges Mitglied der Royal Navy an Präsident Roosevelt.
27. Nov. 41

Ich stimme mit Ihnen überein, dass US- und britische Wissenschaftler, die im Atomforschungsprogramm engagiert sind, Informationen frei und vollständig austauschen sollten.

Meine wissenschaftlichen Berater informierten mich, dass der Schlüssel zur Entwicklung einer Atombombe Plutonium ist, dessen Ursprung im Uran liegt. Unglücklicherweise ist Uran ein extrem seltenes Element, über das wenig bekannt ist. Spuren davon wurden in Australien und in Zentral-Afrika gefunden; ge-

genwärtig prüfen wir einen Bericht, der darauf hin-
weist, dass es auch in den Gebirgen der Antarktischen
Halbinsel vorkommt.

Wenn ich darüber Gewissheit habe, werde ich sie zur
Gänze über unsere Anstrengungen, diese Schlüsselsub-
stanz zu lokalisieren, auf dem Laufenden halten.

Die Befehlshaber unserer Streitkräfte betrachten es als
zwingend, dass wir eine Atombombe entwickeln; es ist da-
rüber hinaus von grundlegender Bedeutung, dass uns dies
vor den Deutschen gelingt, und höchst erstrebenswert, dass
wir dies gleichzeitig mit den Amerikanern zuwege bringen.
Auf lange Sicht gesehen ist für die Nachkriegswelt die Rüs-
tung mit Atomenergie vermutlich von allergrößter Bedeu-
tung. Uran scheint hierfür der Schlüssel zu sein. Daher
hängt es in großem Maße von Ihnen ab, dieses wenig be-
kannte Element zu lokalisieren.

In Anbetracht der Tatsache, dass an Uran so großes Inte-
resse besteht, ist zu jeder Zeit auf die größte Geheimhaltung
zu achten. Diese Befehle sind ausschließlich für Sie persön-
lich bestimmt. Unter keinen Umständen darf militärisches
Personal in Kenntnis gesetzt werden, wonach gesucht wird
und weshalb.

Beigefügt als Anhang sind (a) eine Inventarliste der Aus-
rüstungs- und Gebrauchsgegenstände, (b) Radio Codes, (c)
Notfallanweisungen, (d) FIDS-Karten und geologische Da-
ten.

Lockwood fühlte sich, als sei er in einen Strudel geraten, er,
ein ganz normaler Mann, gefangen und mitgerissen von Ereignissen, die von höchster Bedeutung waren. Er hätte so
gern die Angelegenheit mit Ede besprochen, aber der Alte
hatte die Augen geschlossen. Er versuchte, mit sich selbst
ins Klare zu kommen. Er schätzte, dass er und Ramsden

über die Substanz gestolpert waren, wonach das Sonderkommando gesucht hatte – uranhaltiges Gestein – und dass diese Felsbrocken unerlässlich zum Bau einer Atombombe waren. Allerdings hatte er nicht die geringste Ahnung, was eine Atombombe war. Wörter wie Kernfusion, atomare Verseuchung und Atompilz gehörten nicht zu seinem Wortschatz – kein normaler Mensch wusste darüber auch nur irgendetwas – im Jahre 1943.

In den vor ihm liegenden Wochen würden Gefühle wie Patriotismus und Loyalität seine Einstellung zu diesen Felsbrocken prägen.

Er betrachtetete es als seine Pflicht, sie nach England zu schaffen. Allerdings beunruhigte es ihn, dass die Menschheit so töricht war, zu diesem entferntesten und schönsten Ende der Welt zu kommen, um nach der ultimativen Waffe der Zerstörung zu suchen.

Hilfe suchend wandte er sich Ede zu, aber sein Vorgesetzter war in tiefe Bewusstlosigkeit gesunken.

Er stand auf und nahm noch einmal die Überreste ihres Lagers in Augenschein. Er hoffte, Ramsden hätte sich in Bezug auf die Funkanlage geirrt. Doch beide Sender hatten direkte Treffer abbekommen. Sie waren nicht nur zerstört, sie waren ganz einfach nicht mehr vorhanden. Das traf auch auf den Motorschlitten zu, der in seine Einzelteile zerlegt über das ganze Camp zerstreut war. Was er noch retten konnte, waren eine Schneeschaufel, einen Revolver zusammen mit einem Päckchen Munition, die Hälfte einer wasserdichten Plane, ein paar Erste-Hilfe-Sets, einen ganzen Karton voller Streichhölzer, die sich merkwürdigerweise nicht entzündet hatten, und einen Paraffinkocher, der durch einen der Treffer etwa zwanzig Meter weit durch die Luft geschleudert worden war, aber praktisch unbeschädigt in einer Schneewächte lag. Wenigstens können wir uns etwas kochen, dachte er; vorausgesetzt, es gibt etwas zu kochen.

Es wurde ihm schnell klar, dass der Mangel an Nahrungs-
mitteln ihr wunder Punkt werden würde. Alles, was sie
noch hatten, waren 16 unbeschädigte Konservendosen (die
meisten davon enthielten Trockengemüse, Tee und Milchpulver) und ebenso viele, die halb aufgerissen, verbogen
oder versengt waren – ihr Inhalt war zum Teil jedoch noch
zu gebrauchen. Das Desaster war zum ungünstigsten Zeitpunkt eingetreten. Noch vor einem Monat hätte es massenweise Robben und Pinguine gegeben, die man hätte töten
und essen können: Doch Mitte März waren die Tiere vor
dem herannahenden Winter bereits geflohen. Lockwood
schätzte, dass ihre Lebensmittel nur einen knappen Monat
reichen würden. Wenn sie die Spitze also nicht erreichten,
bevor das Eis sie einschloss … daran wollte er lieber gar
nicht erst denken.

Er ging zurück zu Ede und verband mit einem der Erste-
Hilfe-Päckchen die schlimmsten Wunden auf der Brust –
die große Wunde, die sich von der Schläfe über das Ohr
zum Nacken zog, wagte er nicht zu berühren. Und dann, um
es dem Alten so leicht wie möglich zu machen, setzte er
sich in den Schnee und nahm ihn in die Arme.

Die Sonne schien auf sie herunter. Lockwood hatte seit
16 Stunden nicht geschlafen. Er wusste, es gab, bis Ramsden mit dem Schlitten zurückkehrte, nichts mehr für ihn zu
tun. Er schloss die Augen. Alles um ihn war völlig ruhig;
obwohl er sich ständig sagte, dass er wach bleiben müsse,
fiel er doch in einen tiefen Schlaf, der ihn den Terror des Erlebten und die Furcht vor der ungewissen Zukunft vergessen ließ.

☆

Zum zweiten Mal an diesem Tag spürte er, wie ihn jemand
an der Schulter rüttelte und immer wieder sagte: »Wachen
Sie auf, Sir!«

Die Sonne ging gerade unter. Er war steif, verwirrt und er fror. Der Alte lag wie Blei in seinen Armen. Einen schrecklichen Augenblick lang dachte er, Ede sei tot. Doch dann hörte er ganz leise das flache Rasseln seines Atems. Und er hörte den Vorwurf in der Stimme des Obermaats, als dieser ständig wiederholte: »Wachen Sie auf, Sir!«

Ein Vorwurf, dachte er, war genau das, was er verdient hatte. Es war nicht zu entschuldigen, dass er drei Stunden lang schlief, während Ramsden ganz allein den Schlitten hergeschleppt hatte. »Gott sei Dank, Sie haben es geschafft. Ich werde uns Tee machen.«

Er hatte bereits überprüft, dass der Paraffinkocher funktionierte und dass genügend Tee vorhanden war, aber das Wasser wollte bei diesen Minustemperaturen einfach nicht kochen. Es wurde bereits dunkel und sehr kalt, als sie endlich an ihrem Tee nippten.

»Wir brauchen eine Unterkunft. Und warmes Essen.«

Ramsden nickte; er war zu erschöpft, um zu sprechen.

»Helfen Sie mir, das Zelt aufzustellen. Dann koche ich uns was zu essen.«

Glücklicherweise war es eine dieser seltenen Nächte auf der Halbinsel ohne Wind und Schnee. Ihr Thermometer zeigte minus 33° Celsius – aber die Kälte war trocken und der Himmel klar. Bald erhob sich der Mond über das Eis, und die goldenen und pupurnen Banner der Aurora waberten hinunter und wieder hinauf zu den Sternen. Es war eine wunderschöne Nacht, und die Schönheit tat das ihre: Sie ließ sie wissen, dass die Erde ein Ort war, auf dem es sich zu leben lohnte und – ziemlich unlogisch – dass Gott sie nicht vergessen hatte.

Alles lief an diesem Abend gut und sie trafen übereinstimmende Entscheidungen; vor allem waren sie sich darin einig, dass sie möglichst schnell versuchen sollten, die Spitze der Halbinsel zu erreichen. Doch alles war viel schwieriger und dauerte viel länger, als sie gedacht hatten. Bis sie das Zelt aufgestellt, das Essen gekocht und gegessen und Edes Wunden versorgt hatten, war es fast Mitternacht. Als sie noch einmal die Zeltverspannung prüften, fragte Ramsden beiläufig: »Glauben Sie, dass er morgen früh noch lebt?«

»Am besten wäre es, wenn nicht.«

»Richtig, Sir.«

Sie schauten sich an und waren sich nicht ganz sicher, ob der eine dachte, was der andere dachte.

Um Mitternacht schliefen sie endlich, die einzigen menschlichen Wesen auf einer Fläche von 20 Millionen Quadratmeilen Eis und Schnee, abgeschlossen vom Rest der Welt, als ob sie auf dem Mond wären.

Es war gut, dass sie zu erschöpft waren, um ihre Überlebenschancen abzuwägen; oder daran zu denken, dass sie vermutlich mit Ede sterben würden.

Allein

Der schwer verletzte Ede war eine drückende Last; ein zusätzliches Gewicht, ein zusätzlicher Esser; Überleben war nur durch Geschwindigkeit möglich, er bremste sie. Sowohl Lockwood als auch Ramsden war klar, dass es viel einfacher wäre, wenn er in der Nacht sterben würde.

Am Morgen lebte er immer noch. Er war zu schwach, sich zu bewegen oder zu sprechen, aber sein Puls war etwas kräftiger und manchmal schien es sogar, als würde er mitbekommen, was um ihn herum geschah. Sie fütterten ihn mit in heißem Tee getränkten Biskuits und wechselten seine Kleidung. Dann gingen sie daran, den Schlitten zu beladen.

Sie sortierten, was sie hatten, in zwei Stapel – zum Mitnehmen – zum Dalassen –, als Lockwood ganz nüchtern sagte: »Wir werden ihn mitnehmen.«

»Zu Befehl, Sir.«

Es war unmöglich herauszuhören, ob Ramsden dachte: Was bleibt uns schon anderes übrig, oder: Das wird uns das Leben kosten.

»Und wir brauchen Platz für die Steine.«

»Mit Respekt, Sir, wenn wir zu viel auf den Schlitten laden, schaffen wir es nie.«

Lockwood fiel ein, dass sie gestern so sehr damit beschäftigt gewesen waren, die Nacht zu überleben, dass er ihm noch nicht erzählt hatte, weshalb die Steine so wichtig waren.

Er sagte es ihm jetzt und ließ ihn die versiegelten Befehle und den Brief Churchills lesen. Er war sich nicht sicher, ob Ede damit einverstanden wäre, aber seiner Meinung nach war Geheimhaltung ein Luxus, den sie sich jetzt nicht mehr leisten konnten.

Ramsden war genauso erstaunt wie Lockwood. »Wissen Sie, was eine Atombombe ist, Sir? Was ist so wichtig dran?«

Lockwood schüttelte den Kopf. »Wenn unsere Stabschefs sagen, dass sie wichtig ist – wenn Sir Winston sagt, dass sie wichtig ist, reicht mir das … wir brauchen ja nicht alle Steine mitzunehmen. Ich schlage vor, wir testen sie und nehmen die mit, deren Urangehalt am größten ist, den Rest vergraben wir.«

Als die Brocken zum Test auslagen, kroch Lockwood ins Zelt. Wenigstens, dachte er, können wir dem Alten eine Freude machen, damit er weiß, dass seine Expedition ein Erfolg war.

Er kniete sich neben ihn. »Sir, ich habe eine wunderbare Nachricht für Sie.«

Ede schaute ihm geradewegs ins Gesicht, seine Augen bohrten sich in die seinen.

»Wir haben Uran gefunden.«

Einen Augenblick lang leuchteten Edes Augen auf, doch dann verschwand wieder aller Glanz aus ihnen.

»Verstehen Sie mich, Sir?«

Ede zeigte keine Reaktion. Lockwood sah es ihm an, was er dachte. Er dachte, dass Lockwood wusste, dass er sterben würde und er hätte ihm diese Geschichte nur erzählt, damit er glücklich sterben könnte.

»Obermaat, legen Sie neben den Felsbrocken eine Decke auf den Boden!«

Sie legten ihn auf die Decke, führten ihre Geigerzähler über die Steine und ließen ihn das Knattern hören.

Zuerst schien Ede nicht zu verstehen was passierte, dann

konnte er es nicht glauben. Doch als sie ihn aufrichteten, ihn mit eigenen Augen die Ausschläge der Nadel sehen ließen und ihm dann den knatternden Geigerzähler ans Ohr hielten, erkannte Ede, dass Lockwood die Wahrheit gesagt hatte.

Er lächelte. Es war ein Lächeln, das sein ganzes Dasein zu durchdringen schien. Ede versuchte, etwas zu sagen. Seine Lippen bewegten sich, aber es kam kein Ton heraus. Ein weiteres Mal war Lockwoods Antizipationsfähigkeit gefragt.

Er hockte sich neben ihn, nahm seine Hand. »Keine Angst, Sir, wir bringen die Steine nach Hause.«

Edes Lippen bewegten sich weiter. »Ich verspreche es Ihnen. Ich weiß zwar noch nicht wie, aber wir bringen sie nach Hause.«

Edes Lippen bewegten sich noch immer und dieses Mal hörte Lockwood ganz leise, was er sagte: »Lasst mich zurück.«

»Obermaat!« Lockwoods Stimme klang laut und hart, als ob er sich durch seinen Befehlston selbst überzeugen müsste, dass das, was er sagte, vernünftig war. »Helfen Sie uns! Auf den Schlitten mit ihm!«

Das Wetter war gut, und sie wollten eigentlich früh los. Aber bis sie herausgefunden hatten, wie viel sie höchstens ziehen konnten und entschieden hatten, was mitzunehmen war und was dablieb, und all das so verstaut hatten, dass der Schlitten im optimalen Gleichgewicht war, verging mehr Zeit, als sie gehofft hatten. Gegen Mittag war es endlich so weit. Mit einem kräftigen Ruck an den Gurten stapften sie los.

Eine ganze Stunde lang arbeiteten sie sich hintereinander gehend zum Gipfel des Schneehangs vor. Nun standen sie mit brennenden Gesichtern und schweißdurchnässten Kleidern über dem Tal, in dem einmal ihr Lager gewesen war, sahen ein letztes Mal hinunter zu den Überresten ihres Zuhauses, dann blickten sie vorwärts auf das unbekannte Land im Norden; so Gott will auf ihren Fluchtweg aus dieser unheimlichen Welt.

Eine Minute lang verspürte Lockwood eine starke innere Abneigung loszugehen. Er fühlte sich wie ein Ertrinkender, der sich an einem sinkenden Boot festklammerte und doch nicht loslassen konnte. Und zu seiner großen Überraschung konnte er sich auf einmal nur noch an wenige unzusammenhängende Bruchstücke der dreizehnmonatigen Vergangenheit erinnern: die Wärme aus ihren Öfen, wenn es draußen minus 50° Celsius kalt war, die Festigkeit ihrer eisverkrusteten Wände, wenn die Windböen voll dagegen krachten, die guten Momente der Kameradschaft. Aber selbst diese Erinnerungen, sagte er sich, müsse er zurücklassen. Aber dann siegte sein Überlebenswille. Was jetzt zählt, ist die Zukunft, nicht die Vergangenheit. Ich muss die Steine nach England schaffen.

Er drehte sich zu Ramsden um. »Wie viele Meilen, glauben Sie, werden wir schaffen, bis es dunkel ist?«

»Fünf, wenn wir Glück haben.«

»Lassen Sie uns zehn versuchen.«

Sie gingen los nach Norden.

An diesem ersten Nachmittag hatten sie gute Karten. Das Wetter war mild, der Schnee fest. Ihr Weg führte über eine Hochebene der Küste entlang, die ohne Gletscherspalten war – der Albtraum so vieler Antarktiswanderer. Sie waren gesund und relativ ausgeruht. Und doch kamen sie nur langsam voran.

Einer der Gründe war das Gewicht des Schlittens. Darauf befanden sich das Zelt, ihre Schlafsäcke und ihre Skier; dazu die wenigen Lebensmittel, ihr Kocher, ihr Kerosin, ihr Petroleumkocher, ihre Streichhölzer; dann noch einige Gegenstände, die zu wichtig waren, um sie zurückzulassen: Eispickel, Schneeschaufel, Barometer, Kompass, Thermosflasche, Erste-Hilfe-Tasche, Überlebenspakete, ein Minimum an geretteter Kleidung, eine Tasche mit Gesteinsbrocken. Und Ede. Ihr Commander war ein Leichtgewicht, er wog nur wenig mehr als 57 Kilo, doch mit diesem Gewicht brachte es der Schlitten auf gut 120 Kilo. Für einen Einzelnen war dies kaum zu ziehen. Ideal wäre es gewesen, wenn einer hätte auf Skiern vorausfahren können, um die Wegstrecke zu erkunden, während der andere auf Schneeschuhen mit dem Schlitten hinterherkam. Bald stellten sie jedoch fest, dass es meist ihrer gemeinsamen Kraft bedurfte, um den Schlitten in Bewegung zu halten. Das Ergebnis war, dass keiner von beiden sich vom Ziehen mal ausruhen konnte. Oft mussten sie anhalten, um sich für eine sichere Route zu entscheiden.

Ein weiterer Grund für das langsame Vorwärtskommen war das Terrain. Einen Schlitten über die Antarktis zu ziehen ist nie einfach. Auf seinem Eilmarsch zum Pol mag Amundsen zwar 30 Meilen pro Tag zurückgelegt haben, doch dessen Weg führte über das Zentralplateau, und er hatte Hunde. Den Schlitten selbst zu ziehen war etwas völlig anderes. Vorbei an tausenderlei Gefahren ging es im Schneckentempo voran; selbst bei gutem Wetter war es eine Plackerei ohnegleichen. Das Schreckgespenst war die Topografie: mal kreuzten kleine Schnee- und Eiswälle ihren Weg, die wie vom Wüstenwind aufgeworfene Dünen aussahen, dann wieder stieg ein Hang vor ihnen auf. Mal ragte eine senkrechte Eiswand in die Höhe, dann waren es wieder die Eisaufwürfe – manchmal nur wenige Meter, dann wieder eine halbe Meile voneinander entfernt. Einige waren nur wenige Zentimeter hoch, andere ragten bis zu drei Meter in die Höhe. Es gab keinen Weg um sie herum, sie mussten überquert werden.

Was sie am meisten behinderte, war Ede. Wenn sie zu einem Eiswall kamen, konnten sie den Schlitten nicht einfach darüber hinwegziehen. Sie hatten Angst, der Alte würde herunterfallen. Wenn sie zu einem Hügel kamen, konnten sie nicht hinunterfahren, denn das Rütteln würde ihm zu sehr wehtun. Er war ihre ständige Sorge, er beschränkte sie in einem fort. Lockwood fragte sich die ganze Zeit, ob es richtig gewesen war, darauf zu bestehen, ihn mitzunehmen.

Sie kämpften sich weiter.

Es war wolkenlos und windstill. Die Sonne verwandelte die Schneefelder in einen Hexenkessel aus gleißendem Licht und unerträglicher Strahlung. Bald taten ihnen die Augen weh. Die Haut über ihren Gesichtern spannte, als ob sie sich gleich schälen würde. Ihre Lippen waren aufgesprungen, die Kehlen ausgedörrt – Vorzeichen der herannahenden Polarkrankheit. Sie rieben sich Nasen und Wangen mit Sonnenschutzcreme ein und lutschten Zitronenbonbons; Creme und Bonbons waren jedoch knapp, die Erleichterung, die sie brachten, flüchtig. Etwa jede Viertelstunde blieben sie stehen, rangen nach Atem. Hin und wieder suchten sie den Schatten eines Nunataks, einer jener Pyramiden aus Vulkangestein, die senkrecht aus dem Eis ragten, auf. Von dort aus bestimmten sie ihren weiteren Weg.

Sie näherten sich dem Ende des Küstenplateaus. In einer Entfernung von etwa einer Meile verlor sich die Ebene, und die Berge fielen in gewaltigen Eisfällen steil zur See hinab. Hier war ein Vorwärtskommen mit dem Schlitten unmöglich. Es sah jedoch so aus, als ob sie eine gute Alternative hätten. Ein Grat, der sich sanft zum Hauptkamm hinaufzog, versprach nicht nur eine Fortsetzung ihrer Reise nach Norden, vom Gipfel aus würden sie auch weit ins Land hineinsehen können. Da sie keine Landkarte mehr hatten, mussten sie sich einen Blick auf das vor ihnen liegende Terrain verschaffen, um dann mit Hilfe ihres geringen Wissens, das sie von der Halbinsel in ihrem Gedächtnis gespeichert hatten, eine Route parallel zur Küste mit dem Kompass zu wählen.

»Sieht gut aus.« Ramsden beschattete mit der Hand seine

Augen gegen die grelle Sonne und prüfte die einzelnen Abschnitte des Grats sehr genau.

Lockwood nickte. Es war ihm bekannt, dass man Entfernungen in der Antarktis gerne unterschätzte; der Grat hinauf zum Gipfel wäre wohl der ungeeignetste Ort gewesen, einen Schneesturm abzuwettern. Er wusste aber auch, dass, solange es nicht stürmte, sie so weit vorankommen mussten wie nur irgendwie möglich.

»Versuchen wir es.«

Das Wetter an diesem Abend hätte nicht besser sein können, die Schneedecke nicht leichter zu befahren, doch der Grat erwies sich als länger und steiler, als er aussah. Als sie auf dem Gipfel ankamen, stand die Sonne bereits tief über dem Horizont.

Nun hatten sie ihren Ausblick, atemberaubend schön, aber er reichte nicht so weit, wie sie gehofft hatten. Der Blick nach Norden wurde von einem noch höheren Massiv in etwa zwölf Meilen Entfernung unterbrochen, doch das unmittelbar vor ihnen liegende Terrain lag ausgebreitet da wie eine Landkarte. Sie konnten ihr Glück kaum fassen. Zwischen Gebirge und Meer schlängelte sich vor ihnen eine Felsstrasse nach Norden, ein in Eis getauchter Streifen leicht felsigen Grunds; eine Route – zumindest der Anfang davon – in die Sicherheit. Der Pferdefuß daran war nur, dass der Zugang zu dieser Trasse über einen kleinen Gletscher führte, auf dem es schwierig, wenn nicht gar unmöglich werden würde, den Schlitten zu ziehen. Bis zu diesem Zeitpunkt waren sie bereits sechs Stunden unterwegs. Sie wünschten sich nichts sehnlicher, als ihr Zelt aufzustellen, in ihre Schlafsäcke zu kriechen und sich kopfüber ins Vergessen zu stürzen. Doch auf dem ungeschützten Grat zu kampieren hieße das Unglück herausfordern. Sie betrachteten den Gletscher. Er führte nach Westen, die Strahlen der untergehenden Sonne verwandelten seine Zacken in ein

Feuerwerk aus Lichtreflexen und die Spalten in schimmernde Gräben von Indigo. Auf etwa einem Drittel der Strecke nach unten machten sie einen Platz aus, der ihnen zum Campen ideal erschien: ein ausgedehntes Eisplateau, windgeschützt und lawinensicher. Aber würden sie den Ort vor Einbruch der Dunkelheit erreichen?

Eines sprach zu ihren Gunsten. Der Sonnenuntergang in der Antarktis geht nicht rasch, sondern eher langsam vonstatten. In vielen Teilen der Welt geht die Sonne fast senkrecht auf, steigt in den Zenit und fällt dann fast senkrecht wieder ab nach Westen. In den Polarregionen dreht sich die Sonne nach einem anderen Muster. Im Sommer geht sie niemals unter, im Winter geht sie niemals auf. Im Frühling und im Herbst rollt sie den Horizont von Ost bis West entlang, ohne dabei je allzu weit darüber hinauszusteigen beziehungsweise darunterzusinken. Lange nachdem die Sonne an diesem Abend untergegangen war, stand sie knapp unter dem westlichen Horizont und gab ein trübes Glühen von sich, als ob der Himmelsrand mit einem unterirdischen Feuer beleuchtet werden würde. Lockwood wusste aus Erfahrung, dass sie genügend Licht hatten, um bis neun Uhr abends weiterzugehen.

Es standen ihnen aber nicht nur das Nachglühen der Sonne, sondern auch einige Stunden lang der Mond und das Polarlicht zur Verfügung. Um Mitternacht endlich erreichten sie schwer angeschlagen und erschöpft das Felsplateau. Die Strecke war ein Alptraum gewesen. Zweimal war der Schlitten umgestürzt, einmal sogar in eine kleine Gletscherspalte gefallen. Es schien ausgeschlossen, dass Ede das überlebt hatte, aber er atmete noch, krallte sich – gegen jede Wahrscheinlichkeit – am Leben fest.

Sie stellten das Zelt auf. Zu erschöpft, um noch ein Essen zu machen, krochen sie in ihre Schlafsäcke und sanken innerhalb weniger Minuten in einen todesähnlichen Schlaf.

In den frühen Morgenstunden trieb eine Wolkenwand, schwarz wie Ruß, von der See herein. Die Sterne erloschen, der Wind frischte auf, Schnee drang ins Zelt.

Sie hörten weder das Heulen des Windes noch das Rütteln des Schneesturms. Zu müde, um auch nur zu träumen, lagen sie stundenlang bewusstlos, bis sie vom hellen Sonnenlicht geweckt wurden. Am Morgen war die Wolkendecke wieder verschwunden. Der Wind hatte sich gelegt und das Einzige, was von dem Sturm noch zu sehen war, war eine dünne Decke aus Pulverschnee, die sich über das Eis ausbreitete.

Es war ein herrlicher Tag.

Ede lebte immer noch. Er war das ungelöste Problem, der Mühlstein an ihrem Hals.

Immer wieder in den letzten 36 Stunden hatten sich Lockwood und Ramsden dabei ertappt, wie sie ihn anstarrten, sich dann ansahen und wieder wegschauten, als ob sie sich ihrer Gedanken schämten. Sie mussten, dachte Lockwood, über die Angelegenheit reden. Als sie ihren Schlitten beluden, sagte er zu Ramsden: »Was sollen wir nur mit ihm machen?«

»Ihre Sache, Sir.«

Ramsden wollte nicht unkooperativ erscheinen, doch nach seiner Vorstellung gaben Offiziere die Befehle, niederere Dienstgrade führten sie aus. Nach diesem Grundsatz hatte er sein ganzes Leben lang gelebt und gehandelt. Daran wollte er jetzt nicht rütteln. Zu allem Überfluss hatten von allen Mitgliedern des Sonderkommandos gerade Lockwood und Ramsden am wenigsten gemein. Der eine war Offizier – ausschließlich für die Dauer des Kriegs –, der andere war Berufssoldat, der sich von einer Beförderung zur anderen diente. Auch ihre Charaktereigenschaften waren unterschiedlich. Lockwood traf seine Entscheidungen spontan und von innen heraus, Ramsden handelte streng nach Vorschrift. An diesem Morgen befanden sie sich ganz sicher auf verschiedener Wellenlänge. Lockwood brauchte einige Zeit, um einzusehen, dass sein Untergebener von ihm erwartete, seine Führungsqualitäten, die einen Offizier ausmachten, auch einzusetzen. »Lassen Sie uns versuchen«, sagte er, »das Problem gemeinsam zu lösen. So wie ich es sehe, haben wir drei Möglichkeiten. Wir können ihn mitnehmen, wir können ihn zum Sterben liegen lassen, oder wir können ihn töten. Ich glaube nicht, dass ich ihn töten könnte. Sie?«

Es war eine hypothetische Frage, aber Ramsden nahm sie wörtlich. Ohne Emotionen schaute er Lockwood an. »Wenn Sie das nicht können und Sie gäben mir den Befehl dazu, würde ich es tun.«

Lockwood geriet fast aus der Fassung. Doch er sagte sich, sie hätten schon genug Probleme, die sie meistern müssten.

Als sie ihre Skier und ihre Bindungen überprüften, überlegte er die Alternativen.

Wenn sie Ede mitnähmen, mussten sie damit rechnen, dass er sie so bremste, dass sie niemals die Spitze der Halbinsel früh genug erreichen und gerettet werden würden. Vier oder fünf Wochen wären sie unterwegs, nur um zu sehen, dass das Packeis so dick geworden war, dass kein Schiff mehr durchkommen konnte. Mit dem beginnenden Winter würden sie an Erschöpfung und Unterernährung sterben. Niemand würde je erfahren, dass sie Uran gefunden hatten. Ihre Mission wäre gescheitert.

Wenn sie ihn zum Sterben zurückließen, wäre das schrecklich – und im Falle ihrer Rettung noch viel schrecklicher damit zu leben. Sie müssten ihn vom Schlitten abladen, in den Schnee legen und einfach losziehen. Was würde er denken, fragte sich Lockwood, wenn das Rumpeln des Schlittens in Stille überging und er sich sagen müsste, dass das das Letzte war, was er je hören würde – außer dem Heulen des Windes. Es stimmte, dass er geflüstert hatte: »Lasst mich zurück«, aber würde das ihnen helfen, die Einsamkeit seines Sterbens zu ertragen? Es musste einen barmherzigeren Weg geben.

Sie hatten, wenn sie sich entschieden, ihn zu töten, Morphium und einen Revolver bei sich. Mit dem Morphium kannte Lockwood sich zu wenig aus. Er hatte keine Ahnung, wie viel er ihm geben musste, damit die Dosis tödlich war. Also blieb nur der Revolver übrig – während er schlief. Es klang einfach, aber das war es nicht. In Gedanken sah er sich beim Licht der Aurora zu Ede hinkriechen und den Revolver an seine Schläfe halten, und dann würde der Alte plötzlich seine Augen öffnen. Er schauderte. Nur eines war sicher: Er würde niemals Ramsden bitten, es zu tun.

Das waren die Tatsachen, und je mehr er sie durchdachte, desto eindeutiger war die Antwort. Alles war logisch, überlegt, der Selbsterhaltung dienend – alles schrie dieselbe Botschaft.

Töte ihn.

Er starrte zu dem Zelt hinüber, in dem Ede lag. Plötzlich machte es klick in seinem Kopf. Zum Teufel, dachte er, mit der Logik, zum Teufel mit allen guten Gründen, zum Teufel mit der Selbsterhaltung. Waren es nicht die menschlichen Grundwerte, wofür sie kämpften?

»Wir nehmen ihn mit«, sagte er.

Es war nicht die Entscheidung, auf die Ramsden gehofft hatte. Aber er hatte noch nie in seinem Leben einen Befehl missachtet, und er würde es auch jetzt nicht tun.

»Zu Befehl, Sir.« Er half mit, Ede zum Schlitten zu tragen.

Eine Stunde später suchten sie sich wieder ihren Weg durch das Zinnenlabyrinth der Gletscher.

Wie sie erwartet hatten, kamen sie nur sehr langsam vorwärts. In ein paar Stunden schafften sie gerade mal wenige hundert Meter. Als sie jedoch ein Loch durch eine Wand von lose hängenden Eiszapfen schlugen, sahen sie etwas, das ihre Stimmung hob. Abzweigend vom Hauptgletscher öffnete sich vor ihnen ein Nebental, das aussah, als würde sein Boden nicht aus Eis, sondern aus fest gepresstem Schnee bestehen; eine Route, die versprach, unerwartet einfach ins Tal zu führen. Zu Mittag schließlich standen sie auf dem Streifen ebenen Talgrunds, der zwischen den Bergen und der See lag.

Vor fünfzig Millionen Jahren, als das Godwanaland, jener sagenumwobene, riesige Superkontinent, der in grauer Vorzeit einst alle Landmassen vereinigte, noch durch wärmere Seegebiete driftete, hatte diese Felstrasse den Rand des antarktischen Kontinentalsockels gebildet. Nun verlief die Trasse parallel zur Küstenlinie. Hier und da war sie geborsten, durch den ungeheuren Druck der Eismassen zerrissen und aufgeworfen zu Treppen, Brüchen und Steigungen. Doch lange Strecken waren ziemlich flach und überzogen mit einer dünnen Eisschicht, die entstand, wenn im Sommer die Brandung ihre Gischt auf diese Trasse warf, die dann zu Eis gefror. Eine bessere Oberfläche für eine Schlittentour war kaum vorstellbar. Sie machten sich auf den Weg, zuerst sehr vorsichtig, dann mit immer größerem Selbstvertrauen. Ihr Schlitten lief glatt dahin, und es war auch nicht besonders schwierig, ihn zu lenken.

Es war der Beginn einer friedlich ruhigen Reise, bei der sie in wenigen Tagen mehr als 100 Meilen zurücklegten.

Bald verfielen sie in Routine. Da sie wussten, dass der Schlitten dann am besten über das Eis glitt, bevor die Sonne darauf schien, schlugen sie ihr Lager frühzeitig auf, kochten Tee und aßen ihre Biskuits. Lange bevor die Morgendämmerung erwachte, waren sie wieder unterwegs. Die Kälte war unglaublich. Hätten sie mit ihren bloßen Händen Metall berührt, wäre ihre Haut daran kleben geblieben und wie durch Feuer verbrannt. Hätten sie ihre Gesichter unbedeckt gelassen, würden sie Hautbrand erlitten haben. Doch nach mehr als einem Jahr in der Antarktis hatten sie genug Erfahrung gesammelt, um Vorsichtsmaßnahmen zu ergreifen. Als die ersten Sonnenstrahlen die taubengrauen Gipfel in ein leuchtendes Flamingorosa tauchten, waren sie bereits weit nach Norden vorgedrungen. Sie durften sich jedoch keine Fehler leisten. Wäre der Schlitten umgekippt, hätte das Edes Tod bedeuten können; wäre er von der Trasse ins Meer abgerutscht, wäre das vermutlich ihr aller Ende gewesen. Um etwa 9 Uhr morgens machten sie gewöhnlich Rast. Da sie wenig Lebensmittel hatten und Kochen bei minus 30° Celsius eine zeitaufwändige Sache war, einigten sie sich darauf, nur noch einmal pro Tag warm zu essen. Mittags verließen sie sich auf ihre Notpakete, von denen einige das Zerstörungswerk unversehrt überstanden hatten. Jedes dieser Pakete enthielt genug konzentrierte Speisetabletten und Vitaminkapseln, um einen Mann vier Tage lang am Leben zu erhalten. Die Tabletten waren hungerstillend, nahrhaft und leicht einzunehmen. Nach einer halben Stunde Rast waren sie schon wieder unterwegs.

Zum frühen Nachmittag hin war die Sonneneinstrahlung am stärksten. Zunächst begrüßten sie die Wärme, doch nach einiger Zeit ließ ihre Kondition nach. Zuerst wurde das Eis klebrig, dann matschig, und der Schlitten wurde immer schwerer. Ramsden betrachtete die komplizierter werdenden Bedingungen als eine Herausforderung an seine nicht geringen Körperkräfte; in seinen Augen war die Antarktis ein Gegner, der gestellt und besiegt werden musste. Er wäre bis zum körperlichen Umfallen weitergegangen. Lockwood war da flexibler. Für ihn war die Antarktis weder Freund noch Feind, vielmehr eine fremdartige Umgebung, an die sie sich anpassen mussten. Sobald das Eis schlecht wurde, schaute er sich nach einem guten Platz zum Campen um. Sie waren stets sehr darauf bedacht, einen Ort zu finden, an dem sie, wenn sich das Wetter verschlechterte, sicher waren. Nicht unmittelbar auf der Trasse, immer im Windschatten eines der vielen Felsen, suchten sie sich ihren Rastplatz. Diese Zeit mochte Lockwood am liebsten. Er war hundemüde, doch vor ihnen lag die Aussicht auf Ruhe, auf eine warme Mahlzeit, auf die Schönheit des Sonnenuntergangs und darauf, mit Ede zusammenzusitzen und zu versuchen, ihm nach der Anstrengung des Tages ein wenig Erleichterung zu verschaffen. Es war schwer zu sagen, ob es Ede nun besser oder schlechter ging, aber eines war klar: Er wollte nicht sterben. Er klammerte sich so hartnäckig an das Leben wie ein Ertrinkender an einen Felsen im Wasser. Es schien ihnen geglückt zu sein, den Wundbrand von ihm fernzuhalten, aber seine Kopfverletzung war ein ernsthaftes Problem. Sie konnten auch nicht feststellen, ob er eine Hirnverletzung davongetragen hatte; auf jeden Fall hatte sein Sprachzentrum gelitten. In den wenigen Momenten, da er wach war, schien er völlig klar, doch meistens war er bewusstlos. Das Letzte, das sie jeden Abend taten, war das Barometer abzulesen. Wie immer bisher stand es auf 1050 Millibar. Sie konnten es nicht besser treffen.

Kurz vor Mittag kamen sie an eine sich weit öffnende Bucht. Sie bot ein friedliches Bild mit einer niederen Küstenlinie ohne besondere Anzeichen: Davor lag harmlos aussehendes Schwemmland, auf der anderen Seite ein riesiger Gletscher, der sich schlangenförmig zum Meer hinabwand. Das Eis erschien ihnen fest, obwohl sie sich dessen nicht sicher sein konnten, weil sie direkt in die Sonne schauten. Die Bucht sah aus wie ein Mosaik aus leuchtenden Diamanten, ein Kaleidoskop aus zerstobenen Nebensonnen, Reflexen und Lichtbögen. Zu grell, als dass die Augen sich anpassen konnten.

Vorsichtig tasteten sie sich in das weiße Ineinanderfließen von Himmel und Erde hinein; so verwirrend, dass es ihnen den Verstand zu rauben drohte. Lockwood ging auf Skiern voraus, Ramsden folgte mit dem Schlitten etwa 20 Meter hinterher. Meistens war das Eis fest, aber manchmal fühlte es sich aus irgendeinem Grunde schwammig an.

Lockwood blieb stehen. Er dachte, Ramsden hätte den schwarzen Peter gezogen. »Brauchen Sie Hilfe?«

»Ich bin okay. Sie wählen den Weg.«

Lockwood schaute in das gleißende Licht. Unmittelbar vor ihm war etwas, das wie eine Senke aussah. Die sollten wir vermeiden, dachte er. Wahrscheinlich ist es besser, eine Route näher am Gletscher zu wählen. Er wandte sich landeinwärts.

Es war ruhig. Kein Wind, der durch die Eiszacken pfiff, kein Laut von der in Eis erstarrten Küste. Und doch war da ein Geräusch, so leise, dass man es fast nicht wahrnehmen konnte: das Gemurmel von rinnendem Wasser. Was ihn wunderte war, dass es von unter ihm zu kommen schien, und was ihn ebenfalls wunderte, war die Schneeunterlage; sie war auf einmal elastisch geworden, wie ein Tanzboden.

Lockwood blieb stehen. Er lehnte sich auf seinen Skistock – der plötzlich unter ihm wegsackte und verschwand. Die Haare in seinem Nacken richteten sich auf, sein Mund war trocken, seine Knie weich. Unvermittelt begriff er, dass die Schneefläche überall um ihn herum blaue Flecken aufwies: außen hellblau, nach innen zu wie dunkler Saphir. Und plötzlich sah er, dass er auf einer Schneebrücke stand, die von Gletscherspalten umgeben war. Zwölf Meter zu seiner Linken tat sich ein gähnendes Loch auf, dessen Tiefe er nur schätzen konnte. Mehrere dutzend Meter zu seiner Rechten war eine Spalte, die, so glaubte er, bis ins Innere der Erde reichte.

»Zurück!« Sein Angstschrei warf mehrere Echos von den Eiswänden zurück.

Aber es war zu spät. Ein schreckliches Krachen erfüllte

die Luft, dann gellte ein Angstschrei durch das Tal. Er wandte sich um und sah den Schlitten nur wenige Meter hinter sich, wie er an der Kante einer Gletscherspalte stand. Und noch während er entsetzt hinstarrte, begann die Kante abzureißen, große Brocken Schnee stürzten in die Tiefe.

Ramsden sprang zur Seite.

Das war nun das Ende des Schlittens, das Ende von Ede, das Ende ihrer Ausrüstung und Verpflegung. Doch dann, im letzten Augenblick, kam der Schlitten auf festem Eis zu stehen und hing nun halb über der Gletscherspalte.

Sie hatten keine Zeit nachzudenken. Beide stürzten auf ihn zu. Ramsden schaffte es zuerst. Er packte die Kufen, steckte seine Füße hinein und versuchte, den Schlitten aus dem Gefahrenbereich zu ziehen. Lockwood, der nur eine Sekunde später kam, sah die Gefahr. Wenn der Schlitten ins Rutschen käme, würde er unweigerlich in die Gletscherspalte stürzen.

»Werfen Sie mir das Seil rüber!«

Der Obermaat zögerte nicht. Einem Befehl gehorchte er instinktiv – auch wenn er damit sein Leben gefährdete. Er packte das Seil, das zusammengerollt und angebunden hinten auf dem Schlitten lag und warf Lockwood das lose Ende zu.

»Und Ihren Eispickel!«

Für Ramsden war es, als ob er sich von einem festen Grundsatz verabschiedete; aber wieder zögerte er nicht. Lockwood trieb den Pickel tief ins Eis, belegte den Schaft mit dem Seil, und der Schlitten war sicher. Dann zogen sie ihn Zentimeter um Zentimeter von der Spalte fort, auf Eis, das fest war. Sie zogen ihn so lange, bis er auf keinem der blauen Flecken mehr stand, und, wenn sie darauf traten, sich das Eis nicht mehr schwammig anfühlte. Dann brachen sie beide in einem Schneehaufen zusammen und erholten sich von ihrem Schock.

Zu seinem Ärger konnte Lockwood nicht aufhören zu zittern. Er wusste, es war seine Schuld gewesen. Aber ein Bedauern auszusprechen, das nicht wie eine Entschuldigung klang, war schwer. »Tut mir Leid«, murmelte er, »ich hätte besser aufpassen sollen.«

»Wie wir es vereinbart haben, Sir. Besser Vorsicht als Nachsicht.«

Lockwod schwieg verlegen. Dann ging er und schaute, wie es dem Alten ging. Ramsden kümmerte sich um das Seil.

Gott sei Dank war Ede bewusstlos und schien nichts von dem mitbekommen zu haben, was passiert war. Ramsden zeigte unverhohlene Wut, dass das Seil durch die Aktion an einigen Stellen zerschlissen war. Es war ihr Einziges. Aber er konnte nicht mehr tun, als es aufzurollen und es auf den Schlitten zu packen. Das Schwemmland war mit Sicherheit kein idealer Platz, sich aufzuhalten. Es musste also entweder gekreuzt oder umgangen werden. Ramsden schlug vor, es zu umgehen. »Wie wär's mit dem Gletscher?«

Lockwood betrachtete ihn von unten nach oben. Einen schweren Schlitten auf einen Gletscher hinaufzuziehen, war etwa das Schlimmste, was es auf der Welt gab, doch in diesem Fall schien es keine andere Möglichkeit zu geben.

»Scheint der einzige Ausweg zu sein«, sagte er. »Sie gehen vor, ich nehme den Schlitten.«

»Zu Befehl, Sir.« Ramsden war sichtlich erleichtert und schnallte sich die Skier an.

Vorgewarnt und vorbereitet wählte er eine bessere Route als Lockwood, vermied Senken und Spalten und erreichte ohne Beanstandung die Mure.

Der Gletscher war weder besonders groß noch von besonders tiefen Spalten durchzogen, aber es fiel ihnen schwer, ihn zu überqueren. Besonders zu schaffen machte ihnen die Luftknappheit. Es war Nachmittag: Die Sonne brannte auf sie nieder, und ihre Strahlen reflektierten vom Eis mit einer solchen Macht, dass sie den Sauerstoff aus der Luft förmlich aufzusaugen schienen. Bevor sie den Gletscher halb überquert hatten, spürten sie bleierne Müdigkeit in ihren Knochen. Vom Wetter konnten sie keine Hilfe erwarten. Es war völlig windstill, nichts regte sich. Sie waren gefangen in einer gefrorenen Welt und wähnten sich wie in einem Zeitloch, im absoluten Vakuum. Bei einer ihrer Pausen zog Lockwood das Barometer heraus. Fallen konnte man das nicht mehr nennen, es stürzte förmlich ab.

Als sie endlich dem Gletscher entkommen waren und wieder auf der Felsstrasse standen, ging die Sonne unter. Was für ein Sonnenuntergang!

Der Himmel war türkis. Im Westen hing die Sonne tief über dem Meer wie eine Kugel voller Blut. Im Osten ging der Mond über den Bergen auf, sah aus wie eine leuchtende Kupferscheibe, umgeben von einem seltsamen Schimmer, der sich im Eis widerspiegelte. Aber noch viel aufregender war die See, über der unzählige aufgetürmte Eisnebel standen – hervorgerufen durch Schichten kalter Luft, die über das aufgeheizte Wasser gestrichen waren. Die Strahlen der untergehenden Sonne verwandelten die Eisnebel in Lohen aus Scharlach und Zinnoberrot; es sah aus, als ob das Meer brannte.

Die Szene war fantastisch. Doch von einer Schönheit, die bedrohlich war wie ein Tiger vor dem Sprung. An diesem Abend wählten sie sich ihren Lagerplatz mit größter Vorsicht aus. Die Anzeichen für einen Wetterumschwung waren eindeutig. Sie wussten, dass ein schlechter Lagerplatz sie das Leben kosten konnte. Es war schon fast dunkel, als sie in einem nach Norden abfallenden Schneefeld, abseits von der See, fanden, wonach sie suchten: einen großen Granitfelsen, einen Nunatak, in dessen knapp fünfzehn Meter hohen, aber nicht sehr bauchigen Aushöhlung sie ihr Zelt errichteten. Diesmal hämmerten sie die Heringe tief ins Eis hinein, beschwerten die unterliegende Plane mit großen Steinen und sicherten den Eingang mit einem Extralappen Segeltuch.

Bevor sie schlafen gingen, schauten sie noch mal auf das Barometer. Es stand bei 970 Millibar, Tendenz: fallend. Nach Süden zu hatte der Himmel eine Undurchsichtigkeit angenommen, die Lockwood gar nicht gefiel. Den Mond umgab jetzt ein riesiger, leuchtender Hof, der mal größer wurde, mal kleiner, und pulsierte, als ob die Nacht nach Luft schnappte.

Sie krochen in ihre Schlafsäcke und überlegten, wie lange es noch dauern würde, bevor die Wetterfront sie erreichte.

Sie kam aus dem Süden, aber nicht mit der Heftigkeit eines plötzlichen Anschlags, sondern mit dem gemessenen Schritt eines gewaltigen Heers, das überzeugt von seiner Unbezwingbarkeit ist. Anfangs sah man nur kleinere Schneewirbel, die vereinzelt, mal von hier, mal von dort, Wächten anhäuften und sie über den Talgrund jagten. Dann zogen kleine Cumuluswolken auf, die wie eine Vorhut marodierender Banden die Verteidigungsstellungen des Gegners prüften. Die Cumuluswolken wurden zahlreicher und dunkler, verschmolzen in eine durchgehende Wolkendecke, und als dann die Cumulonimbuswolken aufmarschierten, begann es zu schneien. Erst noch zögerlich, bei geringem Wind: eine Böe aus Südost, dann erneut Pause, eine Böe aus Südwest, dann wieder Pause. Langsam wurden die Flocken schwerer, kompakter, die einzelnen Gestöber gingen über in kontinuierlichen Schneefall. Um Mitternacht ergossen sich die Schneemassen aus dem Himmel wie eine nie enden wollende Lawine. Und mit dem Schnee kam die Kälte. Eine Kälte, die durch den Wind, der vom Eisdach der Berge herabwütete, so schneidend war wie eine Rasierklinge. Unten an der Küste wurde das Packeis immer dicker und breitete sich aus. Die Feuchtigkeit ihres Atems an den Zeltwänden gefror. In regelmäßigen Abständen, wenn der Wind an ihrem Zelt rüttelte, platzte die Schicht ab und ergoss sich in einem Splitterregen über sie.

Unruhig lagen sie in ihren Schlafsäcken, nahmen nur entfernt wahr, was vor sich ging, aber waren nicht willens, ihre Traumwelt zu verlassen, um nach der Sicherheit des Zelts zu sehen.

Träume sind ein schlechter Zufluchtsort. In den frühen Morgenstunden nahm der Wind zu, steigerte sich von einem hohlen Sausen zu einem orkanartigen Brüllen, und auf einmal tat es einen entsetzlichen Schlag. Die Plane, mit der sie ihren Zelteingang zusätzlich gesichert hatten, war losgebrochen und schlug nun hin und her wie ein loses Segel im Sturm.

Lockwood zündete die Petroleumlampe an. Bleiches Licht kroch die Zeltwände hoch, erleuchtete den Eingang.

Ramsden konnte sich gut vorstellen, was Lockwood dachte. O nein, mein Freund.

»Nein?«

»Zu riskant. Wir würden zu viel Schnee hereinlassen.«

Er sah ein, dass Ramsden Recht hatte. Ein Schlag der Plane könnte seinen Arm oder gar seinen Hals brechen, und wenn er durch die offene Zelttür hinauskröche, würde eine Lawine von Schnee hereingeweht werden.

Sie konnten also nichts anderes tun, als in ihren Schlafsäcken liegen zu bleiben und darauf zu warten, zu hoffen, zu hören, dass der Sturm abnahm.

Aber er nahm nicht ab. Er nahm sogar noch zu, fetzte die lose Plane draußen hin und her, bis ein ganz besonders harter Stoß sie vollends abriss und sie gegen einen Felsen schleuderte. Es tat einen Knall wie aus dem Gewehrlauf, dann gab es diese Plane nicht mehr; Schnee hämmerte gegen den Zelteingang. Sie beobachteten die wackelige Konstruktion und zitterten vor Angst, wie sie hin und her geschüttelt und gerissen wurde. Es war die Nacht des Blizzards. Alles, was sie tun konnten, war, ihn aussitzen. Und darauf hoffen, dass er bald zu Ende ginge.

Ihre Hoffnungen realisierten sich nicht. Es wütete und schneite, Stunde um Stunde, Tag um Tag. Sie waren genau in der Situation, vor der sie sich gefürchtet hatten. Eingesperrt in ihrem Zelt wie Gefangene in einer Zelle. Und unten wurde das Packeis immer dicker und breitete sich nach Norden aus.

Ihre Situation als ungemütlich zu bezeichnen wäre geprahlt. Ihr Zelt war ein einfaches Notzelt für zwei Personen. Zu dritt herrschte darin schon Gedränge; mit Schlitten und Verpflegung war es die Hölle. Drei Menschen in Schlafsäcken, einer halb auf dem anderen. Jede Bewegung verursachte einen Aufruhr. Jeder hatte seinen zugewiesenen Platz. Ede lag ganz hinten, mit dem Rücken gegen den Felsen gestützt. Theoretisch war dies der beste Platz; bis sich zwischen Fels und Zeltwand Treibschnee sammelte, der die Zeltwand nach innen einbeulte. Ede wurde ständig weiter zur Zeltmitte gedrückt, konnte kaum noch atmen, rang halb erstickend nach Luft. Ramsden lag in der Mitte. Hier war es am wärmsten, aber auch am ungemütlichsten. Jedes Mal wenn Ede oder Lockwood sich bewegten, rammten sie ihm einen Arm oder ein Bein in seinen Körper. Lockwood lag vorne beim Eingang. Dies war der kälteste Platz. Es zog. Außerdem war es der niederste Punkt des Zeltes. Hier sammelte sich das Wasser, tropfte herunter und gefror. Manchmal wachte Lockwood auf und konnte seinen Kopf nicht bewegen. Er war an seinem Schlafsack festgefroren.

Es dauerte nicht lange, dann ereilten sie all die Krankheiten, mit denen Antarktisbesucher in Schwierigkeiten zu rechnen haben: Durchfall und Sodbrennen als Folge der schlechten Ernährung; Krämpfe als Folge des stundenlangen bewegungslosen Verharrens in einer Position; Verwirrung als Folge der gleichbleibenden, ständigen, Tag und Nacht andauernden, fast totalen Dunkelheit. Am furchtbarsten aber war die Kälte. Kälte mag zwar nicht das Schlimmste aller Leiden sein, aber Dante hatte wohl Recht, als er das innerste Zentrum seines Infernos als »gefroren« beschrieb und alle Verräter dieser Welt in Eishöhlen sperrte. Nur Weniges ist schwerer zu ertragen als eine ständige starre Kälte, die jede Faser des Körpers schmerzen lässt, jedoch stets knapp über der Grenze, dass man nicht bewusstlos wird.

Sie begannen körperlich und geistig abzubauen. Kleine Arbeiten wie Tee kochen, das Eis wegklopfen oder die Seile nachspannen wurden extrem schwierig, aufzuwachen immer unerfreulicher.

Seelisch litten sie zunehmend unter den persönlichen Eigenarten der anderen. Einer der Punkte war das Führen der Tagebücher. Lockwood machte kein Geheimnis daraus, was er schrieb und ließ sein Buch oft offen liegen; Ramsden betrachtete seins als streng vertraulich. Er hatte es dauernd bei sich. Wenn sie unterwegs waren, trug er es in seinem Rucksack. Lockwood dachte, dass er mal prüfen müsste, was der Obermaat so alles schrieb.

»Haben Sie«, fragte er ihn, »die Felsbrocken in Ihrem Tagebuch erwähnt?«

Ramsden nickte.

»Ich hoffe, Sie haben nicht geschrieben, wo wir sie gefunden haben.«

Ramsden war verwirrt. »Warum nicht?«

»Im Falle, dass das Tagebuch in die falschen Hände gerät.«

»Sie meinen, dass die Deutschen es finden?«

»Ich weiß, dass das nicht wahrscheinlich ist. Aber es ist möglich.«

Ramsden dachte nach. »Richtig, Sir«, sagte er dann. »Das ist mir noch gar nicht in den Sinn gekommen.« Diesen und den folgenden Tag stellte Lockwood fest, dass Ramsden Seiten herausriss und neu schrieb.

Aber die Tagebücher waren nicht das Wichtigste. Das bei weitem größte Problem war ihr Commanding Officer. Der Schneesturm hielt ungebrochen an, und das ständige unzusammenhängende Gejammer des Alten ging ihnen entsetzlich auf die Nerven; sein schwerer Atem und seine Erstickungsanfälle raubten ihnen den Schlaf. Wenn er das Essen, das sie für ihn machten, nicht behalten konnte, stank es im Zelt, dass es nicht zu ertragen war.

Immer, wenn das passierte, war Lockwood versucht, nach seinem Revolver zu greifen.

Fünf Tage lang waren sie Gefangene in einer knapp drei Quadratmeter großen Zelle, aus der es kein Entrinnen gab. Das Einzige was sie tun konnten, war, in ihren Schlafsäcken zu liegen und zu wissen, dass mit jedem Heulen des Windes ihre Lebenserwartungen dahinschwanden. Endlich, am Morgen des sechsten Tages, hörte der Wind auf, und der Schneefall reduzierte sich zu einem gelegentlichen Treiben.

Sie krochen in eine völlig neue Welt. 120 Zentimeter Schnee waren gefallen, der Sommer war vorbei, der Herbst gekommen, und der Winter stand vor der Tür.

Sie machten sich an den Abstieg zur Trasse und wussten, dass ihr Leben davon abhing, was sie unten vorfinden würden. Wenn das Packeis zu einer zusammenhängenden Schicht gefroren war, wären sie verloren.

Für eine Entfernung von wenigen hundert Metern brauchten sie länger als eine Stunde. Im Pulverschnee waren ihre Skier nicht zu gebrauchen; mit jedem Schritt, den sie taten, sanken sie bis zu den Hüften ein. Einen Schlitten zu ziehen wäre undenkbar gewesen. Als sie endlich unten waren und auf das Eis sehen konnten, war es schlimmer als sie gehofft, aber nicht so schlimm, wie sie befürchtet hatten.

Es schien ihnen, als habe eine Million Näherinnen einen riesigen Flickenteppich aus Brucheis, Treibeis, Eisschollen, Packeis und Eisbergen zu einem Mosaik zusammengewoben, das noch nicht fest war, aber doch bereits eine deprimierende Dauerhaftigkeit in Aussicht stellte.

Lockwood deutete auf die vereinzelten Löcher und Tümpel. »Ein Minensucher könnte durchkommen.«

Ramsden sagte nichts.

»Meinen Sie nicht auch?«

»So wie es jetzt ist, vielleicht. Nicht wenn es dicker wird.«

»Wir können es immer noch schaffen.«

»Wir zwei vielleicht. Zu dritt haben wir keine Chance.«

Lockwood wählte seine Worte sorgfältig: »Sie denken, wir sollten ihn töten, nicht wahr?«

»Ja.«

»Sie betrachten das nicht als Mord?«

»Wie ich es sehe, Sir, geht es nur darum, die Felsbrocken nach Hause zu schaffen.«

»In diesem Punkt stimme ich Ihnen zu. Ich versprach dem Alten, wir würden sie nach Hause bringen. Und wenn der einzige Weg, sie heimzubringen der ist, ihn zu töten, werde ich ihn töten.«

Ramsden sagte nichts.

»Glauben Sie mir nicht?«

»Taten sprechen klarer als Worte.«

Er überlegte sich gerade, was er ihm antworten sollte, da brach es aus Ramsden unerwartet heraus: »Sie denken, ich kümmere mich nur um mich selbst, nicht wahr? Meinen Kopf retten. Aber so ist es nicht. Ich schätze, wir schulden das unseren Kumpels, die gestorben sind. Sie waren verdammt gute Kumpels. Wenn wir die Felsbrocken nicht nach

Hause bringen, sind sie umsonst gestorben, nicht wahr? Besser einen zu töten, sage ich mir, als die ganze Sache zu versauen.«

Er verstand, was Ramsden meinte, aber irgendetwas – etwas anderes als Zimperlichkeit – ließ ihn zögern, den Abzug zu ziehen. Noch. »Wenn es getan werden muss«, sagte er langsam, »werde ich es tun. Aber zu meiner Zeit.«

Ramsden ging zum Rand der Trasse und begann, mit seinem Fuß Pulverschnee hinunter auf das Packeis zu schieben. Offensichtlich dachte er: Morgen ist nie.

Zurück beim Zelt entschieden sie sich, einen Versuch mit dem Schlitten zu unternehmen.

Es war wie einen Sack Kohlen durch Klebstoff zu schleifen. Keiner von beiden war einzeln in der Lage, den Schlitten auch nur einen Meter weit zu ziehen. Mit vereinter Kraft schafften sie es, ihn einige Meter weit vorwärts zu bringen, bis er im Schnee untertauchte. Ohne Ladung. Sie mussten einsehen, dass sie tagsüber so unbeweglich wie ein Auto ohne Räder waren. Nachts hingegen, sagten sie sich, sähe die Sache anders aus. Wenn die Temperaturen sanken, würde die Oberfläche zu einer festen Kruste zusammenfrieren, die das Gewicht des Schlittens vielleicht tragen würde. Selbstverständlich war eine Schlittentour nachts riskant, besonders bei schlechtem Wetter. Aber mit dem Packeis, das täglich dicker wurde, mussten sie es riskieren.

Sie kochten ihre Mahlzeit, die sie in kleinen Portionen über den Abend verteilt zu sich nahmen; während einer von ihnen schlief, beobachtete der andere das Wetter und prüfte den Schnee. Um Mitternacht beschlossen sie, dass er fest genug sei.

Sie gingen los. Es war sehr still und klar und unermesslich kalt. Mit den sinkenden Temperaturen knackte und krachte das Packeis. Um sie herum glitzerten die Gletscher wie Quecksilber. Über ihnen und den Bergen der Halbinsel hing der Mond wie eine Silberschale. Das Eis war hart und so glatt, dass sich kein Schnee hatte darauf festsetzen können. Als sie den Schlitten über die Trasse zogen, hinterließen die Kufen kaum eine Spur.

Und wieder waren sie auf dem Weg nach Norden.

Sie sagten sich, dass die Umstände viel schlimmer sein könnten, als eine Wolkenbank von der See hereintrieb, alle Lichter des Himmels löschte und es zu schneien begann.

Es war ein Vorzeichen: das Vorspiel zu zehn Tagen Hoffnung und Verzweiflung, wobei die Perioden der Hoffnung immer seltener und kürzer, die der Verzweiflung immer häufiger und länger wurden. Das Problem war die Unbeständigkeit des Wetters. Nie hielt jenes, das sie gerade hatten, länger als zwei Stunden an. Wenn sie mit ihrem Schlitten gut vorankamen, verdunkelte sich plötzlich der Himmel und es begann zu schneien. Sie hielten an und fragten sich, was sie tun sollten. Es war wie verhext. Ständig, wenn sie den Schlitten entluden und das Zelt aufstellten – eine Arbeit, die fast eine Stunde dauerte –, wurde das Wetter wieder besser. Wenn sie sich entschieden weiterzugehen, fing der Schneefall wieder an. Start – Stop – Start – Stop – ein Nerven zerfetzendes Unterfangen. Wenn die Witterung es erlaubte und sie mit drei bis vier Meilen in der Stunde auf der Trasse vorankamen, schien die Spitze der Halbinsel in greifbare Nähe zu rücken; wenn sie an ihr Zelt gebunden waren, schien sie so weit entfernt zu sein wie das Ende eines Regenbogens. Erschwerend kam hinzu, dass sie beobachten konnten, wie das Packeis immer dicker wurde. In solch dunklen Momenten kam es Lockwood vor, als könne er durch die Gitterstäbe seiner Todeszelle hindurch beobachten, wie draußen Balken um Balken ihr Galgen errichtet wurde. Eine Zeit lang sah es so aus, als würde die Eisschicht täglich nur wenig dicker werden. Doch eines Morgens, als sie nach einer besonders kalten Nacht zur Küste hinunter gingen, stellten sie fest, dass die bisher noch offenen Tümpel und kreuz und quer laufenden Rinnen verschwunden waren. In einer soliden geschlossenen Decke breitete sich das Eis weit bis auf das Meer hinaus.

Niemand von beiden sagte auch nur ein Wort an diesem Morgen.

Langsam machte sich bemerkbar, dass ihnen Dinge ausgingen. Nichts wirklich Wichtiges – aber es erinnerte sie daran, dass sie verhungern könnten. Auch das Verbandsmaterial für Ede neigte sich dem Ende zu. Lockwood musste die Binden, die sie noch hatten, regelmäßig waschen und wiederverwenden. Eines Morgens verbrauchten sie ihren letzten Löffel Zucker, einige Abende später ihr letztes Körnchen Kaffee. Sie begannen, Dinge zu verlieren. Im Hin und Her des Zeltauf- und Abbaus, oft in der Nacht, knapp vor einem Schneesturm, verloren sie eine Schneebrille und einen Zelt-Hering. Kleine Dinge; Lockwood erinnerte sich unwillkürlich eines Sprichworts, das besagte, dass man durch den Verlust eines Hufeisennagels ein ganzes Königreich verlieren könne.

Sie wurden schwächer, sie fielen immer weiter in ihrem Terminplan zurück.

Es gab nur zwei Möglichkeiten, das zu ändern: entweder Ede zu töten oder zu versuchen, trotz des schlechten Wetters noch schneller voranzukommen. Lockwood war nach wie vor gegen die erste Möglichkeit. Also blieb ihnen gar nichts anderes übrig, als die zweite Option zu wählen. Sie gingen Risiken ein: wanderten über Terrain, auf das selbst Rettungsteams ihren Fuß nicht setzen würden, und das unter Bedingungen, in die Ede zum Beispiel niemals eingewilligt hätte.

Am 25. Tag ihrer Reise war das Wetter schwierig. Weder schlecht genug, um in ihre Schlafsäcke zu kriechen, noch gut genug, um sicher mit dem Schlitten voranzukommen.

Sie hatten jedoch ein Übereinkommen, so lange weiterzugehen, wie es ihnen körperlich irgendwie möglich war. Und tatsächlich brach an diesem Abend öfter mal die Wolkendecke auf und hüllte die Schneefelder in einen silbrigen Glanz. Nun ging es einigermaßen. Doch dann war die Wolkendecke wieder fast geschlossen, das Licht wurde trügerisch, erneut konnten sie sich nur vorwärts tasten wie Maulwürfe – mal mussten sie den Weg erraten, mal Gottes Rat befolgen. Früher am Tag waren sie gezwungen gewesen, wegen zunehmender Klippen die Trasse zu verlassen. Sie befanden sich gerade in den Ausläufern des Hauptkamms und überquerten ein Gebiet von scheinbar völlig ebenen, harmlosen Schneefeldern. Tatsächlich gab es aber auch leichte Steigungen und flache Senken, doch im Zwielicht sah alles flach aus. Ramsden, der die Führung übernommen hatte, sah die tellerförmige Vertiefung nicht. Er lief auf seinen Skiern genau in sie hinein.

Und verschwand.

»Ahhhh! Ahhhh! Ahhhh!« Seine Entsetzensschreie kamen in Echos aus der Gletscherspalte zurück. Er hing im Seil, das am Schlitten festgebunden war. Verzweifelt versuchte er, seinen Pickel ins Eis zu schlagen, doch dieser hielt nicht. Dann spürte er einen Ruck, das Seil riss, und er fiel; schlug auf etwas auf und fiel; schlug wieder auf und fiel; prallte von einer Wand an die andere; knallte auf einen Eisvorsprung. Schmerz zuckte durch seine Beine. Dunkelheit umgab ihn und verschluckte ihn wie der Schlund eines Wasserwirbels. Da lag er bewusstlos und zerschmettert, über ihm 30 Meter blassblaues Eis, das einen schmalen Streifen Himmel einrahmte, unter ihm eine 30 Meter tiefblaue Spalte, durch die ein kleiner unterirdischer Bach vom Gletscher ins Meer floss.

Lange lag er dort bewegungslos. Nach einer Stunde etwa öffnete er die Augen, und wie ein Schwimmer, der sich durch die Brandung kämpft, zwang er sich ins Bewusstsein zurück. Ihm war entsetzlich kalt. Im Rücken verspürte er einen dumpfen Schmerz, der aber nicht übermäßig weh tat. Als er versuchte, seine Beine zu bewegen, und sah, dass er es nicht konnte, wusste er, dass er von den Hüften abwärts gelähmt war. Er begann, nach Hilfe zu rufen.

»Hilfe … Hilfe … Ich kann mich nicht bewegen.«

Aber da beugte sich kein Gesicht über die Spalte, kein Seil wurde zu ihm heruntergelassen. Er begann zu ahnen, dass er zum Sterben liegen gelassen worden war.

Es wurde kälter in der Gletscherspalte, kälter und dunkler. Er starrte auf die Wände aus Eis, verstand, dass sie das Letzte wären, das er auf Erden sähe, und schauderte. Was für eine Art zu sterben, dachte er. Seine erste Regung war Bitterkeit. Und weil niemand da war, dem er seinen Hass entgegenschleudern konnte, brüllte er in die Eiswände hinein: »Du ahnungsloser kleiner Bastard! In der Sonne schlafen, während ich den Schlitten hole; mir den schlechtesten Platz im Zelt geben, nur weil du nicht den Mumm hast, den Alten zu töten, und jetzt dies: wegzugehen und mich hier sterben lassen. Du Bastard!«

Er war nicht wirklich rachsüchtig, und da die Zeit zum Sterben näher rückte, besann er sich auf das, was ihm stets am nächsten gestanden war. Sein gesamtes Leben hatte er Befehle ausgeführt, und es ängstigte ihn, dass er nun sterben sollte, ohne seinem letzten Befehl gehorcht zu haben. Der junge Lockwood, sagte er sich, würde diesen Winter niemals überleben; die Felsbrocken würden niemals nach England kommen; diese Atombombe – was immer das auch war – würde niemals gebaut werden; und alles nur, weil er seinen Befehl nicht ausgeführt hatte … Mit gelähmten Beinen, mit nur noch wenigen Minuten zu leben, konnte er nichts mehr ändern. Bis ihm der Gedanke kam, dass Lockwood sterben könnte, ohne dass sein Körper je gefunden würde, seiner hingegen schon. Ich muss sicherstellen, sagte er sich, dass die Leute, die mich finden, wissen, dass mein Tagebuch wichtig ist, denn darin steht alles über das uranhaltige Gestein.

Unter großen Schmerzen, denn einige Bewegungen verwandelten das taube Gefühl in seinem Rücken in furchtbare Stiche, nahm er seinen Rucksack von den Schultern, öffnete ihn, holte daraus mit steifen Fingern sein Tagebuch. Er hielt es sich an die Brust und dachte, dass er nun alles getan hatte, um seinen Befehl auszuführen. Nun gab es nichts mehr für ihn zu tun.

Nach einer Weile sah er einen einsamen Stern, der sich durch die Gletscherspalte vom Himmel abhob. Es war Kanopus, der größte Stern im Südlichen Sternbild des Schiffes. Er starrte ihn an, dachte, er sähe ebenso kalt aus wie er selbst, war so weit entfernt. Er fragte sich, ob noch was dahinter wäre – und fiel in eine Bewusstlosigkeit, aus der es keine Wiederkehr mehr gab.

☆

Gerade noch war er vor ihm gegangen, dann hörte er einen Schrei, und er war weg. Das Seil spannte sich, der Schlitten machte einen Satz nach vorne, Lockwood hörte den Knall des reißenden Seils, dann rutschte der Schlitten ganz normal weiter. Ramsden! Er hielt an, dachte, auch er sei von Gletscherspalten umgeben, aber der Schnee vor ihm sah fest aus, war weiß, nicht blau. Vielleicht, dachte er, ist da nur eine kleine Gletscherspalte, die nicht allzu tief ist, vielleicht lebt er noch.

Instinktiv wollte er hinlaufen, doch er hielt sich im Zaum. Vorsichtig, jeden Fußbreit auf Festigkeit prüfend, folgte er Ramsdens Skispur. Vier Meter vor der Spalte sah er sie, wie sie sich fast unsichtbar als blaue Linie von dem Schnee abhob. Kein Wunder, dachte er, der arme Teufel hat sie nicht gesehen. Er sicherte den Schlitten im Eis, verlängerte seinen Gurt so weit wie möglich, kroch hin und schaute in den Abgrund. Als er sah, wie tief es hinunterging, war er überzeugt davon, dass Ramsden das nicht überlebt haben konnte. »Obermaat, Obermaat, sind Sie da?«

Obermaat … Obermaat … Sind Sie da? … da … da … hallte es von den Eiswänden zurück. Schnee hatte sich auf seiner Brille festgesetzt, er konnte nur schlecht sehen. Keine Chance, dachte er, dass er das überlebt hat.

Er nahm die Brille ab, dann sah er ihn. Weit unten. Zerquetscht wie eine Fliege. Bewegungslos.

Ich bräuchte ein 30 Meter langes Seil, um zu ihm hinunterzukommen. Alles, was ich habe, ist ein vier Meter langer Gurt.

»Ramsden!« Ramsden … Ramsden … Einen Augenblick konnte er sich nicht mehr an dessen Vornamen erinnern … »Jim!« Jim … Jim … »Hörst du mich?« … mich … mich …

Der Wind heulte durch die Gletscherspalte, trug sein Rufen in Winkel, wohin noch nie eine menschliche Stimme gedrungen war. Ich habe keine Chance, dachte er, zu ihm zu gelangen.

Er kroch zurück zum Schlitten. Was für eine Ironie, kam es ihm in den Sinn, dass es Ramsden war und nicht Ede, der zuerst starb. Der Alte war bei Bewusstsein und spürte, dass etwas schief gelaufen war. Lockwood beugte sich über ihn. »Der Obermaat ist in die Gletscherspalte gefallen.«

»Tot?«

»Ich denke.«

Die Stille war fast unheimlich, er versuchte, sich an den Gedanken zu gewöhnen, dass vor dem Unfall die Chancen 100 zu 1 gegen sie gestanden waren; jetzt lagen sie bei 1000 zu 1. Lockwood sah, dass Ede etwas sagen wollte. Er kam näher.

»Lass uns zurück. Uns beide.«

Er setzte sich auf den Schlitten, vergrub den Kopf in seine Hände, versuchte nachzudenken. Der gesunde Menschenverstand sagte ihm, der Alte hatte Recht. In erster Linie ging es um die Steine. Allein hätte er vielleicht noch eine kleine Chance gehabt, es zu schaffen – mit den beiden Verletzten natürlich keine. Wie schon zuvor, als er sich weigerte, Ede zurückzulassen, wollte er jetzt auch Ramsden noch nicht völlig aufgeben. Alle paar Minuten kroch er zur Kante, starrte hinunter auf die ausgebreitete Gestalt; sie bewegte sich nicht. Er rief; es kam keine Antwort. Nach etwa einer Stunde sagte er sich, es hätte keinen Sinn. Es gab nichts mehr zu tun.

Er vergewisserte sich, dass Ede festgezurrt war und setzte sich mit dem Schlitten in Bewegung. Nach nur wenigen Metern hätte er schwören können, Ramsdens Stimme gehört zu haben. »Hilfe!« Sie klang genauso wie die von Ramsden. »Hilfe, ich kann mich nicht bewegen!«

Er schob es auf seine Einbildung, auf Halluzinationen. Aber wenn es doch keine waren? Wenn Ramsden wie durch ein Wunder noch am Leben war? Er ging weiter. Was hätte er denn tun können?

Es war dunkel geworden. Lockwood stapfte weiter in Richtung Spitze.

In stiller Trauer.

Die Ereignisse der nächsten eineinhalb Wochen hielt er in seinem Tagebuch fest.

6. April. Wetter angenehm. Bin gut vorangekommen. Aber ohne Ramsden ist alles viel, viel schwieriger, dauert viel, viel länger. Heute 8 Meilen. Das Packeis wird dicker. Sieht aus, als gäbe es kein Durchkommen mehr.

7. April. Am Nachmittag das Zelt aufgeschlagen. Heute nur 3 Meilen.

8. April. Schneesturm. Bleibe im Zelt. Ede wird schwächer.

9. April. Schneesturm. Bleibe im Zelt. Edes Kopfwunde will ich gar nicht sehen.

10. April. Wetter besser. Stieg auf einen kleinen Berg UND SAH DIE SPITZE DER HALBINSEL. Vielleicht noch 30 Meilen entfernt. Traurig, daran zu denken, dass Ramsden so nahe dran war und sie doch niemals sah. Ede sehr schwach.

11. April. Wetter gut, Eis gut. Bin gut vorangekommen. Wunderbarer Tag, bis zum Abend, als sich meine schlimmsten Befürchtungen bestätigten: Edes Kopfwunde hat sich entzündet.

12. April. Wetter einigermaßen, gute Wegstrecke. Ede liegt im Delirium.

13. April. Wetter erträglich. Bin überrascht, dass Ede die Nacht überlebt hat.

14. April. Wir nähern uns der Spitze. Terrain ganz gut und immer bergab. Aber ich fürchte, wir kommen zu spät. Kein Bruch im Eis, um die ganze Spitze herum dehnt sich ein riesiger Eisgürtel weit aufs Meer hinaus. Dem Alten sage ich immer, dass wir noch eine Chance haben – weshalb sonst sollte er sich am Leben festklammern?

Die Spitze der Halbinsel besteht aus drei zusammengedrängten Vorgebirgen aus Granit, die wie Fingerknöchel in die Drake-Passage ragen. Lockwood war sich nicht sicher, welches der Vorgebirge das nördlichste war. Egal, er wäre auf dem einen ebenso gut zu sehen gewesen wie auf dem anderen, und er hätte von einem ebensogut gerettet werden können wie vom anderen – wenn da nicht das Packeis gewesen wäre.

Bis zum letzten Augenblick hatte er gehofft, dass durch irgendein Wunder, durch eine unerwartete Strömung, durch Wind und Gezeiten, der nördlichste Punkt eisfrei geblieben sei. Das war leider nicht der Fall. Das Packeis war mittlerweile so dicht zusammengefroren – ein Eisbrecher hätte vielleicht die Chance gehabt, sich einen Weg zu erzwingen, auf jeden Fall kein anderes Schiff –, und es reichte weit vor die Küste hinaus. Nur am fernen Horizont entlang stieß der Himmel noch auf Wasser: ein funkelndes dunkelgrünes Band, das die Wolken säumte. Selbst auf dem Mond wären sie der Rettung näher gewesen.

Wie ein Roboter stellte er das Zelt auf.

Die letzten 48 Stunden hatte Ede zwischen Bewusstlosigkeit, Delirium und zeitweiligem Wachkoma geschwankt, jetzt auf einmal war er klar im Kopf, und er bat Lockwood, ihn das Packeis sehen zu lassen. Die Zeit der Ausflüchte war nun vorüber. Es gab keine Entschuldigungen mehr; kurz vor Sonnenuntergang nahm er den Alten mit zur Spitze. Er setzte sich auf den Schlitten, nahm Ede in seine Arme und beide starrten sie hinaus auf die riesige Eisfläche. Lockwood dachte schon, sein CO sei durch den Anblick so weit entrückt, dass er nun sterben würde, da begann Ede zu sprechen, leise aber klar:

»Erinnerst du dich, was du versprochen hast?«

»Was habe ich versprochen?«

»Dass du die Steine nach Hause bringst. Dafür musst du den Winter überleben.«

»Ja, Sir.«

Edes Augen waren klar und glänzten. »Du kannst es schaffen. Ich weiss, du kannst es schaffen. Versprich mir, dass du es schaffst.«

»Ich tue mein Bestes.«

»Das genügt nicht. Versprich mir, dass du überlebst.«

Warum nicht, dachte er. Wenn es ihn glücklich macht. »Ich verspreche es zu überleben.«

Edes Augen verdunkelten sich vor Schmerz. Es war, als hätte er seine ganze Kraft in diese Worte gelegt, nun war sie verbraucht. Aber etwas musste er ihm noch sagen: »Ich helfe dir dabei«, flüsterte er. »Erinnere dich daran, vergiss es nie: Ich helfe dir dabei.«

Dies waren seine letzten Worte. Er schloss seine Augen und sank ins Koma.

Zurück im Zelt kramte Lockwood sämtliche Morphium-Ampullen hervor und gab Ede eine Injektion.

In der Nacht träumte Lockwood, er säße im Wohnzimmer seines Elternhauses in Norwood.

Im Herd brannte ein Feuer, seine Mutter stand auf und zog die Vorhänge zu, um die Kälte abzuhalten. Die Vorhänge waren schwer und hingen an hölzernen Ringen, die rasselten, als sie über die Vorhangstange glitten. Er fuhr hoch, wachte aber nicht auf.

Als er morgens die Augen aufschlug, war Edes Körper bereits steif. Was ich im Traum gehört habe, dachte er, war sein letztes Atemholen.

Er trug den Körper aus dem Zelt.

Er legte ihn auf den Boden, setzte sich neben ihn auf einen kleinen Felsen. Langsam stieg die Sonne über das Eis. Es war kein atemberaubender Sonnenaufgang – dafür standen zu viele Wolken am Himmel –, aber der Anblick war doch von stiller Schönheit.

Dafür war er dankbar. Es gibt schlimmere Orte, wo man sterben kann, dachte er.

Zu seiner Überraschung hatte er keine besonders große Angst, dafür aber spürte er eine unendliche Einsamkeit. Es wäre schön, dachte er, jemand zu haben, mit dem man den Sonnenaufgang erleben könnte.

Entlang dem nördlichen Horizont schimmerte das Wasserband unter den Wolken wie Smaragd. Es erinnerte ihn an einen weit entfernten Wald: an eine Reihe windbewegter Tannen.

Und plötzlich stand sie da. Das schönste Mädchen, das er je gesehen hatte: in einem Weißfuchsmantel und Stiefeln aus Hermelin. Ihr zur Seite war ein Rudel schneeweißer Hunde. Sie lächelte ihn an. Dann ging sie in den Wald hinein.

Er schloss die Augen, zählte bis zehn, und als er sie wieder öffnete, war sie natürlich nicht mehr da.

Doch sein Fantasie-Mädchen hinterließ ihm ein Vermächtnis. Er wollte plötzlich nicht mehr sterben. Und er erinnerte sich an sein Versprechen, das er Ede gegeben hatte.

Winter

Er zweifelte daran, dass er sein Versprechen würde halten können.

Die einzige Zufluchtsstätte war sein leichtes Zelt, wie also sollte er die Winterstürme überstehen? Er hatte praktisch nichts zum Heizen, wie sollte er nicht erfrieren? Er hatte noch Vorräte für ungefähr acht oder neun Tage, wie konnte er hoffen, acht oder neun Monate zu überleben? Ein Wettbüro hätte keinen roten Heller auf ihn gesetzt.

Und trotzdem! Selbst mit allen Chancen gegen ihn fühlte er, wie eine Bestimmung zum Leben in ihm aufwallte. Er war 22 Jahre alt, all die Dinge, die er noch nicht gesehen hatte, all die Worte, die man ihm noch nicht zugeflüstert hatte, all das, was er noch nie getan hatte, wurde nun von dem bittersüßen Verlangen nach dem Unerreichbaren durchdrungen. Niemals zuvor hatte ihm das Leben, das er im Begriff war zu verlieren, so viel versprochen wie gerade jetzt.

Im Norden schimmerte der Horizont, war grün wie die Bäume des Waldes. Er wollte sie wiedersehen, das Mädchen mit den schneeweißen Hunden und den lächelnden Augen. Aber sie kam nicht. Er redete sich ein, dass sie auf ihn warten würde, sie, der Inbegriff seiner unerfüllten Fantasien.

Er sah sich um, verzweifelt, so als hätte er noch gehofft, wie durch ein Wunder gerettet zu werden.

Alles, was er sah, waren Tausende Quadratmeilen von Eis.

Und den Körper von John Ede.

Die Idee war so schrecklich, dass er sich einredete, nie daran gedacht zu haben. Doch eine Stimme in ihm flüsterte: Sei ehrlich. Du hast von Anfang an daran gedacht. Warum sonst hast du ihn mit dir herumgeschleppt.

Er sprang auf die Füße, wollte das Undenkbare aus seinen Gedanken scheuchen. Wenn ich überhaupt eine Chance haben will, sagte er sich, muss ich mir eine Unterkunft bauen; ich muss sie bald bauen, und vor allem am richtigen Ort.

Methodisch suchte er mit den Augen die Vorgebirge ab, Abschnitt um Abschnitt, und entschied sich mal gegen diesen, mal gegen jenen Ort: zu nah am Packeis; zu ungeschützt; zu weit von den Steinen entfernt, die er zum Bauen brauchte. Der günstigste Ort, so entschied er sich, lag nahe dem Zentrum des östlichen Ausläufers, wo eine ganze Traube von Nunataks aus dem Eis ragten. Dies war die Stelle, die er als Erste näher untersuchen wollte.

Er sagte sich, er würde den Alten begraben, wenn er zurückkäme. Der Körper lag im Trockenen und im Schatten. Es würde nichts mit ihm passieren.

Eine Stunde später stapfte er zwischen den Nunataks umher. Die Gegend sah aus, als habe ein Riese ein ganzes Felsmassiv zertrümmert und die Bruchstücke anschließend wieder in die Erde hineingetreten. Den ersten Felsen, den er untersuchte, schloss er als zu exponiert aus. Den zweiten wollte er schon als zu steil und mächtig bezeichnen, als er darin eine sich nach Norden öffnende Höhle entdeckte.

Plötzlich war ihm, als hätte er einen flüchtigen Blick auf die erste Stufe einer langen, gefahrvollen Treppe geworfen, die ihn möglicherweise in Sicherheit führen konnte.

Erst als er sich die »Höhle« genauer ansah, merkte er, dass sie tatsächlich nicht viel mehr als ein Überhang war: ein offener Hohlraum, etwa zwölf Meter breit, drei Meter tief und dreieinhalb Meter hoch; vermutlich ausgespült von einem Fluss eines vergangenen Erdzeitalters. Verglichen mit einem tatsächlichen Schutzraum hatte dieser Nunatak nur eine Wand und ein halbes Dach, doch er bot Schutz gegen den ständig vorherrschenden Wind und den Schnee, und er lag – das war vielleicht am wichtigsten von allem – ganz in der Nähe eines Gebiets mit potentiellem Baumaterial. Die der See zugewandte Seite der Felsgruppe war womöglich durch vulkanischen Druck zerborsten, der Boden übersät mit Granitbrocken, einige so groß wie Autos, andere so klein wie Murmeln – ideales Material, um Trockensteinwände zu errichten. Und da war noch ein weiterer Vorteil. Nicht weit entfernt war ein Strand, an dem sich Seetang und Eisschotter häuften. Lockwood schätzte, beides würde nützlich sein, um Spalten und Risse zwischen den Steinen zu verstopfen.

Den Rest des Tages verbrachte er damit, die anderen Örtlichkeiten zu besichtigen, aber keine war so viel versprechend wie seine Höhle. Kurz vor Sonnenuntergang kehrte er mit seinem Schlitten, seinem Zelt und dem Körper von John Ede dorthin zurück. Er entschied, dass es zu spät war, den Alten zu begraben – morgen würde er darüber nachdenken. Er baute sein Zelt im Schutz des Überhangs auf und kroch in seinen Schlafsack.

Er war hundemüde, aber er konnte nicht einschlafen. Er konnte den Gedanken nicht aus seinem Kopf verscheuchen, dass er das einzige Lebewesen auf dem ganzen Kontinent war. Ein Mann, umgeben von schätzungsweise zehnmillionen Quadratmeilen Eis. In dieser Nacht erschien ihm sein Versprechen nur noch als Hirngespinst.

Am nächsten Morgen erwachte er vom Heulen eines Schneesturms, der die Flocken mit einer Geschwindigkeit von 60 Knoten fast waagrecht gegen seinen Nunatak trieb. Stunde um Stunde lag er im Schlafsack und überlegte, welche Art von Unterschlupf er bauen sollte und vor allem wie.

Das Wissen, dass sein Leben davon abhing, schärfte seine Gedanken ungemein.

Es dauerte 36 Stunden, bis der Wind nachließ, es zu schneien aufhörte und er mit der Arbeit beginnen konnte.

Er beschloss, seine Unterkunft nahe an das Ende des Überhangs zu bauen, wo das Dach niedrig und der Boden vergleichsweise eben war. Als Grundmaß bestimmte er 2,20 m mal 2,20 m, eine Fläche, die groß genug war, darauf sein Zelt zu errichten und klein genug, die wenige Wärme, die er produzieren konnte, zu erhalten. Seine erste Arbeit bestand darin, diese Fläche von Eis und Steinen zu befreien. Dann kam der schwierigere Teil: die drei Wände zu bauen, da doch der Überhang die vierte Wand und den größten Teil des Dachs darstellte. Jeden Stein, den er brauchte, musste er aus dem Eis ausgraben und an Ort und Stelle tragen. Die größeren Steine, die er als Mauerfundament benutzte, waren oft so schwer, dass er sie kaum heben konnte. Sie mussten aus dem Eis gehackt, auf den Schlitten geladen, einzeln zum Bauplatz gezogen und dort abgeladen werden. Dann mussten die Steine wie ein großes dreidimensionales Puzzle zu dicken, starken Wänden zusammengefügt werden, die so wenige Risse und Spalten hatten wie nur möglich. Dort, wo Risse und Spalten unvermeidlich waren, würde er sie, so dachte er sich, mit Seetang und mit Eisschotter vom Strand füllen. Eigentlich hatte er vor, sobald er einige Dutzend Steine zusammengetragen hätte, mit dem Bauen zu beginnen, doch bald sah er ein, dass dies nicht optimal war. Am besten würde er zuerst alle Steine, die er brauchte, herbeischaffen, sie nach Größe sortieren und sie dann in drei Haufen, für jede Wand einen, bereit legen – und erst mit dem Bauen beginnen, wenn alles Material beisammen war. Auf diese Weise hätte er, wenn es darum ging, die Steine einzupassen, eine große Auswahl an Formen und Größen zur Verfügung.

Eine ganze Woche lang tat er nichts anderes als Steine auszugraben und sie zum Überhang zu schleppen, eine Arbeit, die sowohl seine Nerven als auch seine Kraft aufzehrte; die Kraft ließ ohnehin zu wünschen übrig, denn seine Lebensmittel gingen zur Neige. Fast jede Stunde eines jeden Tages fragte er sich, ob das Bauen der Unterkunft die Mühe wert war. Was nutzte es ihm, sich vor der Kälte zu schützen, wenn er in jedem Fall verhungern würde? Aber er machte weiter, beschränkte sich jeden Tag auf zwei Tassen Tee, ein Biskuit bei Sonnenaufgang, ein kleines warmes Essen bei Sonnenuntergang und sagte sich, es gäbe immer noch die winzige Chance, dass wie durch ein Wunder Manna vom Himmel fiele.

Dieses Wunder geschah am 30. April.

Er war gerade unten beim Strand, um Seegras zu sammeln, als er die Robben sah.

In der Regel verlassen Robben und Pinguine die Antarktis Ende März. Nur ganz selten, vielleicht wegen einer Verletzung oder einer Nachzüglerbrut wird ein Junges oder eine Mutter zurückgelassen, während die anderen auf ihre Reise nach Norden gehen. Diese Nachzügler überleben den Winter nicht, aber im Herbst kann man sie manchmal sehen, wenn sie aus reinem Selbsterhaltungstrieb die Fischgründe um die Halbinsel verzweifelt nach Futter absuchen.

Es waren drei, die am Rande des Packeises in der Sonne lagen. Um die Wahrheit zu sagen, waren es ausgemergelte Kreaturen, aber für Lockwood repräsentierten sie ein ganzes Füllhorn voll von saftigen Steaks, fettem Tran und warmen Häuten. Er war entschlossen, sie zu kriegen. Aber wie? Am besten wäre es, seinen Revolver zu holen, aber der lag im Zelt. Es würde fünf Minuten dauern, ihn zu holen, aber er hatte Angst, die Robben könnten in der Zwischenzeit ein Loch im Eis gefunden haben und in eine Welt abgetaucht sein, wohin er ihnen nicht folgen konnte. Das Messer, das er zum Seegrasschneiden benutzte, war weder lang noch scharf genug. Aber es standen ihm andere Waffen zur Verfügung. Er hob einen Felsbrocken auf, scharfkantig und schwer. Von einem Augenblick zum anderen waren 20 000 Jahre wie weggewischt, er wurde zu einem Steinzeitjäger, der vor der simplen Wahl stand: töte oder stirb.

Er fand einen anderen Stein, noch scharfkantiger, noch schwerer. Halb kriechend, halb schlitternd pirschte er sich auf das Packeis vor. Er hatte noch nie ein Tier getötet; nun würde er drei von ihnen erlegen, und wenn es nötig war, mit seinen bloßen Händen.

Die Robben nahmen nicht die geringste Notiz von ihm. Selbst als er sich nur drei oder vier Meter vor ihnen zwischen den Felsen aufrichtete, machten sie keine Anstalten zu fliehen, sondern starrten ihn nur mit passiver Unbefangenheit an. Er erkannte sie als Wedell-Robben, dicke, langsame Tiere, die normalerweise etwa drei Meter lang sind, 125 Kilo wiegen, sich schwerfällig an Land, aber sicher und elegant im Wasser bewegen. Die ihm am nähesten liegende Robbe, ein junges Weibchen, zeigte keinerlei Furcht, als er auf sie zuging. Sie machte auch nicht die geringste Bewegung, um dem Schlag auszuweichen, der ihr den Schädel spaltete. Als der Stein mit einem dumpfen Schlag ihren Kopf traf, wurden ihre Augen erst groß, dann zuckte sie noch einmal, fiel zur Seite auf das Eis, lag ruhig da und bewegte sich nicht mehr. Die zweite Robbe starb fast ebenso schnell, aber die dritte, die nun wusste, dass sie in Gefahr war, entschloss sich zur Flucht und schlitterte über die Felsen. Keinesfalls würde er sie entkommen lassen. Hastig kletterte er hinterher, schlug immer wieder auf sie ein, bis auch sie bewegungslos in einer Lache Blut lag.

Während dieser Abschlachtung empfand Lockwood weder Mitleid noch Widerwillen. Jede Faser seines Daseins war nur auf das eine konzentriert gewesen, um das es ging: zu tö-

ten. Doch als die letzte Robbe tot vor ihm lag und er schweiß-
gebadet und zitternd mit seinem blutverschmierten Stein in
der Hand dastand, kehrte er ins Zwanzigste Jahrhundert zurück; er sah den blutigen Haufen, den er angerichtet hatte,
und es schüttelte ihn. So, dachte er, muss sich Kain gefühlt
haben, als er auf den Körper Adams blickte: so, als ob er einen Teil von sich selbst getötet hätte. Es wurde ihm schlecht
und es dauerte eine Zeit, bis er zu zittern aufhörte.

Den Rest des Tages verbrachte er damit, die Robben vor
seinen Nunatak zu schleppen, und den ganzen nächsten
Tag damit, sie zu häuten und auszunehmen. Sie waren er-
barmungswürdig dünn und wogen nicht mehr als die Hälfte ihres üblichen Gewichts. Trotzdem; als er mit der Arbeit
an ihnen fertig war, hatte er Tran für seine Lampe und seinen Ofen, Felle, auf denen er schlafen konnte und erst mal
genug Fleisch – obwohl zu seiner Enttäuschung eine von ihnen eine Hautkrankheit gehabt haben musste, denn ihr
Fleisch sah ein wenig merkwürdig aus.

Nun hatte es wieder Sinn, sich ein Dach über dem Kopf
zu bauen.

Die nächsten Wochen arbeitete er langsam daran weiter;
bewusst langsam, denn er wollte Kräfte sparen und mögli-
chen Verletzungen aus dem Weg gehen. Er wusste, dass ein
verstauchter Rücken oder ein gebrochener Finger fatale
Auswirkungen haben könnte – war nicht einer von Scotts
Männern gestorben, weil er sich mit dem Hammer auf den
Daumen geschlagen und die Wunde sich entzündet hatte?
Wenn er Steine aus dem Eis löste, benutzte er als provisori-
sches Brecheisen die Kufen seines Schlittens; als er die
Mauern baute, war er so vorsichtig, dass er sich keinen seiner Finger auch nur ankratzte; wenn er seine Lampe oder
seinen Ofen anzündete, achtete er wie eine Eisprinzessin
darauf, dass er sich nicht verbrannte. Wie hatte es der arme
alte Ramsden ausgedrückt? Besser Vorsicht als Nachsicht.

Das andere, das ihn zur Langsamkeit zwang, war das Licht. Oder besser gesagt der Mangel an Licht. Die Sonne lag im Sterben. Mittags hing sie knapp über dem Horizont, wie eine vertrocknete Orange, ansonsten war sie nicht zu sehen. Wenn sie verschwand, kamen Schwierigkeiten auf.

Genau wie das Licht vom Himmel fühlte er die Kraft aus seinem Körper schwinden. Er ahnte Entsetzliches: In Polarwintern ist Dunkelheit ein Synonym für Kälte und Kälte ein Synonym für Tod.

Aber nicht alles war nur Düsternis und Verzweiflung; im Wetter fand er in diesem Herbst einen unerwarteten Verbündeten. Die Monate April und Mai im Jahre 1943 waren auf der Antarktischen Halbinsel ungewöhnlich ruhig, kalt und trocken; die wenigen Schneestürme entluden sich meist nur nachts. Deshalb war er in der Lage, mit seinem Gebäude ohne große Unterbrechungen gut voranzukommen. Fast genau einen Monat, nachdem er die Spitze der Halbinsel erreicht hatte, vollendete er die grundlegenden Arbeiten an seiner Zuflucht: seinem *behouden huis*, wie er es nannte – diesen Namen hatte der holländische Polarforscher Willem Barents seiner eigenen Unterkunft gegeben, die es ihm und seiner Mannschaft ermöglichte, als erste Expedition in der Geschichte, eingefroren im Eis, einen Polarwinter zu überleben. Lockwood hatte sein *behouden huis* aus drei 150 Zentimeter dicken Steinwänden gebaut (die vierte war die Höhlenwand), mit einer Decke, die zum einen Teil aus dem Dach der Höhle selbst, zum anderen aus den festgeklemmten Latten seines Schlittens bestand. Den Boden bedeckte er mit einem Teppich aus Seegras, errichtete darauf sein Zelt; und zog ein; in eine im wahrsten Sinn des Wortes selbstgebaute Gruft.

Es gab nur wenig, was er besaß, sein Einzug war also kein Problem. Er nahm alles, was er hatte, mit sich. Alles außer John Edes Leiche. Diese ließ er, längst tiefgefroren und per fekt konserviert, am hinteren Ende des Felsüberhangs liegen. Als seine Hütte fertig gebaut war, hatte er sich zwar gesagt, dass es nun Zeit wäre, den Alten zu begraben, doch kaum dass er Maß genommen hatte, fand er auch schon eine Entschuldigung, die Sache zu verschieben: es ist zu schwer jetzt, ein Loch in den harten Grund zu graben.

Es stellte sich heraus, dass seine Hütte beinahe winddicht und auch schneesicher war. Sie war aber leider auch wie eine Dunkelkammer. Urplötzlich wurde dies sein größtes Problem.

Solange er ein Licht brennen hatte, war es im Inneren des *behouden huis* fast gemütlich. Die Flamme hüllte das Innere des Zeltes und die umgebenden Wände wie ein offenes Feuer in einen behaglichen Glanz. Aber er hatte nur so viel Tran, um die Lampe täglich höchstens drei bis vier Stunden brennen zu lassen. Wenn er sie löschte, war es im *behouden huis* so gemütlich wie in einer Todeszelle.

In völlige Dunkelheit gehüllt konnte er nichts sehen, nichts hören, nichts riechen, nichts tun. Er fühlte sich wie eine Schmetterlingsraupe in einem Kokon aus Zeltwand, Steinen und Dunkelheit – eine Dunkelheit, die schrecklicher war, als er sich das je hatte vorstellen können. Es war wie lebendig begraben zu sein; er fühlte einen Zustand in sich aufwallen, den er nicht kontrollieren konnte.

Platzangst.

Einen Vorgeschmack darauf hatte er schon erhalten, als er die letzten paar Steine setzte, die ihn endgültig einmauerten; aber das war nicht vergleichbar mit dem, was er jetzt erlebte. Er fühlte sich wie in einem makabren Albtraum, festgebunden in einer Zelle, während die Wände auf ihn zukamen, immer näher und näher, bis er fast seine Knochen krachen hören konnte und ihm die Steine die Seele erdrückten. Die Augen fest zusammengepresst schnappte er röchelnd nach Luft.

Gott hilf mir, dachte er, damit ich nicht verrückt werde. Was kann ich tun, damit dieses *behouden huis*, das ich gebaut habe, nicht zu meinem Grab wird?

Er dachte daran zu beten. Früher, als alles noch in Ordnung war, hatte er so gut wie niemals gebetet; jetzt, da alles schlecht lief, widerstrebte es ihm, Gott zu Kreuze zu kriechen. In jedem Fall, dachte er, hilft Gott denen, die sich selbst helfen ... Er tastete sich an den Wänden entlang zum Eingangsstein. Nachdem er ihn zur Seite gerückt hatte, empfand er die Nachtluft auf seinem Gesicht wie eine Erlösung.

Er kletterte nach draußen.

Die Sonne war vor elf Stunden untergegangen und würde vor elf weiteren nicht wieder aufgehen; der Himmel war überzogen mit Wolken, er sah weder den Mond noch die Sterne, die Kälte traf ihn wie ein Schlag. Doch er sagte sich, hier draußen sei er besser aufgehoben. Er saß gegen den Felsen gelehnt und hoffte, dass sich seine Augen mit der Zeit an die Dunkelheit gewöhnen würden und er etwas sehen könnte. Aber nichts geschah. Es wurde ihm nur immer kälter. Der gesunde Menschenverstand sagte ihm, er müsse zurück. Nein! Er wollte nicht, und er wusste auch weshalb. Er hatte Angst, dass wenn er wieder im *behouden huis* war, die Platzangst ihm erneut die Seele erdrücken würde.

Er ahnte, dass er nur leben konnte, wenn er das Ungeheuer besiegte. Das Schwierige daran war, den Mut aufzubringen, es zu tun. Erst als er jegliches Gefühl in Händen und Füßen verloren hatte und er Gefahr lief zu erfrieren, quälte er sich wieder hinein. Er zog den Eingangsstein zurück in Position, setzte sich mitten auf den Boden, legte die Streichhölzer, mit denen er hätte das Licht entzünden können, weg, schloss die Augen und sagte: »Ich werde sie eine Stunde lang nicht öffnen.«

Da war sie plötzlich wieder: Wie eine Krake mit hundert

Armen kroch sie auf ihn zu, griff nach ihm, wand sich um seinen Körper, ständig fester, bis ihm die Luft ausging – ohne dass er die Möglichkeit gehabt hätte zu fliehen. Er fühlte sich, als ob er am Boden festgepflockt wäre; die Tentakeln wanden sich immer fester um ihn, er konnte nicht mehr atmen. Er hörte seine Zähne knirschen, den Atem rasseln. Schweiß rann ihm von der Stirn und vermischte sich mit seinen Tränen. Mit aller Kraft versuchte er, sich einzureden, dass das nicht geschah, dass sich das alles nur in seinem Kopf abspielte; doch dies machte seine Seelenangst nicht weniger real. »Öffne deine Augen«, schrie eine Stimme, »und du wirst einen Ausweg finden.« Eine andere Stimme flüsterte: »Tu's nicht. Tu's nicht. Wenn du zulässt, dass sie dich besiegt, wird sie dich für ewig im Griff behalten.« Er versuchte, ruhig zu bleiben. Du weißt, dass du nicht wirklich am Boden festgepflockt bist, sagte er sich, und um das zu beweisen, musst du nur aufstehen … Zu seinem Entsetzen konnte er es nicht. Der Befehl aus seinem Gehirn schien auf dem Weg zu seinen Füßen verloren gegangen zu sein. Er beschwor sich, nicht in Panik zu geraten: Tue es nach und nach. Zuerst auf die Knie. Er schaffte es – mit einer Anstrengung, die ihn an einen Schwergewichtsakt erinnerte. Als er zu stehen versuchte, begann das *behouden huis* sich zu drehen, er fühlte, wie die Tentakel nach seinem Hals griffen, er schwankte wie ein Betrunkener, fiel hin, riss das Zelt mit sich und schlug mit dem Hinterkopf gegen eine der Stangen. Es war kein besonders heftiger Schlag, doch der Schmerz und die Angst verletzt zu sein, vertrieb alle anderen Ängste aus seinem Kopf. Glücklicherweise blutete er nicht. Er hatte nur eine winzig kleine Wunde und fühlte sich schwach. Es geht mir gut, dachte er, Gott sei Dank. Er rappelte sich auf, und noch während er seinen Kopf freischüttelte, kam ihm zu Bewusstsein, dass er stehen konnte, ohne zu schwanken und atmen, ohne nach Luft zu schnappen. Das *behouden huis* drehte sich nicht mehr. Der Schock hatte erreicht, was seinem Willen nicht gelungen war. Die Krake war verschwunden und damit seine Platzangst. Und sie kam auch nicht wieder. Das Ungeheuer war besiegt, der Feind hatte seinen Schrecken verloren.

Vor Erschöpfung brach er auf seinem Seegrasboden zusammen. Er kümmerte sich nicht um das Zelt, das um ihn herumhing, er war entsetzlich müde – aber auch stolz, weil er gewonnen hatte. Zwar nur eine Schlacht, nicht den Krieg, doch dies beeinträchtigte nicht seine Euphorie. Er schlief ein mit dem Wissen, dass es nur um eines ging: gewonnen zu haben.

In seinem Traum kam sie in sein *behouden huis*, das Mädchen mit den schneeweißen Hunden. Sie war warm und sehr zärtlich. Er hielt sie an sich gedrückt, bis sich die Wände seiner Hütte in Nichts auflösten und die beiden Hand in Hand durch den Wald gingen.

»Erzähl mir«, sagte sie, »weshalb hängst du so sehr am Leben?«

Zitternd vor Kälte wachte er auf, sein Kopf schmerzte, und – er musste lachen – in seinen Armen lag das Fell einer der Wedell-Robben.

Nichts als Fantasien und Träume, dachte er, Träume sind Schäume.

Etwas später, nachdem er das Zelt wieder aufgebaut und sich sein Essen gekocht hatte, machte er Inventur. Er brauchte kein Logistik-Experte zu sein, um zu sehen, dass Brennstoff und Nahrung die sensiblen Punkte waren, an denen seine Überlebenshoffnungen scheitern könnten. Er hatte genug Tran, um seine Lampe drei oder vier Stunden pro Tag brennen zu lassen und sich etwas zu Essen zu kochen, doch nicht genug, um zu heizen. Er hatte genug Tee und Milchpulver, genug wie ihm schien, bis in alle Ewigkeit, und genügend Trockengemüse und Fleisch für vielleicht acht Wochen. Aber bei weitem nicht genug, um sich damit bis in den Frühling zu versorgen … Es war jetzt Anfang Mai. Erst Ende September oder Anfang Oktober würden die ersten Vögel und Säugetiere (seine potentielle Nahrungsquelle) zur Halbinsel zurückkehren. Wie konnte er hoffen, vier Monate lang nur mit Tee und Milchpulver zu überleben? Alles, was er tun konnte, entschied er, war, sich täglich mit dem Minimum zum Überleben zufrieden zu geben; nur das zu essen und nicht mehr. Und wenn dies aufgebraucht war, auf ein neues Wunder zu hoffen.

Es sei denn, er würde Kannibale werden.

Plötzlich schien es im *behouden huis* kälter und dunkler zu werden.

Es schockierte ihn, dass der Gedanke an Kannibalismus so plötzlich aus den versteckten Winkeln seines Gehirns getreten war und nun öffentlich herumstolzierte, als könne man dies tatsächlich erwägen. Er erwog es. Aber allein schon der Gedanke daran erzeugte in ihm einen Brechreiz. Es gibt einige Dinge, die man nicht tut. Zum Beispiel seinen Vorgesetzten essen!

Sagte er sich.

Doch in seinem Hinterkopf regte sich ein Körnchen Zweifel. Deine edlen Gefühle in Ehren, flüsterte eine Stimme, jetzt, wo dein Bauch voll ist und Lebensmittel im Schrank sind. Aber wie wirst du dich fühlen, wenn der Hunger in dir nagt und du Schmerzen hast und du stirbst und die Mittel zum Überleben genau vor dir liegen?

Lange konnte er nicht einschlafen.

Einige Tage später passierte etwas, wovon er wusste, dass es unausweichlich war, aber wovor er doch große Angst gehabt hatte: Die Sonne verschwand. Am 19. Mai stieg sie nicht mehr über den Horizont. Während des letzten Winters war es vielen Mitgliedern des Sonderkommandos schwer gefallen, mit dem Verlust der Sonne zurechtzukommen; ihnen war, um dies zu kompensieren, die Kamerad-schaft, die Wärme und das Licht in ihrer Baracke geblieben. Lockwood hatte dafür keinen Ausgleich. Er musste sich mit der Tatsache auseinander setzen, 1700 Stunden allein in der Dunkelheit und der Kälte auszuharren. Als er diese Aus-sichten abwägte, musste er zugeben, dass er aller Wahr-scheinlichkeit nach die Sonne niemals wieder sehen wür-de. Nach ihrem Verschwinden kletterte er mehrere Tage lang zur Mittagszeit auf den Gipfel seines Nunataks und hoffte, von dort aus einen letzten Blick auf sie zu erhaschen; alles, was er sah, war ein blutleerer rosafarbener Flecken am Himmel. Und bald war auch der nicht mehr zu sehen.

Mit dem Verschwinden der Sonne begann er den Winter zu fühlen, wie er sich gleich einer Riesenschlange um sei-ne Brust wand.

Am nächsten Tag versuchte er, sich eine Überlebensstra-tegie auszuarbeiten. Er musste eine Routine einführen, an die er sich halten konnte. Die Erfahrung, dass Menschen, denen Licht und Wärme entzogen werden, die Orientierung verlieren, hatte er bereits gemacht. Was er jetzt brauchte, war eine künstliche Uhr, einen Ablauf von Ereignissen, die sich täglich zur selben Stunde wiederholten, einen Rhyth-mus, in den er sich hineinfallen lassen konnte.

In den folgenden Wochen gelang es ihm, nach vielen Ir-rungen und Wirrungen einen solchen Rhythmus zu finden.

Er blieb bis 9 Uhr morgens im Bett, da er, wie ein Tier, das Winterschlaf hält, so viel schlafen wollte wie nur möglich; aber auch, weil sein Schlafsack der wärmste Platz in der Hütte war und es ihm immer Qual bereitete, daraus hervor-zukriechen. Während der Nacht gefroren ihm seine Aus-dünstungen zu Eis. Wenn er aufwachte, waren sein Kopf und seine Schultern am Schlafsack festgefroren; und dieser am Boden. (In einem seiner Schreckensträume erwachte er eines Morgens in einem Eissarg und konnte sich nicht bewegen.) Wenn er aufstand, war er so unterkühlt, so steif und so verkrampft, dass er sich kaum bewegen konnte. Um seinen Kreislauf in Schwung zu bekommen, machte er Übungen: Arme schwingen, mit den Beinen treten, einen Elefantentanz. Sobald er wieder beweglich war, zündete er seine Lampe und seinen Paraffinherd an. Dies war ein Augenblick des höchsten Wohlempfindens, wenn das Licht – welch ein Segen – sein *behouden huis* von einer Gefängniszelle in Aladins Palast verwandelte. Es dauerte in der Regel 40 Minuten, bis das Wasser auf dem Paraffinofen kochte. Während dieser Zeit kümmerte er sich darum, dass seine Gebrauchsgegenstände funktionierten und stets am richtigen Ort lagen; denn da er den größten Teil des Tages in Dunkelheit verbrachte, war er darauf angewiesen, genau zu wissen, wo alles lag, um es blind zur Hand zu haben, wenn er es brauchte. Dann kam der nächste gesegnete Lichtblick ... Da es täglich nur so wenige Ereignisse gab, auf die er sich freuen konnte, erhob er das Zubereiten und das Trinken seines Morgen-Tees zu einem Ritual: Mit übertriebener Sorgfalt maß er genau die Menge Milch und Zucker ab, die er sich zugestand, und fügte – als Prophylaxe gegen den Skorbut – sechs Tropfen Zitronensaft hinzu. Er achtete darauf, dass sein Becher peinlichst sauber war und er vergaß niemals, ein Dankgebet zu sprechen:

»Danke Gott für das, was ich jetzt trinken werde.« Der heiße Tee war seine Kommunion.

Wenn er ihn trank, wandte er seine Aufmerksamkeit dem *behouden huis* zu. Dies war, wie er sich manchmal ins Gedächtnis rief, sein Zuhause. Ein Ort, auf den man stolz sein, den man tip-top in Ordnung halten und verbessern musste. Daran arbeitete er ohne Unterlass. Ständig stopfte er Risse und Spalten aus, damit sie dicht blieben, er ebnete den Boden ein, er baute sich einen Eingangstunnel mit Latrine. Am liebsten hätte er seine Hausverschönerungen den ganzen

138

Tag lang fortgesetzt, aber der Brennstoff war knapp; kurz vor Mittag zwang er sich dazu, das Licht zu löschen. Diesen Augenblick fürchtete er immer sehr, denn er läutete den langen unaktiven Nachmittag ein.

Nur diejenigen, die lange Zeit unter grausamen Bedingungen und feindlich gesinnten Wärtern in Gefangenschaft waren, können ermessen, was Lockwood in diesem Winter durchgemacht hat. Die in Einzelhaft haben es dagegen noch gut; denn Gefangene in Einzelhaft bekommen wenigstens angemessenes Essen, haben es warm, können jederzeit ihr Licht einschalten und wissen, dass andere Menschen in der Nähe sind. Lockwood hingegen hatte ständig Hunger, fror ununterbrochen, war 20 Stunden pro Tag der absoluten Dunkelheit ausgesetzt und wusste, dass er das einzige menschliche Wesen innerhalb Tausender von Meilen war.

Es war die Einsamkeit, unter der er am meisten litt. Es gab Zeiten in diesem Winter, da er dachte, er sei der Letzte der menschlichen Rasse, der auf einem sterbenden Planeten zurückgelassen worden war.

Einsamkeit? Wer kann damit schon zurechtkommen? Vor mehreren Millionen Jahren wuchs in einem Tal irgendwo auf der Erde der *Homo erectus* nur deshalb zur Krone der Schöpfung heran, weil er in der Lage war, mit seinen Mit-Hominiden zu kommunizieren und als Gruppe zu handeln. Heute findet man die Nachfahren des *Homo erectus* zusammengedrängt an einem Ende des Strands, während der andere Teil leer bleibt. Wir sind Herdentiere und betrachten das Miteinandersein als Geburtsrecht. Dieses Geburtsrecht war Lockwood endgültig entzogen. Jeden Nachmittag durchlebte er sechs Stunden völliger Dunkelheit und Einsamkeit, durch die er hindurch musste – von mittags um 12 Uhr bis abends um 6 Uhr, bis er seine Lampe wieder entzündete. Während dieser Zeit durfte er nicht schlafen, denn wenn er mal am Nachmittag einschlief, konnte er nachts nicht schlafen. Er konnte aber auch nicht immer umhergehen, teils der Dunkelheit wegen, aber auch, weil er die Wärme seines Schlafsacks brauchte. Er hatte also keine andere Möglichkeit, als einfach nur dazuliegen und seinen Verstand zu beschäftigen – oder langsam verrückt zu werden … Er versuchte alles Mögliche: Er rezitierte Gedichte. Er war nie besonders scharf auf Gedichte gewesen, aber seine Mutter hatte ihm manchmal Gedichte aus dem Buch *Geschichten aus dem alten Rom* von Macaulay vorgelesen; er erinnerte sich noch an lange Passagen, als Horatius eine Brücke über den Tiber verteidigte; er erinnerte sich auch noch an einen Gedichtband aus seiner Kindheit, als er Spaß daran hatte, die Zeilen auswendig aufzusagen. Er spielte Spiele, wie etwa dieses: Man wählt einen Städtenamen aus und nennt dann einen anderen, der mit demselben Buchstaben beginnt, wie der vorherige endete – London, New York, Khartum, Melbourne und so weiter –, er durfte denselben Namen niemals zweimal benutzen, und Halifax als Städtename war verboten. Er durchlebte noch einmal Anlässe in seinem Leben, die er besonders genossen hatte. Er stellte sich schwierige Denkaufgaben und prüfte sein Gedächtnis. Da er seine Augen nicht benutzen konnte, verließ er sich zunehmend auf sein Gehör. Er wurde ein Meister im Unterscheiden der einzelnen Windgeräusche: der Seufzer des Aufwinds, der mit der Flut herankommt, das zitternde Klagen, das einen Blizzard ankündigt, das Brüllen, das seinen Höhepunkt markiert und die ankämpfenden Böen seines Nachstroms. Und wenn kein Wind wehte, hörte er der Stille zu: keine Bewegung, kein Licht, kein Geräusch. Es war ihm, als ob die Welt und alles in ihr in einem Bauch des Universums lag und darauf wartete, neu geboren zu werden. Bleib dran, bleib dran, bleib dran, sagte er sich, dann wirst auch du neu geboren.

Die Zeiger seiner Uhren gingen an jenen Nachmittagen nie so schnell, wie er das wollte.

Er hatte zwei Uhren, seine eigene und die von Ede. Kaum möglich, dass er ohne sie überlebt hätte. Sie waren die Anker, die ihn auf ebenem Kiel hielten, die Stabilisatoren, die Ordnung in sein Leben brachten, das ansonsten in zeitlosem Chaos versunken wäre. Er wusste, dass seine Uhr ungefähr 10 Sekunden pro Tag nachging. Die von Ede ebenso. Und jeden Abend um 6 Uhr, wenn er sein Licht und seinen Ofen anzündete, machte er ein Ritual daraus, sie zu stellen und aufzuziehen.

Noch einer dieser wunderbaren Augenblicke war es, wenn die Leinwand seines Zelts golden aufleuchtete und die Wände seiner Hütte ockerfarben leuchteten. Aber der noch größere Augenblick kam erst. Ebenso wie er ein Ritual aus seinem morgendlichen Teetrinken machte, zeremonierte er nun die Zubereitung und den Verzehr seines Abendessens. Wenn er sein getrocknetes Gemüse abmaß – so und so viele kleine Kartoffelwürfelchen, so und so viele Rübenstückchen, so und so viele Karottenscheibchen – zitterten seine Hände vor Aufregung. Wenn er das Robbenfleisch zubereitete, das 90 Prozent seiner Nahrung ausmachte, lief ihm der Speichel aus dem Mund und gefror in seinem Bart. Und wenn er sich schließlich niedersetzte, um zu essen, zwang er sich langsam zu essen, jeden Bissen zu genießen, so lange wie möglich zu kauen und zu spüren, wie die Lebenskraft in seinen Körper zurückfloss – als ob er an einem Tropf hinge.

Nach dem Essen ging er – vorausgesetzt das Wetter erlaubte es – nach draußen. Erstens um Bewegung zu haben, zweitens um zu sehen, was los war.

Im antarktischen Winter gibt es zwischen Tag und Nacht kaum Temperaturunterschiede. An Abenden, wenn das Wetter stabil war, spazierte Lockwood oft zu seinem Strand. Seine Schritte verursachten laute, deutliche Geräusche, aber hinterließen keine Spuren auf dem knochenharten Eis.

Am liebsten mochte er die seltenen Gelegenheiten, wenn die magische Aurora winkte. Eines dieser Schauspiele würde er nie vergessen.

Es geschah an einem Abend gegen Ende Mai. Gerade wollte er wieder in sein *behouden huis* zurückkriechen, da zuckte auf einmal ein glänzender Schein von Horizont zu Horizont – wie eine silberleuchtende Riesenschlange. Pause. Dann wieder ein Leuchten, diesmal grün. Wieder Pause. Und dann rot. Erst flackerte und flimmerte das Licht, dann zog es sich zurück und erstarb. Lockwood fragte sich, ob das Schauspiel nun zu Ende sei, als plötzlich ein gigantisches silbernes Riesenfeuerrad mit Speichen aus pulsierendem Licht über ihm in den Himmel stieg. Es waberte wie ein Schleier im Wind, zog sich zusammen, dehnte sich aus und wurde heller. Dann verschwand die Erscheinung langsam wieder, bis nur noch wenige wehende Federn, wie Staub aus dem Umhang der Aurora, am Himmel haften blieben. Wieder dachte Lockwood, dass das nun zu Ende sei – als der Himmel erneut explodierte, diesmal in einem roten Funkenregen. Es sah aus, als ob entlang dem südlichen Horizont riesige tausend Meter hohe Flammenzungen aus dem Eis emporloderten. Mehrere Minuten lang verwoben sich rote Strahlen in allen Schattierungen zu einem Teppich aus Karmin- und Zinnoberrot, der so hell war, dass Lockwood beim Hinsehen die Augen mit der Hand beschatten musste. Und wieder verschwand die Pracht, doch noch eine Stunde lang glühte der südliche Horizont in einem makabren Rosenrot, als ob in weiter Ferne eine Stadt verbrannte. Über all dem hing eine Stille, die so absolut war, dass man sie fast greifen konnte, und über dem Ganzen wehte, jenseits des Verstehens, ein Hauch von Frieden.

Ereignisse solcher Art passierten nur höchst selten. Meistens war das Wetter so schlecht, dass Lockwood nicht riskieren konnte hinauszugehen. Um sich Bewegung zu verschaffen, musste er seine Kreise im *behouden huis* drehen: 20 Mal nach rechts, 20 Mal nach links, immer wieder und wieder, wie ein Raubtier in seinem Käfig. Bis es Zeit war, ins Bett zu gehen.

Jeden Abend um 9 Uhr. Bis dahin war er so durchgefroren, dass es einer Befreiung gleichkam, in seinen Schlafsack kriechen zu dürfen. Der Wichtigkeit seines Schlafs war er sich nur allzu sehr bewusst. Wenn er schlief, befand er sich im Himmel, in dem Körper und Geist neue Kräfte aufbauen konnten. In guten Nächten schaffte er es manchmal, zwölf Stunden durchzuschlafen. Aber es gab auch andere Nächte – sie wurden sogar häufiger –, wenn die Kälte ihn wach hielt und ihn schüttelte wie ein Terrier eine Ratte. Dann wanderten seine Gedanken in Kanäle, aus denen es kein Entrinnen gab. Nach solchen Nächten war es ihm eine Erleichterung, das Eis, in dem er festgefroren war, zu brechen und aus seinem Schlafsack rauszukriechen.

Eine Zeit lang schaffte er es, seine Routine einzuhalten. Doch die Wochen verstrichen, es wurde immer kälter und er immer schwächer; sowohl körperlich als auch seelisch.

Körperlich, weil er nicht genug zu essen hatte.

Drei Tassen Tee, ein wenig Robbenfleisch und ein paar Würfelchen Trockengemüse pro Tag genügten nicht, um ihm die Gesundheit zu erhalten. Er brauchte mehr zu essen und dazu mehr Abwechslung. Insbesondere brauchte er Vitamin C, das in frischem Obst und Gemüse vorhanden ist.

Anfangs zehrte er noch von seiner eigenen Muskelmasse. Doch es dauerte nicht lang, bis seine Muskeln schwanden. Nun musste er von seinen Proteinen zehren. Doch wenn dies geschieht, verwandelt sich Körperfett in Säure, die in der Lunge, dem Herzen und insbesondere der Leber große Schäden anrichtet. Die Wochen verstrichen, Lockwood fühlte sich zunehmend schwindelig und wurde immer kurzatmiger. Sein Urin wurde dunkler, sein Stuhl flüssiger.

Zu Mitte des Winters wurden die Anzeichen schlimmer. In seinem Mund bildeten sich Geschwüre, seine Zähne lockerten sich, und Arme und Beine waren übersät mit kleinen gelben und roten Pusteln.

Zuerst wollte er es sich nicht eingestehen, doch dann wurden die Symptome immer eindeutiger.

Er hatte Skorbut.

Zur Zeit der großen Segelschiffe war Skorbut der Fluch der Seeleute. Er erinnerte sich, dass er als Schuljunge einen Augenzeugenbericht darüber gelesen hatte:

Unser Schiff roch nach Krankheit und Tod ... die Schreie der Betroffenen waren zum Steinerweichen ... Einige sahen aus wie wandelnde Skelette, bis der Tod, wie schon so vielen anderen, auch ihnen das Licht ausblies ... sie schieden nur noch Blut aus. Wenn ihr Stuhl die Farbe von grauem Schwefel annahm, war dies ein sicheres Zeichen, dass ihr letztes Stündlein geschlagen hatte.

Ich bin noch nicht am Ende, sagte er sich.

Aber es stand schlecht um ihn, er war knapp an der Grenze. Er musste kämpfen. Captain Cook hatte den Skorbut besiegt, indem er seiner Mannschaft Zitronensaft und frisches Gemüse gab. Wie konnte er ihn besiegen?

Er besaß eine Flasche Zitronensaft, die den Angriff auf das Lager überstanden hatte. Seit Monaten war er es gewöhnt, jeden Morgen sechs Tropfen in seinen Tee zu tun, jetzt merkte er, dass das eindeutig zu wenig war. Er verdoppelte die Dosis. Er sah ein, dass auf diese Weise sein Zitronensaft zwar nicht über den Winter halten würde, aber es war nicht gut, sagte er sich, nur halbe Sachen zu machen.

Frisches Obst und Gemüse waren das größere Problem. Selbstverständlich rechnete er nicht damit, mitten im antarktischen Winter frisches Gemüse zu finden, da hätte er ebenso gut auf ein Zusammentreffen mit einem Dinosaurier hoffen können. Aber er erinnerte sich, dass im Wasser eine

Art Gemüse wuchs. Könnte es sein, dass Tang und Algen in ihm das Gleiche bewirkten wie Zitronensaft – und Krautköpfe für Captain Cook? Dumm war nur, dass diese Meeresfrüchte in meterdickem Eis eingeschlossen waren. Am Meeresgrund gediehen die verschiedensten Tier- und Pflanzenarten, aber es war nicht möglich, dorthin zu gelangen. Und doch geschah es immer wieder, dass die Reichtümer des Meeres sich einen Weg ans Ufer bahnten. Lockwood erinnerte sich an mehrere Gelegenheiten im letzten Winter, als das Sonderkommando große Mengen Unterwasserpflanzen fand, die wie Treibgut aus einem gestrandeten Schiff am Ufer lagen. Keiner von ihnen hatte das Wissen, dessen Herkunft zu erklären; Meeresbiologen hätten ihnen jedoch sagen können, dass, wenn es extrem kalt ist, sich auf dem Meeresboden Grundeis bildet. Mithilfe von Strömungen können solche Platten manchmal losbrechen und wenn sie an die Wasseroberfläche kommen und an Land getrieben werden, all die Pflanzen und lebenden Organismen mit sich nehmen.

Lockwood begann, die Strände der Halbinselspitze abzusuchen.

Einmal hatte er Glück und wurde fündig.

Die Nacht war ruhig und klar. Er hatte sich weiter als gewöhnlich von seinem *behouden huis* weg gewagt zu einem Strand, an dem er noch nie gewesen war. An der Wasserkante ragte etwas über die ansonsten konturenlose weiße Fläche hinaus; es sah aus wie ein Haufen schwarzgepunkteter Salat. Bei näherer Untersuchung erwies sich das Gebilde tatsächlich als eine Scholle Grundeis mit einem Gemisch aus Algen, Seeschnecken, Schwämmen und Tang; es hing sogar ein Seestern daran.

Seestern mit Algen gehört vielleicht nicht zu den großen kulinarischen Genüssen dieser Welt, doch als Lockwood alles halbwegs Essbare aus dem Eis herausgekratzt und ver zehrt hatte, erlebte er ein Gefühl, das tiefer ging als freudige Erregung und länger anhielt als bloße Erleichterung. Es war schwer zu beschreiben. Jahre später erzählte er einem Freund, es hätte in diesem Winter Zeiten gegeben, in denen er sich physisch wie ein Teil der Antarktis gefühlt hätte, gefangen im ewigen Kreislauf dieses Kontinents, im Kreislauf von Leben, Tod und Auferstehung.

Dieses Gefühl erlebte er, als er seine Beute nach Hause trug. Es war tiefster Winter, das einzige Licht kam von den Sternen. Es herrschte eine Dauertemperatur von minus 30° Celsius, und Hunderte von Meilen in jede Richtung lag die Welt unter einer Decke aus ewigem Eis.

Dies hatte er sich zur Lehre genommen. Der Seestern hatte überlebt, indem er mit seiner Umgebung verschmolz und ein Teil von ihr wurde. Was ein Seestern konnte, konnte er auch.

Nachdem er im *behouden huis* angekommen war, begann er den Tang zu kauen. Er war so zäh, dass er zehn Minuten brauchte, bis er den Bissen runterschlucken konnte. Er überlegte, ob es nicht besser wäre, die Pflanzen zu kochen, aber er fürchtete, damit die Vitamine zu zerstören. Also kaute er weiter, Stunde um Stunde, zwang sich, nicht zu erbrechen, als der Beigeschmack von Jod in seiner Kehle brannte; er sagte sich, dass alles, was so faulig schmeckte, ihm gut tun müsse.

Sein Skorbut wurde dadurch nicht geheilt, aber dessen Fortschreiten konnte er Einhalt gebieten. Die schlimmsten Auswirkungen waren zunächst mal abgewendet.

Physisch war sein Verfall gestoppt.

In seiner Seele sah es anders aus. Die Kälte, die Dunkelheit und die Einsamkeit lasteten schwer auf seinem Gemüt. Zwei Dinge brachten ihn jedoch fast zum Wahnsinn: das Bildnis seiner Traum-Prinzessin und die Aussicht auf Kannibalismus.

Seine Traum-Prinzessin war ihm anfangs nicht als Geliebte erschienen, sondern mehr als eine Freundin, die ihm half, das *behouden huis* schneefrei zu halten. Seine Hütte war vor den meist vorherrschenden Winden gut geschützt, aber wenn Zyklone über die Halbinsel tobten, bekam die Hütte oft die volle Breitseite aus Nord. Böen von 120 Knoten knüppelten über den Strand, rissen Schnee, Eis und Schotter mit sich und schleuderten sie fast waagerecht gegen die Trockensteinwände. Die Wände hielten stand, aber mit der Zeit und wieder einem neuen Schneesturm lösten sich Schotter und Seegras aus den Ritzen, und es drang Schnee ein. Dann musste Lockwood hinaus, um die Ritzen zu verstopfen und die Schneewehen wegzuschaufeln. Das war Knochen brechende Arbeit. Oft, wenn seine Füße und Hände taub waren, seine Kleider nass und er sich wie ein angeschlagener Boxer fühlte, wollte er schon aufgeben. Was nützte es Löcher zu verstopfen, fragte er sich, wenn sie morgen wieder offen wären? Was nützte es, diese Massen Schnee wegzuschaufeln, wenn der nächste Blizzard noch mehr herantrüge? Dann kam Sie. Wenn seine Hände so taub waren, dass er den Eimer mit Seegras nicht mehr tragen konnte, trug sie ihn; wenn seine Arme so schwach waren, dass er die Schaufel nicht mehr halten konnte, tat sie die Arbeit; wenn der Blizzard vorbei war, lagen sie zusammen im Zelt. Sie schliefen nicht miteinander, denn in solchen Augenblicken war es nicht die körperliche Liebe, sondern das Beisammensein, wonach er sich so sehr sehnte.

»Ich werde dich nie verlassen«, flüsterte sie, »ich werde immer bei dir sein.«

Einige Männer würden, wenn sie dann aufwachten und allein wären, sich betrogen fühlen. Lockwood war entschiedener denn je gewillt zu überleben: eines Tages ein Mädchen zu finden, das wirklich bei ihm bliebe, für immer, das war sein Traum.

Nicht jedes ihrer Treffen war so unschuldig.

Manchmal am Nachmittag, nachdem Lockwood seine Gedichte rezitiert, seine Spiele gespielt und sein Gedächtnis überprüft hatte – bis zum Erbrechen –, tat er sich schwer, seine Gedanken in Gang zu halten. Manchmal dachte er an Gott, aber Gott war ihm zu schattenhaft, zu wesenlos, um daran festzuhalten. Nicht, dass er nicht an Ihn glaubte; er brauchte einfach etwas Konkreteres, auf das er seine Gedanken richten konnte. Manchmal dachte er an zu Hause und an seine Familie; das funktionierte eine Weile, war aber nicht aufregend genug, um ihn lange zu fesseln. Er liebte seine Familie und sein Zuhause; nur hatten Norwood, wo er herkam, und die Antarktis genauso viel gemein wie Merkur und Pluto. Seine Erkenntnisse aus der Vergangenheit konnten den Ereignissen der Gegenwart nicht standhalten. Manchmal dachte er an Mädchen. Das war aufregender. Er hatte zwar noch nicht viel Erfahrung mit ihnen gesammelt, aber es war eindeutig, dass diejenigen, die er zu Hause kennen gelernt hatte, nicht halb so aufregend waren wie seine Traum-Prinzessin.

Anfangs war er noch zufrieden, sie nur anzusehen, wie sie dastand, vor dem Grün des Waldes, und ihr das Haar über den Mantel fiel. Eines Tages lächelte sie ihn an, drehte sich um und verschwand unter den Bäumen. Er folgte ihr in den Wald seiner Träume.

Wenn er so weit gedrungen war, vermischten sich Vorstellung und Realität.

Solange er wach war, konnte er seine Fantasien kontrollieren, aber nicht, wenn er schlief. Bald kam sie jede Nacht zu ihm – beziehungsweise er zu ihr. Aus irgendeinem Grund, den er nicht verstand, wollte sie plötzlich das *behouden huis* nicht mehr betreten. »Drinnen ist es wärmer«, protestierte er.

»Im Wald macht es mehr Spaß«, flüsterte sie.

Sie liebten sich, wo der Schnee endete und der Wald begann. Nach jedem Rendezvous erschienen ihre Beine etwas länger und schlanker, ihre Augen leuchtender, ihr Körper begehrenswerter.

»Frierst du nicht an den Knien?«, fragte er sie.

Sie lachte: »Du musst dich nicht um meine Beine kümmern!«

Sie rüttelte an einer der Tannen, und Schnee fiel auf ihn herab.

Nass und zitternd wachte er auf. Er verachtete sich.

Er sagte sich, dass er nicht mehr an sie denken dürfe.

Er konnte es nicht. Stundenlang stapfte er im *behouden huis* um sein Zelt herum, bis ihm schwindelig wurde und er erschöpft war. Er versuchte, ohne Schlaf auszukommen. Aber sie quälte ihn nach wie vor. Sie erschien ihm, wenn er es am wenigsten erwartete. Er beobachtete die Aurora, plötzlich lächelte sie aus dem Sternenstaub auf ihn herab. Er kochte sein Nachtmahl, plötzlich verwandelte sich das Gold der Flamme zum Gold ihres Haars. Er sagte sich, und das stimmte auch, dass sie ihn wahnsinnig machen würde.

Die Tage vergingen, er wurde immer verwirrter, und ihr Verhältnis änderte sich grundlegend. Er dachte an sie nicht mehr als an eine Geliebte, zu der es ihn hinzog, sondern an eine Verführerin, der man aus dem Weg gehen musste. Manchmal machte er aus ihr eine Hure: ein mit Schuld beflecktes Objekt der Begierde. Er verzehrte sich nach ihr und wollte sie doch gleichzeitig nicht sehen. Eines Nachmittags hatte er eine Eingebung. Immer, wenn er mit ihr geschlafen hatte, war dies im Wald gewesen. Wenn er dieses Verhältnis beenden wollte, brauchte er nur sein *behouden huis* nicht mehr zu verlassen. Er mauerte sich ein. »Ich werde nicht rausgehen«, murmelte er und verschloss den Tunneleingang hermetisch mit Steinen. »Du wirst nicht hereinkommen.«

Aber es funktionierte nicht. In dieser Nacht hätte er schwören können, ihre Schritte gehört zu haben. Er sagte sich, das seien Halluzinationen. Aber seine Ohren täuschten sich nicht. Es gab keinen Zweifel, was er hörte ... tap, schlitter, tap. Pause. Tap, schlitter, tap. Pause. Er dachte, sie würde mit schlecht sitzenden Schneeschuhen um das *behouden huis* herumgehen.

Ich weiß, dachte er, es ist ein Eisbär! Doch kaum hatte er den Gedanken ausgesprochen, wusste er, dass das nicht sein konnte. In der Antarktis gibt es keine Eisbären. Und im Winter überhaupt kein lebendes Wesen.

Vom anderen Ende des Tunnels kam ein dumpfer Schlag, dann hörte er ein Schaben und ein Kratzen.

Seine Nackenhaare richteten sich auf, er griff nach seinem Revolver. »Geh weg!«, schrie er, »geh weg! Oder ich bringe dich um.«

Da war es auf einmal still. Das hat ihr Angst gemacht, dachte er. Die Minuten vergingen, vom Eingang her hörte er keine Bewegung, kein Schaben, kein Kratzen mehr, nur kleine Windseufzer, die Vorboten eines neuen Blizzards. Er zog ein Bündel Seegras aus einer der Spalten und lugte hinaus. Die Sterne waren hinter Wolken verborgen, er konnte nichts sehen. Doch er hatte ganz stark das Gefühl, dass irgendetwas oder irgendjemand ihn beobachtete.

Er kroch zurück in seinen Schlafsack; aber er schlief nicht.

Am nächsten Morgen machte er eine sehr unerfreuliche Entdeckung. Ein Teil seines Robbenfleischs war verdorben.

Als er die Robben häutete, hatte er bemerkt, dass eines der Tiere krank gewesen war. Er hatte nichts davon gegessen, sondern das Fleisch an einem separaten Ort gelagert. Obwohl die Stücke knochentrocken und gut gekühlt waren, hatten sie sich doch verfärbt und waren weicher geworden; nun stellte er mit Entsetzen fest, dass das Fleisch eine Brutstätte für Millionen mikroskopisch kleiner Würmer geworden war. Welch herbe Enttäuschung. Noch vor der Mitte des Winters hatte er wieder nur noch für wenige Wochen zu essen. Aber es war nicht gut, sich darüber Gedanken zu machen. Er entschloss sich, das verdorbene Robbenfleisch runter zum Strand zu bringen und es wegzuwerfen.

Als er aus dem *behouden huis* herauskroch, schwenkte er seine Fackel in alle Richtungen; er sah nichts Ungewöhnliches. Unnötig, vor irgendetwas Angst zu haben.

Er ging vielleicht zwölf Meter weit, da sah er sie: ihre Augen, die ihn anstarrten wie Fanale in der Nacht.

Er glaubte es nicht. Er atmete tief ein, zählte bis zehn. Als er sich wieder umdrehte, waren die Augen – mehr konnte er von ihr nicht sehen – wieder da. Und sie bewegten sich auf ihn zu.

Eine Stimme in ihm schrie »Geh zu ihr!« Eine andere rief: »Bleib wo du bist!« Eine dritte schrie: »Renne um dein Leben!«

Der Selbsterhaltungstrieb ist der Ursprünglichste aller Sinne. Als die Augen hin- und herwiegend auf ihn zukamen, floh Lockwood. Er presste sich durch den Eingangstunnel, verschloss ihn, so schnell er konnte mit den losen Steinen und warf sich dann zitternd vor Angst an die am weitesten entfernte Wand. Er war darauf gefasst, dass das, was auch immer es war, versuchen würde, ihm zu folgen. Es geschah nichts. Die Minuten verstrichen. Vor dem Tunneleingang war es ruhig, nichts bewegte sich. Sein Zittern ließ nach, die Angst wich der Bestürzung, er murmelte: »Was zum Teufel ist hier los?«, zündete die Lampe an, setzte sich hin und begann nachzudenken.

Die eine Möglichkeit war, dass er verrückt wurde. Aber Verrückte setzten sich gewöhnlich nicht ruhig hin und versuchten herauszufinden, was gerade passiert war. Die andere Möglichkeit war, dass »sie« ein Tier ist. Er schüttelte den

Kopf. Das Sonderkommando hatte länger als ein Jahr auf der Antarktis gelebt. Sie wussten aus eigener Erfahrung, dass sämtliches Getier im Winter den Kontinent verlässt – bis auf die Kaiser-Pinguine, die, wenn es am kältesten ist, in großer Anzahl zurückkehren, um ihre Eier zu legen und auszubrüten. Ist »sie« möglicherweise ein einsamer Pinguin, der von seinen Artgenossen getrennt lebt? Er bezweifelte es. Die Augen waren nicht die eines Vogels. Es lag etwas so Bedrohliches in ihnen, das mit dem freundlichen Wesen eines Pinguins nicht vereinbar war. Was gab es also noch für Möglichkeiten? Es wird doch wohl kein Mensch gewesen sein? Ein weiterer Überlebender des Lager-Massakers? Ein Deutscher, der nach dem Überfall zurückgelassen wurde? Ramsden, der aus seiner Gletscherspalte auferstanden ist? Ede aus dem Hohlraum des Nunataks? Solche Gedanken waren einfach zu lächerlich, um sie auch nur eine Sekunde weiter zu denken. Aber das waren die anderen auch. Ich habe Halluzinationen, sagte er sich. Er zog noch mal das Büschel Seegras aus der Mauerritze, schaute hinaus. Da waren sie wieder, die Augen: zwei golden schimmernde Scheiben, die rhythmisch hin- und herschwangen; jetzt gingen sie auf und nieder, als ob »sie« sich vor ihm verneigte.

Plötzlich wusste er es. In einem Augenblick der Klarheit explodierte die Wahrheit förmlich in seinem Kopf. Es war so einfach; wieso war er nicht schon vorher darauf gekommen. Auf der Antarktis lebten doch Eskimos, in Iglus, nicht wahr? »Sie« ist ein Eskimo-Mädchen. Ihre Augen bewegen sich auf und ab und hin und her, weil sie tanzt: einen schmutzigen Tanz um ihn zu versuchen, zu verführen, aus dem *behouden huis* herauszulocken, um mit ihm zu schlafen.

Aber er ließ sich nicht verführen. Er stopfte das Werg zurück in sein Guckloch und sagte sich, er würde so tun, als sei sie nicht da.

Es kam ihm in den nächsten Tagen nicht einmal in den

Sinn, dass er im Begriff war, den Verstand zu verlieren. Er dachte, sein Verhalten wäre völlig normal – was ja auch meistens zutraf. Unverdrossen behielt er seine Routine bei: machte seine Übungen, kochte sich morgens seinen Tee, bereitete sich abends sein Essen. Das einzige Unnormale an seinem Verhalten war, dass er nicht mehr hinaus ging, sondern immer häufiger durch das Guckloch sah, um das kleine Eskimo-Mädchen zu beobachten.

Nie sah er mehr von ihr als ihre Augen. Manchmal waren sie bewegungslos; er konnte sich das Mädchen vorstellen, wie sie hingestreckt auf dem Eis lag, ihn anstarrte und lächelte. Dann wieder schwangen die Augen hin und her, er konnte sich vorstellen wie es tanzte; einen Tanz, der jedes Mal erotischer auf ihn wirkte. Es ärgerte ihn, dass er nicht mehr von ihr sah – ewig nur die Augen. Die Tage vergingen, und seine Frustration verwandelte sich in Besessenheit. Er konnte nicht mehr von dem Guckloch lassen. Er besserte gerade eine seiner Wände aus, als er einen unwiderstehlichen Drang verspürte, zur anderen Wand zu gehen, um einen Blick auf sie zu erhaschen. Er kochte Tee, als er sich wie unter Zwang erhob, um zu sehen, ob sie noch da war. Während er in die Dunkelheit starrte, dampfte das Wasser an die Zeltwände. In der Nacht, wenn er schlief, verfolgten ihn ihre Augen bis in die tiefsten Tiefen seiner Träume. »Sie ruft nach dir«, flüsterten ihm Stimmen zu. »Geh zu ihr.« Anfangs waren die Stimmen noch sanft und zögerlich, doch mit den Tagen wurden sie immer lauter und fordernder, bis die Botschaft aus jeder Ecke des *behouden huis* zurückzuhallen schien: »Geh zu ihr. Geh zu ihr. Geh zu ihr.« Mit den Händen an den Ohren schaukelte er hin und her, all seine Instinkte warnten ihn, dass diese Stimmen Sirenengesang seien; wenn er ihnen nachgäbe, würde etwas Schreckliches geschehen.

Am Ende gab er nach. Irgendetwas machte Klick, und er

stolperte durch den Eingangstunnel, sein Kopf so leer wie der eines Lemmings, der auf eine Klippe zuläuft.

Er räumte die Steine, die den Tunnel verschlossen hielten, beiseite, als er fast seine Fackel zertrampelte.

Seine Fackel und sein Revolver lagen stets am selben Platz, nahe am Eingang. Wenn er hinaus ging, nahm er sie immer mit: seine Fackel, um in der Dunkelheit etwas zu sehen, den Revolver, um zu schießen, wenn er (was unwahrscheinlich war) noch mal auf eine Robbe traf. Er hob die Fackel auf, nahm den Revolver und kroch in die Finsternis hinaus.

Das Erste, was er sah, waren ihre Augen, ungewöhnlich nahe. Er stolperte auf sie zu.

»Wer bist du?«, rief er.

Sie antwortete nicht; aber ihre Augen stiegen in die Höhe, als ob sie sich erheben würde.

Er war bereits über ihr, als er merkte, dass etwas schief lief; fürchterlich schief.

Ihre Augen waren plötzlich nicht mehr golden sondern rot. Rot wie Blut. Sie stank entsetzlich; ein übler, fischiger Geruch zog in seine Nase. Sie hustete, aufgeregt und rasselnd.

Er zündete die Fackel an, sie brannte auf, der Lichtschein traf – da sah er sie – die langen scharfen Tigerzähne im schäumenden Maul eines geschmeidigen, vier Meter langen Seeleoparden.

Eine Raubrobbe! Sie schnellte hoch, schnappte mit ihren Zähnen nach Lockwoods Kehle.

»Ahhhhh!«

Wie in einem schrecklichen Alptraum hörte er das vielfache Echo seines gellenden Schreis über die Eisflächen hallen. Dann stürzte sie sich auf ihn. Er sprang zurück, seine Füße rutschten unter ihm weg und er fiel – wie in Zeitlupe, dachte er; das ist also nun das Ende.

Er konnte sich nicht erinnern, den Revolver gezogen zu haben, aber er hörte die Schüsse – die Kugeln pfiffen über das Eis; mindestens eine sollte ihr Ziel erreicht haben, aus einer Entfernung von nur einem Meter –, bis es klick machte und die Trommel leer war. Eine Kugel hatte getroffen.

Gerade noch wollte sie töten, jetzt stieg Blut in ihrer Kehle auf. Ein ersticktes Husten, ein Seufzer, zu Tode getroffen fiel sie auf seine Brust.

Er bewegte sich nicht, wartete. Die Robbe lag still, stiller als je zuvor. Aus ihrem scharfzahnigen Maul tropfte Blut und rann ihm über die Jacke.

Er wuchtete sich unter ihrem Körper hervor, versuchte aufzustehen, das Eisfeld und der Nunatak schwankten, er musste aufpassen, dass er nicht hinfiel. Er setzte sich neben die Robbe, bemühte sich nicht mehr zu zittern und begann seine Gedanken zu sortieren.

Zuerst einmal war er nur dankbar, dass er lebte und unverletzt geblieben war.

Sein zweiter Gedanke galt der Lehre, die er nun aus lauter Traumversponnenheit nach Frauen zu ziehen hatte.

Dann dachte er an Vorrat. Leider war die Seeleopardin erbärmlich dünn – auch sie war am Verhungern gewesen –, aber die Menge Fleisch an ihr dürfte den Verlust des verdorbenen Robbenfleisches wohl wettmachen.

Plötzlich schoss ihm etwas in den Sinn, das alles andere in den Schatten stellte. Lange hatte er sich nicht um ihn gekümmert, jetzt stand er auf und ging hinüber zu Ede.

Er hatte es geahnt. Logischerweise gab es nur einen Grund für all die Schläge und die Grunzer, die er in seiner Hütte gehört hatte. O Gott! Als er auf das starrte, was von seinem Commanding Officer übrig war, musste er sich fast übergeben ... um sich zu beruhigen sagte er, dass das, was er sah, nicht in Wirklichkeit John Ede war. Der wirkliche John Ede war in einer anderen Welt; das, was hier verstreut auf dem Eis lag, war die Staffage, die Ausrüstung, nicht der Mann. Trotzdem, auf einmal überfielen ihn entsetzliche Schuldgefühle. Er fiel auf die Knie, berührte das, was von dessen Arm übrig war.

»Es tut mir Leid«, flüsterte er. »Ich hätte dich begraben müssen.«

Er war noch nicht so verrückt, dass er wirklich geglaubt hatte, der Alte würde ihm antworten, aber irgendwie hatte er das Gefühl, dass Ede ihm nahe war, dass er es verstand und ihm vergab.

Er zog die Seeleopardin ins *behouden huis*.

Sein Körper war übersät mit Prellungen, er war erschöpft und schockiert und wollte nur noch in seinen Schlafsack kriechen, die Augen schließen und vergessen. Sein Blick fiel auf die Robbe. Wie viel Fleisch würde sie abgeben? Davon hing sein Leben ab. Als er begann sie aufzuschneiden, wurde alles andere unwichtig.

Es wunderte ihn nicht, dass sie eine böse Verletzung aufwies – weshalb sonst wäre sie zurückgeblieben, als alle anderen Tiere die Halbinsel verließen? Eine ihrer Flossen und ihr Schwanz waren gebrochen – vermutlich durch herabstürzendes Eis oder Gestein. Sie konnte nicht mehr schwimmen, daher auch nicht mehr jagen und war deshalb dazu verurteilt, auf dem Festland zu verhungern. Kein Wunder, dass sie hoffnungslos abgemagert war – und doch hatte sie eisern am Leben festgehalten. Er konnte es sich gut vorstellen, wie sie seinen Geruch aufgenommen, sich auf die Lauer gelegt und ihn beobachtet hatte und darauf wartete, dass er ihr vors Maul lief. Als er jedoch keine Anstalten machte, ihr den Wunsch zu erfüllen, war sie um den Nunatak herumgekrochen, hatte etwas anderes gewittert und schließlich den Leichnam gefunden. Die Hauptnahrung der Raubrobben besteht neben Fischen vor allem aus Pinguinen und Wedell-Robben – dementsprechend sieht auch das Gebiss aus. Einen Menschen in Stücke zu reißen wäre keine Schwierigkeit gewesen. Unter solchen Bedingungen jedoch zu überleben, war eine andere Sache. Die Leopardin bestand buchstäblich nur noch aus Haut und Knochen. Lockwood musste einsehen, dass sein Nahrungsmittelproblem höchstens aufgeschoben, aber nicht gelöst war. Sie konnte ihn vielleicht einen Monat lang mit Fleisch versorgen, dann wäre er wieder mit dem Problem des Verhungerns konfrontiert.

Trotzdem schlief er gut in dieser Nacht.

Er war allein.

Das war alles, was er wollte.

Die nächsten Tage waren bestimmt von einem dramatischen Wetterumschwung. Die Dunst- und Wolkendecke löste sich auf, die Temperatur sank in den Keller und die Sterne pulsierten und leuchteten mit einer solchen Klarheit, als würden sie Löcher in den Himmel brennen. Es gab zwar keine Aurora, aber die Szene war schön genug auch ohne sie. Der Dichter Wordsworth schrieb einmal:

> *Wasser in einer sternenklaren Nacht*
> *sind wunderbar und makellos*

Eisfelder in einer sternenklaren Nacht sind noch viel makelloser. Es gab Zeiten in diesen letzten Junitagen, als die Schönheit der Nacht, wenn er aus dem *behouden huis* kroch, ihm buchstäblich den Atem raubte. Das andere, das ihm den Atem verschlug, war die Kälte. Wenn er ins Freie trat, dachte er, eine Eisentüre fiele ihm ins Gesicht.

Anfang Juli geschahen zwei Dinge, die für Lockwood bedeutungsvoll, jedoch kaum vorauszusehen waren.

Zuerst entdeckte er ein Blatt. Er arbeitete gerade an den Wänden des *behouden huis*, als er auf einem der Steine merkwürdige Zeichen entdeckte. Sie sahen aus wie Hieroglyphen. Interessiert nahm er den Stein aus der Wand und untersuchte ihn im Schein seines Lichts. Die Zeichen entpuppten sich als Fossilien von Pflanzen; darunter war auch ein perfekt erhaltenes Blatt. Jedes kleinste Detail davon war so gestochen scharf, als ob es erst gestern darin eingebettet worden wäre.

Lockwood kannte sich mit Fossilien wenig aus, aber wenn man ein Jahr lang auf engstem Raum mit Geologen zusammenlebt, färbt notgedrungen etwas ab. Das Blatt, sagte er sich, stammt mit größter Wahrscheinlichkeit von einem Strand (*Fagus antarctica)*, ein Relikt der riesigen Wälder, die einst Gondwanaland bedeckten; den Stein identifizierte er als Kalkstein aus dem Tertiär. Was bedeutete: Er schaute etwas an, das 50 Millionen Jahre überdauert hatte.

Lockwoods Entdeckung war keine Sensation. Viele Menschen – davor und danach – haben Pflanzenfossilien in der Antarktis gefunden. Doch je länger er das Blatt betrachtete, desto mehr wurde es ihm zum Symbol des Überlebens. Er fuhr mit seinen Fingerspitzen über das feine Netzwerk der Adern, die noch genauso deutlich waren wie an jenem Tag im Känozoikum, als es sich in der warmen Sonne entfaltete. Welches lebendige Wesen wird wohl zuletzt seine Augen darauf geworfen haben? War es einer der letzten Dinosaurier, fragte er sich, oder einer der ersten spitzzahnigen Tiger, die es beim Vorübergehen streiften? Und nun – er machte sich einen Spaß daraus, es auszurechnen – 18 Milliarden 250 Millionen Tage später berührte es ein Mann aus dem 20. Jahrhundert.

Andachtsvoll trug er den Stein in sein Zelt und legte ihn dahin, wo der Schein seiner Lampe das fossile Blatt beleuchtete. Es würde ihn daran erinnern, wie lange es möglich war zu überleben.

Das andere einschneidende Ereignis war, dass er mit der Zehe gegen einen Haufen uranhaltiger Felsbrocken stieß. Und sie verfluchte.

Er hatte die Felsbrocken in einer Ecke des *behouden huis* aufgestapelt, wo die Trockensteinwand an den Nunatak stieß. Der obere musste heruntergefallen sein, nun lag er halb versteckt unter Seegras neben seinem Zelt. Im Dunkeln lief er voll dagegen.

»Verdammte Scheiße!«

Er hüpfte auf einem Bein auf und nieder, hielt sich die Zehe.

Nicht der Schmerz bekümmerte ihn, sondern dass er womöglich verletzt wäre und in seinem schwachen Zustand Wundbrand erleiden könnte. Er zog sich den Stiefel aus und schaute, aber es war offensichtlich nicht so schlimm; der Schock war größer. Vorwurfsvoll blickte er auf die Felsbrocken. »Verfluchte Lava.«

Zum ersten Mal ließ er seiner Wut, die sich schon seit längerer Zeit in ihm aufgestaut hatte, freien Lauf. Hatten nicht diese Felsbrocken an allem Schuld? Nur wegen ihnen war das Sonderkommando in die Antarktis gekommen. So war es doch, nicht wahr? Nur wegen ihnen waren seine Freunde getötet worden. Nur wegen ihnen war er jetzt eingesperrt in seinem *behouden huis*. Nur wegen ihnen konnte er sich nicht ruhig hinlegen und sterben, sondern fühlte sich verpflichtet, wie ein gefangener Fisch am Haken – ohne Aussicht auf Rettung – sich zu krümmen und winden, um sie nach England zu schaffen … Nur damit die Regierung eine verfluchte Bombe daraus bauen konnte!

Fast unmerklich, in winzig kleinen Schritten, hatte sich seine Einstellung zu den Uransteinen geändert; jetzt kam sie ihm gravierend vor. Zwar hasste er die Felsbrocken noch nicht wirklich, aber die Samen des Hasses waren gesät.

Eigentlich war es egal, wie er über die Steine dachte, denn Mitte Juli hatte er schon wieder nichts mehr zu essen.

Er lag im Sterben.

Ein gut genährter, gesunder Mensch kann mehrere Wochen ohne Nahrung auskommen. Lockwood war keines von beiden. Monatelang hatte er am Rande des Existenzminimums dahinvegetiert, jetzt war er so schwach, dass er beim Versuch, seine Übungen zu machen, immer wieder hinfiel. Sein Gewicht hatte sich von 70 auf 45 Kilo reduziert. Er hatte Frostbeulen, Darmkatarrh und Skorbut. Als seine Lebensmittel zu Ende waren, hatte er nur noch wenige Tage zu leben.

Nachdem er das letzte Stück Fleisch und die letzten Würfelchen Trockengemüse gegessen hatte, und er nur noch Tee und Milchpulver besaß, sagte er sich, dass sein letztes Stündchen geschlagen habe.

Er überlegte, ob er einen Brief nach Hause schreiben sollte – das war es doch, was Menschen in seiner Situation gewöhnlich taten. Aber es schien ihm, dass es nichts gab, was er seinen Eltern als Trost hätte sagen können; außerdem würde man den Brief ohnehin nie finden. Er vergrub sich in seinem Schlafsack und fragte sich, wie lange es wohl dauern würde.

Kaum lag er einigermaßen bequem, flüsterte ihm eine Stimme zu: »Du musst nicht sterben, weißt du, die Seeleopardin hat nicht beendet, was sie angefangen hat ...«

»Nein«, sagte er bestimmt, »das tue ich nicht.«

Er zwang sich einzuschlafen.

Als er aufwachte, meinte er, es würde kaum Sinn machen, aus dem Schlafsack rauszukriechen, um sich Tee zu kochen. Im selben Augenblick fiel ihm ein kleines abgedroschenes Sprichwort ein, das er nicht mehr aus seinem Kopf bekam: Da wo Leben ist, ist auch Hoffnung. Am Ende schaffte er es. Alles dauerte länger als gewöhnlich, er war so schwach, dass er etwas von seinem Milchpulver verschüttete; doch der Tee schmeckte gut. Nachdem er ihn ausgetrunken hatte, kroch er wieder in seinen Schlafsack. Wäre es nicht wunderbar, wenn ich jetzt einfach die Augen zumachen könnte, um nie wieder aufzuwachen … Er fürchtete, dass es so einfach wohl nicht ginge … Er dachte an alles Mögliche an diesem Nachmittag. Er sagte sich, dass im Krieg viele Menschen gewaltsam stürben, ohne die Gelegenheit zu haben, mit Gott ihren Frieden zu schließen: Er hatte sie; er war besser dran als die Meisten. Noch in einer anderen Beziehung hatte er Glück gehabt: Er hatte die Antarktis sehen dürfen – das war vor ihm nicht vielen vergönnt gewesen. Zu seinem Erstaunen war seine Traurigkeit größer als seine Angst. Traurigkeit, weil er nie wieder die Wärme der Sonne spüren würde, nie wieder den frischen Wind auf seiner Haut; nie wieder das Aufblitzen in den Augen eines Mädchens sehen, nie wieder Verweilen im Kuss, nie mit einem Mädchen schlafen würde. Er dachte sich, es sei nicht recht, an so körperliche Dinge zu denken; eigentlich sollte er an seine unsterbliche Seele denken. Das Dumme war nur, dass wenn er versuchte, an sie zu denken, er sich nicht mehr konzentrieren konnte und unsicher wurde, wie ein Kapitän, der sich ohne Karte in seichte Gewässer wagt. Er beugte sich aus seinem Schlafsack, nahm eine Hand voll Seegras, krallte seine Fingernägel hinein und fühlte sich besser. Ich kann es nicht ändern. Ich bin eben nur ein Mensch.

»Wenn du ein Mensch bleiben willst«, flüsterte die Stimme, »weißt du, was du tun musst.«

»Nein«, flüsterte er, »das werde ich nicht.«

Er ließ seinen Kopf auf den Schlafsack fallen und fragte, ob es nicht besser wäre, ihn sich an der Wand des *behouden huis* einzuschlagen. So ginge es am schnellsten. Er würde nicht mehr in Versuchung geraten. Er besann sich auf konkrete Dinge. Er horchte in die ewige Nacht hinein. Zuerst hörte er nur die Stille. Nach einer Weile dachte er, ein Geräusch wahrzunehmen, ganz leise, das Seufzen des Windes. Die Flut kommt herein und mit ihr der Wind. Es machte ihn traurig, nie wieder den Wind zu spüren. Plötzlich, wie aus heiterem Himmel, kam ihm eines der Bücher seiner Großeltern in den Sinn: Lavengro, eine Schrift aus dem 19. Jahrhundert. An eine der Passagen konnte er sich noch erinnern:

»Das Leben ist süß, Bruder.«
  »Glaubst du das wirklich?«
  »Aber sicher! Da ist die Nacht und der Tag, Bruder, beides wunderbare Dinge. Sonne, Mond und Sterne, Bruder, alle wunderbar. Da ist der Wind über der Heide. Das Leben ist so wunderbar. Wer möchte da sterben?«
  »Ich. Hast du nicht an die Blinden gedacht, Jasper?«
  »Es weht noch immer der Wind über die Heide, Bruder. Wenn ich ihn nur fühle, möchte ich ewig leben ...«

Er horchte auf. Das Seufzen des Windes, der von der See hereinblies – oder war es der Wind auf der Heide? – war wie ein Trompetenstoß des Lebens. »Du weißt, dass du es schließlich doch tun wirst« – die Stimme war ihm schrecklich fremd – »du könntest es genauso gut jetzt tun.«

»Das werde ich nicht«, flüsterte er, »das werde ich nicht.«

Am zweiten Tag, nachdem er nichts mehr gegessen hatte, kam er gar nicht mehr aus seinem Schlafsack. Er sagte sich, er könnte, wenn er wollte, aber es schien ihm die Anstrengung nicht wert zu sein. Die meiste Zeit war er wie entrückt, in einer Art Niemandsland, in dem sich Tatsachen und Fantasie vermischen. Seine Sinne ergaben sich bereits. Aber nicht, weil er Furcht, Angst, Schuld oder etwas ähnlich Dramatisches verspürte. Sein Gehirn bekam nicht genug Sauerstoff. Es dauerte sehr lange, bis er sich auf etwas konzentrieren konnte, auf manches überhaupt nicht. Insbesondere kam er mit den letzten Worten des Alten nicht zurecht ...

immer wieder strichen sie durch seine Erinnerung … »Ich werde dir helfen«, hatte er gesagt. »Erinnere dich, ich werde dir helfen.«

Was hatte er damit gemeint?

Ich müsste verrückt sein, dachte er, vorzugeben, die Worte hätten nichts bedeutet; denn Ede war an diesem Nachmittag völlig klar im Kopf gewesen. Warum sollte er sich das nicht eingestehen? Da gab es nur eines, nicht wahr, was sein Commanding Officer damit gemeint hatte. Nur auf eine einzige Art und Weise könnte sein Körper jemandem behilflich sein, nachdem er tot war. Lockwood war hin und her gerissen. Auf der einen Seite glaubte er, dass Ede, genau wissend was er tat, ihn zum Kannibalismus aufgefordert hatte. Auf der anderen Seite schauderte er davor, etwas zu tun – mal ganz abgesehen vom Tun selbst –, das so schrecklich war, dass er meinte, es nicht über sich bringen zu können.

Seine Fäuste hämmerten auf den Schlafsack ein. »Ich tu es nicht«, murmelte er, »ich tue es nicht, ich tue es nicht.«

Am dritten Tag, nachdem er kein Essen mehr hatte, gab es einen *white out*, einen Blizzard, in dem Schneefall und Schneewehen sich zu einem so undurchdringlichen weißen Teppich verwoben, als ob die Antarktis unterstreichen wollte, dass es nun an der Zeit wäre, mit ihren kalten Fingern nach ihm zu greifen.

Der Hunger schmerzte so sehr, dass er glaubte, eine Ratte würde an seinen Eingeweiden nagen; mit seinen Gedanken war er bereits so weit jenseits von Gut und Böse, so außerhalb jeglicher Kontrolle, dass er den Tag nicht von der Nacht, und Dichtung nicht von der Wahrheit unterscheiden konnte. Und dann tat er, was er tun musste, um am Leben zu bleiben.

Nie gab es einen Zweifel darüber, was er tat – wie hätte er sonst überleben können? –, und doch behielt er kaum eine

Erinnerung an die Tat selbst. Das menschliche Gehirn besitzt ein Sicherheitsventil, Amnesie, Gedächtnisverlust, das zu furchtbare Ereignisse, die zu schrecklich sind, sich daran zu erinnern, einfach ausblendet.

Für den Rest seines Lebens gab es besondere Geräusche, die ihn zurückschrecken ließen, besondere Bilder, vor denen er die Augen verschloss, und besondere Gerüche, die ihn würgen machten; aber die Zeit bis zu seinem Tod blieb es sein Geheimnis, ein Geheimnis selbst für ihn. Nur so konnte er im Kopf gesund bleiben.

Den größten Teil des Julis lebte er von Tag zu Tag wie in einem Vakuum. Er dachte nicht an die Zukunft, weder die unmittelbare – was würde er tun, wenn nichts mehr von seinem Commanding Officer übrig war – noch an die langfristige – was würde passieren, wenn er überlebte und man ihn retten würde. Es genügte, dass er lebte und dass das Schreckliche, das er jeden Tag tun musste, gar nicht so sehr zur Katastrophe wurde. Er ging einfach mit geschlossenen Augen durch und akzeptierte es als einen Teil seiner täglichen Routine.

Die erste Hälfte des Winters war vorüber, die Tage der absoluten Dunkelheit waren an einer Hand abzuzählen. Den Hunger hatte er teilweise gebannt, doch es gab kein Entrinnen aus der Einsamkeit.

Lockwood war wieder einmal kurz davor, seinen Verstand zu verlieren. Menschen, die ihr geistiges Wohlbefinden fördern wollen, dachte er, ziehen sich in sich selbst zurück – genauso wie Menschen, die sich körperlich kräftigen wollen, eine Gesundheitsfarm aufsuchen. Anfangs finden sie es dann oft schwer, sich ihrer selbst gewählten Abgeschiedenheit anzupassen – und dies, obwohl sie nur durch eine Tür zu gehen brauchen, um in ihre normale Welt zurückzukehren. Gefangene in Einzelhaft empfinden ihre Strafe oft als eine Zurückweisung, ein Abgeschnittenwerden von der Menschlichkeit – und dies obwohl sie wissen, dass ihre Wärter nebenan sind und auf sie aufpassen. Geiseln in der Obhut von unmenschlichen Wächtern mögen dies als noch schlimmer empfinden. Und doch haben sie, in welcher Form auch immer, Kontakt zu ihren Mitmenschen: Eine Hand, die ihnen das Essen durch die Luke schiebt, das Kreischen eines Schlüssels im Schloss, Schritte im Dunklen. Er hatte in diesem Winter nicht mal das. Keine Stimme im Radio, der er zuhören könnte, kein Tonband, das ihn an andere Zeiten erinnert hätte, kein lebendiges Wesen, das er berühren, sehen oder hören konnte. Robert the Bruce, König von Schottland, hatte eine Spinne in seiner Zelle, der Wüstenforscher hat seinen Sandfloh und der Tiefseetaucher seinen Gründler; er hatte nichts von alledem. Der einzige Kontakt, den er mit einer anderen Lebensform hatte, war der zu seinem Blatt – und das war 50 Millionen Jahre alt! Immer wieder hatte er den Alptraum, dass er der letzte Überlebende auf einem sterbenden Planeten war und gerade den vorletzten Überlebenden auffraß. In dem Maße, wie Edes Überreste dahinschwanden, begann ihn seine Einsamkeit zu schmerzen wie eine Krebsgeschwulst. Dauernd hatte er Halluzinationen. Manchmal sah er schattenhafte Figuren – seine Eltern, Schulfreunde, Freunde aus der Navy, Freundinnen –, sie stiegen aus der Wand des *behouden huis*. Wenn er seine Hand ausstreckte, um sie zu berühren, waren sie verschwunden. Manchmal hätte er schwören können, Stimmen zu hören – das Geschnatter einer Party in der Offiziersmesse, das Flüstern eines Mädchens in der Nacht –, aber wenn er antwortete, hörte er nur das Echo seiner eigenen Stimme. Wenn es nur irgendetwas gäbe, das bei mir sein könnte: eine einzellige Amöbe im Seegras, ein Floh zwischen den Steinen. Im *behouden huis* gab es nicht mal eine Spur solch primitivster Lebensformen.

Zumindest aber, sagte er sich, sieht es aus, als ob ich lange genug überleben würde, um die Sonne wieder zu sehen. Sie müsste bald wieder zurückkehren, und vielleicht wird durch ihre Wärme ein neues Wunder geschehen.

Er fragte sich, welches Wunder er am liebsten hätte. Ganz eindeutig einen Kameraden. Aber keinen menschlichen, denn es wäre nicht gerecht, jemanden zu bitten, all das durchzumachen, was er durchmachte. Vielleicht einen Hund? Aber auch ein Hund würde leiden, das wäre auch nicht gerecht. Es sei denn, der Hund wäre ein Husky ... Ja, das wär's, sagte er sich, ich möchte einen Husky: den Leithund des Rudels, mit dem das Mädchen durch den Wald gefahren war. Der Leithund, das wusste er, war immer ein Weibchen. Er würde alles mit ihm teilen, die guten Zeiten wie die schlechten Zeiten, die Schneestürme und die Aurora, seine Nahrung ebenso wie die Wärme seines Schlafsacks; sie würden miteinander balgen, er würde die Hündin hinter den Ohren kraulen, und sie würde ihm das Gesicht lecken, und zusammen würden sie bestehen, was keiner von beiden allein schaffen könnte, und in seinem ganzen Leben würde er keinen anderen Hund haben wollen.

Er wusste, das war nur ein Traum, aber wofür sonst sollte er leben?

In der Hoffnung, die Sonne zu sehen, kroch er gegen Ende Juli immer wieder kurz vor Mittag aus dem *behouden huis*. Jeden Tag starrte er auf den nördlichen Horizont und versuchte sich einzureden, eine Spur von Licht gesehen zu haben, doch stets endete es damit, dass er es als Wunschdenken abtun musste. Er zwang sich, geduldig zu bleiben und träumte davon, mit seinem Hund vor dem *behouden huis* zu stehen und zu sehen, wie die große goldene Scheibe über das Eis stieg.

Manchmal war er seinen Träumen so nah, dass er sogar den Hund bellen hörte.

Es war das Bellen, von dem er aufwachte. Aber irgendetwas stimmte nicht. Es war mehr ein Kreischen als ein Bellen: ein Stimmengewirr von kehligen Kräh-Lauten, zuerst undeutlich, dann lauter werdend, als ob sich eine Herde Esel näherte. Er sagte sich, dass das nicht wirklich geschah, und schloss die Augen, um weiterzuschlafen, doch die Kräh-Laute wurden immer kräftiger. Hastig erhob er sich, nahm seine Fackel und den Revolver und kroch ins Freie.

Was er da sah, grub sich ihm detailgenau ins Gedächtnis und er würde dieses Bild bis zu seinem Tod nicht vergessen.

Die Nacht war von exotischer Schönheit. Am Himmel stand der Vollmond, kaum ein Lüftchen regte sich, und über dem Eis schwebten Dunst- und Wolkengebilde, die aussahen wie Luftschlösser. Erst konnte er sich nicht erklären, woher die Geräusche stammten. Dann sah er sie: die kleinen rundlichen »Herren« in ihren nachtblauen Fräcken mit ihren weißen Hemden und den goldfarbenen Fliegen. Erst standen sie nur da, dann warfen sie sich auf den Bauch und rutschten auf die Küste zu: die Vorhut von Tausenden, die noch folgen sollten.

Nur der Kaiser-Pinguin wagt sich im Winter auf die Antarktis, um Eier zu legen und auszubrüten. Von all den Stränden der Halbinselspitze suchten sie sich ausgerechnet den von Lockwood aus, um darauf zu brüten.

Er fiel auf die Knie, und plötzlich fing er an zu weinen.

Er hatte nicht geweint, als er die zerschossenen Körper seiner Freunde sah, nicht, als Ramsden in die Gletscherspalte gefallen war, nicht, als er Ede die tödliche Injektion gab und auch nicht, als er ihn aufaß. Jetzt weinte er. Es waren Tränen der Freude, denn zum ersten Mal, seit ihr Lager abgebrannt war, sah er eine Möglichkeit zu überleben.

Auferstehung

Als die Pinguine sich bis auf etwa 100 Meter dem Ufer genähert hatten, blieben sie stehen und steckten ihre Köpfe zusammen. Lockwood hatte schreckliche Angst, dass sie umdrehen und genauso schnell wieder verschwinden könnten, wie sie aufgetaucht waren. Doch nach einigen Augenblicken der Unentschlossenheit begann erst die eine Gruppe, dann die andere über das Packeis an Land zu klettern. Dabei stellten sie sich schrecklich unbeholfen an. Als sie näher kamen, sah er weshalb: Die meisten hatten ein Ei bei sich, kalkfarben, etwas größer als Schwaneneier, das sie zwischen ihren Zehen balancierten.

Er ging zum Strand.

Er wollte sich unter sie mischen, sie berühren, mit ihnen spielen, die Wärme ihrer Körper spüren, doch die Pinguine hackten mit dem Schnabel nach ihm. Da er fürchtete, sie könnten ihn verletzen, setzte er sich auf einen Felsen und starrte sie an. Stundenlang, dauernd mit der Ungewissheit, dass, wenn er mal wegschauen würde, sie verschwunden sein könnten. Außer der Seeleopardin hatte er seit fast 100 Tagen kein lebendes Wesen mehr gesehen.

Er erinnerte sich an eine der Geschichten, die ihnen der Hobbyzoologe des Sonderkommandos über Kaiserpinguine erzählt hatte: Sie sind die einzigen Tiere, die bereits im Winter wieder auf das Festland zurückkehren, um unter Bedingungen, die kein anderes Tier überleben würde, ihre Jungen großzuziehen. Dies, so hatte er gesagt, geschähe deshalb, weil Kaiserpinguin-Kinder nur sehr langsam heranwachsen und sechs Monate alt sein müssen, bevor sie ins Wasser gehen. Die einzige Zeit zum Wassern sei jedoch der Hochsommer, wenn das Eis schmilzt, daher müssten sie zur Mitte des Winters auf die Welt kommen. Die andere Geschichte, an die sich Lockwood erinnern konnte, war, dass, wenn die Eier erst mal gelegt waren, sie von den Männchen ausgebrütet würden. Die Weibchen gingen dann unmittelbar nach der Eiablage für etwa sechs Wochen auf die offene See zurück, um sich für die bevorstehende Aufzucht zu erholen und zu mästen. Und wirklich: Als er die neu angekommenen Tiere genauer betrachtete, sah er, dass sie alle Männchen waren. Je länger er darüber nachdachte, desto sicherer war er sich, dass mit »seiner« Kolonie von Pinguinen etwas Merkwürdiges passiert sein musste. Weshalb kamen sie erst so spät? Weshalb waren die Eier schon gelegt? Wo waren die Weibchen? Wenn normalerweise davon auszugehen ist, dass die Paarung, das Ausbrüten der Eier und das Großziehen der Jungen an ein und demselben Nistplatz geschieht, weshalb hatten sie sich einen neuen Nistplatz gesucht? Später, als er mehr innere Ruhe hatte, darüber nachzudenken, kam er zu dem Ergebnis, dass an ihrem ursprünglichen Nistplatz etwas Schlimmes vorgefallen sein musste. Damit hatte er Recht.

Die Kaiserpinguine waren tatsächlich zu ihrer gewohnten Zeit im Mai an ihrem gewohnten Nistplatz, einem von hohen Klippen umgebenen Eissims nicht weit von der Spitze der Halbinsel entfernt, an Land gegangen. Hier paarten sie sich – Kaiserpinguine bleiben wie Schwäne und Albatrosse und eine ganze Reihe anderer Vögel, ein Leben lang zusammen –, alles schien nach Plan zu laufen. Nur ein Geologe hätte die Katastrophe, die sich anbahnte, vorhersehen können. Die Klippen um den Eissims herum waren instabil.

Tausende Jahre lang hatten sich gigantische Schnee- und Eismassen hinter den Felsen aufgetürmt, so lange, bis der Druck auf die Felsen zu groß wurde. Die meisten Weibchen hatten ihre Eier bereits gelegt, sie der Obhut ihrer Partner überlassen und waren für sechs Wochen aufs Meer hinaus verschwunden, als mehrere hunderttausend Tonnen Schnee, Fels und Eis auf den Nistplatz herunterkrachten. Die Hälfte aller Pinguine war tot, weitere schwer verletzt. Die Überlebenden hatten nur eines im Sinn: ihre Eier. Die Eltern teilen sich in der Regel die Aufgabe, ihr Ei zu legen, es auszubrüten und dann das Junge durchzufüttern, bis es groß ist. Die Männchen befanden sich also nach dieser Katastrophe in einer verzweifelten Lage: Ihr Nistplatz hatte sich mit seinen losen Felsen als Todesfalle erwiesen; jeden Augenblick konnte eine neue Lawine herunterbrechen und den Sims vollends zertrümmern. Wenn sie jedoch von hier weggingen, wie würden die mehrere hundert Meilen entfernten Weibchen sie dann jemals wiederfinden? Einige der Vögel, hauptsächlich die verwundeten, blieben zurück, die anderen zogen mit ihren Eiern, die sie auf ihren klauenartigen Zehen balancierten, übers Eis, um einen neuen Nistplatz zu suchen. Wo sie ihre Jungen in Sicherheit aufziehen konnten.

Wenige Tage später erkletterten sie den Strand vor Lockwoods *behouden huis*.

Sie waren ihm als Freunde, mit denen er der Strenge des arktischen Winters ins Angesicht sehen wollte, aber auch als Nahrungsquelle höchst willkommen.

Vorausgesetzt, er machte keine Anstalten die Pinguine zu berühren, ignorierten sie ihn; doch wenn er versuchte, sich ein Ei unter einem ihrer Bäuche wegzustehlen, würde der Vogel, selbst wenn er gedöst hatte, plötzlich fuchsteufelswild und hackte mit dem Schnabel nach ihm. Keine Tierart liebt seine Jungen so sehr wie Pinguine. Sie zu töten würde ihm äußerst schwer fallen; aber er hatte nicht drei Robben erschlagen, einen Seeleoparden erschossen und seinen Commanding Officer aufgegessen, um nun, da ausreichend Nahrung vorhanden war, zu verhungern. Kurz nach Mitternacht, nachdem sich der Nebel gelichtet hatte und die Eisfelder im Licht des untergehenden Mondes glänzten, ging er seinen Revolver holen. Er überlegte sich gerade, welchen der Vögel er töten sollte, als ihm diese Entscheidung abgenommen wurde. Nur wenige Meter von ihm entfernt begannen zwei Männchen, aufeinander loszuhacken.

Kaiserpinguine sind in der Regel friedlich. Diese Kolonie hatte allerdings einiges durchgemacht. Viele hatten ihre Eier verloren und versuchten nun ständig, das Gelege ihres Nachbarn zu stehlen. Wann immer eines der Männchen seine Position änderte und das Ei davonrollte, warf sich augenblicklich ein anderes Männchen darauf und versteckte es in den losen Hautfalten unter seinem Bauch. Der rechtmäßige Vater hatte das jedoch gesehen. Mit einem empörten »Kra-a-a-ak!« stürzte er sich mit Flügeln und Schnabel schlagend auf den Dieb. Unter normalen Umständen würde dieser das Ei vermutlich zurückgegeben haben, doch der herbe Verlust seines eigenen Eis hatte ihn aus Verzweiflung kühn gemacht. Darauf aus, ein anderes zu finden, war er dem Treck zum neuen Nistplatz gefolgt; jetzt war sein väterlicher Instinkt zu stark, um es wieder herzugeben. Er verteidigte die Beute, als ginge es um sein Leben. Die Vögel, die nahe beim Kampfplatz standen, wurden unruhig. Da Pinguineier – wie alle anderen auch – zerbrechlich sind, werden Kämpfe am Nistplatz ungern gesehen; wenn es mal passiert, liegt es im Interesse der Gemeinschaft, einen solchen so kurz wie möglich zu halten; und dafür zu sorgen, dass er endgültig ist. Als die umherstehenden Pinguine sahen, dass der Dieb das kürzere Ende gezogen hatte, begannen sie mit ihren Schnäbeln auf ihn einzuhacken; bis er bewegungslos in einer Lache Blut liegen blieb.

Lockwood hatte vermutlich Recht, als er dachte, es war ein Akt der Gnade, den Dieb zu töten.

An diesem Morgen aß er reichlich; zum ersten Mal seit 138 Tagen so viel er wollte. Als er aufgegessen hatte, war es das erste Mal, dass er keinen Hunger, beziehungsweise keine Angst vor Hunger mehr verspürte. Er fühlte sich wie im Himmel, von dem er stets geträumt, aber den er nie zu sehen erwartet hatte.

Am nächsten Tag wurde die Wolkendecke dicker, der Wind frischte auf, und um Mitternacht versuchte ein Blizzard, das *behouden huis* vom Antlitz der Erde zu vertilgen. Lockwood kümmerte sich nicht darum. Er schlief, träumte von gegrillten, und marinierten Steaks, englisch, medium und durchgebraten, und schätzte sich glücklich: Nicht vielen Menschen werden ihre Träume wahr.

Nach 24 Stunden war die Macht des Schneesturms gebrochen, am 30. Juli vormittags war der Himmel wieder wolkenlos.

Während des Sturms hatten sich die Kaiserpinguine zu einer dichten Traube zusammengestellt, nun zerstreuten sie sich wieder, bezogen wie Wächter Position am Strand und schauten auf das Meereis hinaus; sie warteten auf die Rückkehr ihrer Partnerinnen. Doch was nun kam, war für Lockwood ein sehr viel größeres Spektakel als nur das Erscheinen neuer Pinguine.

Es war 11.50 Uhr. Seit zehn Minuten bereits starrte Lockwood auf den nördlichen Horizont. Dieses Mal, sagte er sich, war es keine Einbildung; dieses Mal war die Dunkelheit weniger absolut. Und plötzlich stieg am Horizont ein perlmuttfarbenes Band empor, das bald von rosafarbenen Flecken durchsetzt war. Das Rosa wurde intensiver, brach sich auf der Eisfläche, und unvermittelt rollten zinnoberrote und goldene Strahlen wie die Speichen eines Riesenrads über den dunklen Himmel. Dann passierte es, das Wunder, das die meisten von uns als gegeben ansehen, worauf Lockwood jedoch 72 Tage warten musste.

Die Sonne ging auf.

Nur ihr oberster Rand wurde an diesem Tage sichtbar. Das Licht bewirkte keine Schatten, spendete keine Wärme, und nach fünf Minuten war es wieder verschwunden. Doch für Lockwood bedeutete diese Wiederkehr die Ankündigung des Lebens.

Noch lange nachdem der letzte Schimmer vergangen war, stand er vor dem *behouden huis* und starrte auf den Punkt, wo sie aufgegangen und dann wieder verschwunden war. Er fühlte sich wie ein Kind der Wüste, das zum ersten Mal einen Fluss sieht … Einer der trockensten Flecken der Welt ist die Karakorum-Wüste. Sehr selten, vielleicht nur zwei oder drei Mal in ihrem Leben, besuchen die Nomaden des Karakorums den einzigen Fluss, der durch ihre Wüste fließt, den Amu Darya, die Lebensader, die Allah ihnen schenkte. Da stehen sie dann und schauen auf den Amu Darya, nicht Minuten, nicht Stunden, sondern Tage, schauen auf den Anfang und das Ende allen Lebens, auf den Fluss, ohne den sie nicht existieren würden. Genauso dachte Lockwood über die Sonne. Als sie nicht da war, war die Welt tot und er ein Sterbender; nun war sie zurückgekehrt; die Welt, und er mit ihr, war neu geboren; wie durch ein Wunder auferstanden von den Toten.

Wäre er an diesem Tag mit den Freunden seines Sonderkommandos zusammen im Lager gewesen, hätten sie vor lauter Freude Luftsprünge gemacht, hätten sich benommen wie Verrückte, hätten getanzt wie eine Sekte von Sonnenanbetern, hätten sich mit Schneebällen beworfen, und Ede hätte eine Extraportion Rum ausgegeben und sie in ihrem Freudentaumel gewähren lassen. Doch er war allein, hatte niemanden, dem er seine Freude mitteilen konnte.

Die Kälte an diesem Abend war bitter, doch als er im *be-*

houden huis hin und her lief, spürte er sie kaum; er war eingebettet in die Wärme seiner Gedanken. Vor einer Woche noch hatte er die Hoffnung schon fast aufgegeben. Jetzt wendete sich das Blatt. Nun habe ich zu essen, dachte er, und bald auch Wärme. Jeden Tag steigt die Sonne etwas höher, scheint täglich etwas heller. Bald werden die Gegenstände Schatten werfen, die Wärme wird das Eis schmelzen, und mit der Schmelze kommen Algen und Flechten, und mit den Algen und Flechten Krill und Plankton, und mit Krill und Plankton Fische, Vögel und Säugetiere; und das Leben wird zurückkehren in eine Welt, die tot war; wenn ich geduldig und vorsichtig bin, und Glück habe, werde ich überleben; und eines Tages, so Gott will, werde ich gerettet.

Als ob er daran erinnert werden sollte, dass Rettung noch in weiter Ferne lag, wurde das Wetter an diesem Abend wieder schlechter.

Bevor er sich schlafen legte, wollte er noch einmal nach den Pinguinen sehen. Es ging nicht ein Hauch von Wind, so als ob die Nacht den Atem anhielte; der Mond hatte einen riesengroßen Hof. Er kannte diese Zeichen. Sie deuteten auf Sturm hin.

Die Pinguine wussten es auch. An ihrem Nistplatz war es still geworden, und noch während Lockwood zuschaute, bildeten sie mit dem Rücken zum Wind und im Schulterschluss eine geschlossene Formation, einen Schild, in den sich jedes Tier einreihte. Die Stärkeren und Erfahreneren im Zentrum, die Schwächeren und die, die zu spät kamen, außen und am Rand.

Wind kam auf. Schneegestöber flogen über das Eis, die Pinguine verhakten ihre Flügel ineinander, zogen die Köpfe ein und warteten. Diese Schlacht schlugen sie und ihre Vorfahren bereits seit hunderttausend Jahren, eine Schlacht, die keiner von ihnen allein überleben könnte, doch zusammen würden sie es schaffen. Der Blizzard kam mit einer Macht, die Eisen und Stahl zerbricht; mit einer Kälte, die Quecksilber gefrieren lässt; der Wind fiel nie unter 70 Knoten und maß in Spitzen 120. Wie ein Mahlstrom rumorte der Schneesturm durch die dunkle Welt.

Sie warteten; die Pinguine in ihrer Formation, Lockwood im *behouden huis*.

Es deutete kein Zeichen auf ein Ende hin. Tagelang brüllte der Sturm und ließ nicht locker. Er knallte gegen die steinernen Wände seiner Hütte, mal von der einen Seite, mal von der anderen. Wie Schrapnellgeschosse bohrten sich Eiskristalle durch die Ritzen und Spalten. Sämtliche Abdichtungen wurden herausgerissen, und 36 Stunden lang konnte Lockwood nicht schlafen, weil er ununterbrochen daran arbeiten musste, die Ritzen wieder zu verstopfen. Hätte er das nicht getan, wäre er von den eindringenden Schneemassen erdrückt worden. Zwei Aspekte halfen ihm bei seinem Kampf: Er fühlte sich nicht mehr alleine, denn seine Freunde, die Pinguine, kämpften gegen denselben Feind; und er brauchte sich keine Sorgen um Nahrung und Brennstoff zu machen. Fett und Fleisch waren im ausreichenden Maße vorhanden. Wann immer es die Umstände erlaubten, zündete er seinen Ofen an und kochte sich eine Mahlzeit, von der er monatelang nur geträumt hatte. Nach fünf Tagen endete der Sturm so plötzlich, wie er begonnen hatte.

Kurz vor Mitternacht, die Wolken hingen tief, und es schneite unaufhörlich, war er noch mit 50 Knoten über die Eisflächen gebraust. Wenige Minuten danach flaute er auf eine leichte Brise ab. Die letzen Wolkenreste verschwanden hinter dem Horizont und auf einmal blickte der Mond auf eine völlig neue Welt.

Dies war der schlimmste Sturm, den Lockwood in diesem Winter zu überstehen gehabt hatte. Er glaubte nicht daran, dass irgendeine Kreatur dies im Freien überlebt haben konnte. Er ging zum Strand in der Annahme, dort einen Haufen erfrorener Körper vorzufinden.

Doch die Pinguine lebten, gerade brachen sie ihre feste Formation auf.

Während des Schneesturms waren die Vögel still gewesen, aber nun, wie um ihr Überleben zu feiern, krähten sie und schrien ihre »Kra-a-as« und »Aa-acks« hinaus, und es klang wie ein tausendfaches Dankeschön-Gebet. Einige, besonders die, die am Rand gestanden hatten, waren so vollgepackt mit Schnee und Eis, dass es aussah, als würden sie tatsächlich aus Schnee und Eis bestehen. Doch dieses Problem war leicht zu lösen. Sie rollten sich so lange auf dem Boden, bis das Eis an ihnen brach, dann hoben und streckten sie ihre Flügel, schüttelten ihre Federn und begannen, sich zu putzen. Sobald sie sich überzeugt hatten, dass alles mit ihnen in Ordnung war, verteilten sie sich wieder über den Strand und nahmen ihre Wächter-Position ein. Einige allerdings blieben wo sie waren. Sie schienen sich nicht bewegen zu wollen. Als Lockwood näher kam, sah er den Grund dafür.

Während des Blizzards waren die ersten Küken geschlüpft. Anstelle von Eiern hielten jetzt etwa zwei Dutzend Pinguine kleine graue Daunenbündel mit hungrigen Schnäbeln zwischen ihren Zehen.

Wie es schien, hatten die Neugeborenen ein Problem, sie hatten nichts zu essen … unter normalen Umständen wären zum Zeitpunkt, da die Küken schlüpften, ihre Mütter, fett und vollgefressen vom offenen Meer zurückgekehrt und würden sie mit vorverdautem Fisch füttern. Die Weibchen dieses speziellen Nistplatzes hatten jedoch keine Ahnung, wo sich die Männchen mit dem Nachwuchs befanden. Lockwood schien es, als hätten die Neugeborenen wenig Chancen, ohne Futter zu überleben. Als die Tage vergingen und immer mehr Küken schlüpften, bekam Lockwood

Angst. Von den Müttern war nach wie vor keine Spur zu sehen. Es machte ihn traurig, dass die Kaiserpinguine den Schneesturm und alles, was die Antarktis sonst auf sie geworfen hatte, überlebt haben sollten, nur um zu sehen, wie ihr Nachwuchs kurz nach der Geburt verhungerte. Aber was konnte er dagegen tun?

Eine Sache gab es, wovon er noch etwas hatte: Milchpulver.

Die meisten Leute würden – sehr vernünftig – gedacht haben, Lockwood sei verrückt geworden: Pinguin-Küken mit seiner letzten Milch zu füttern. Das war doch schlichtweg zum Lachen. Doch zu dieser Zeit dachte er bereits, er sei nicht nur ein Teil der Antarktis selbst, sondern auch ein Teil des immer wiederkehrenden Wunders ihrer Auferstehung; er sagte sich, er könne nicht einfach nur dasitzen und zuschauen, wie seine Freunde starben. Er musste etwas tun. Er mischte Milchpulver mit Schnee, erwärmte es auf Körpertemperatur, tat es in seine Thermosflasche und zog los.

Die Pinguine waren nicht begeistert. Sobald sich Lockwood näherte, brachten sie ihre Küken in Sicherheit, zogen ihre Köpfe ein und zischten ihn wütend an. Erst versuchte er, sie mit freundlichen Kra-a-a-Rufen zu beruhigen, dann riskierte er, sich eines der Küken zu greifen – und bekam dafür jede Menge Schnabelhiebe. Und dann verschüttete er auch noch die Milch.

Mit einer neuen versuchte er es noch mal. Er entdeckte einen Pinguin, von dem er glaubte, dass er ihn mehr neugierig als feindselig beäugte, und setzte sich neben ihn. Der Pinguin schaute ihn argwöhnisch an. Nach zehn Minuten, als er glaubte, Lockwood sei nur ein harmloser Spinner, verlor er das Interesse und begann an seinem Küken herumzuknabbern.

Das Küken war etwa 15 Zentimeter groß und hatte weiß umrandete Augen, die es weise aussehen ließen, fast wie eine Eule. Jedes Mal, wenn es den Schnabel öffnete, und das geschah häufig, drangen klagende Laute hervor, die Lockwood in seiner Vermutung bestärkten, dass es am Verhungern war. Er goss die Milch in ein Schälchen und stellte es so nah wie möglich zum Vater hin. Vielleicht, so dachte er, wird ihm sein Geruchssinn sagen, dass dies Nahrung ist. Der Pinguin reagierte enttäuschend. Er musterte das Schälchen, als ob es seinem Küken etwas anhaben könnte, dann schlug er mit seinem Schnabel dagegen. Das metallische Ping bestätigte ihm, dass man dem Ding nicht trauen konnte. Mit seinem Küken zwischen den Zehen zog er sich in den Kreis seiner Artgenossen zurück.

Lockwood gab nicht auf. Es muss doch irgendeinen Weg geben, dachte er, zu ihnen durchzudringen. Er ließ das Schälchen zwischen den Pinguinen stehen, setzte sich auf einen Felsen und wartete. Nichts geschah, außer, dass ihm kalt wurde.

Der Durchbruch kam rein zufällig.

Einer der Pinguin-Väter, der mit seinem Küken zwischen den Zehen vorbei watschelte, stieß gegen die Schale und warf sie um. Die Milch floss in eine kleine Vertiefung im Eis. Da Pinguine ohnehin ständig im Eis herumpicken, tat dies nun auch der Vater – an der Stelle, wo die Milch verschüttet war. Seine Reaktion war drollig zu beobachten. Nach seinem ersten Pick trat der Vater einen Schritt zurück, legte den Kopf schief und beäugte voller Erstaunen das Eis. Er pickte nochmal, und dann nochmal und nochmal, und gab ein aufgeregtes »Ka-kra-kra-a-aak« von sich. Ein anderer Pinguin gesellte sich zu ihm, pickte ebenfalls, bestätigte mit seinem Krähen, dass dies Nahrung war, und bald pickte eine ganze Gruppe so lange in das Eis, bis kein Milchkristall mehr über war. Nun geschah etwas Entscheidendes: Der erste Pinguin, der etwa die Hälfte der verschütteten Milch aufgepickt hatte, würgte die unerwartete Nahrung hervor und begann, sein Küken damit zu füttern. Lockwood freute sich wie ein kleines Kind, dass er eines der Küken offensichtlich gerettet hatte und goß auch noch den Rest der Milch aufs Eis.

Was er zu diesem Zeitpunkt noch nicht wusste, war, dass auch die männlichen Vögel in der Lage sind, ihren Nachwuchs – zumindest für eine Zeit – am Leben zu erhalten. Dies geschieht, indem sie ein proteinhaltiges Drüsensekret hervorwürgen, mit dem sie ihre Jungen füttern. Seine Anstrengung war also praktisch nur eine Zugabe, aber sie half ihm, eine Beziehung zu den Pinguinen aufzubauen ... Die Tiere der Antarktis, die den Menschen als Mitgeschöpf nie wahrgenommen haben, besitzen demzufolge auch keine angeborene Angst vor ihm. Freundschaft mit den Pinguinen zu schließen war für Lockwood viel einfacher als etwa in Afrika mit einer Herde Gnus oder in Südamerika mit einer Schar Nandus auszukommen. Trotzdem musste er noch viele Schnabelhiebe, Kniffe, Püffe und Enttäuschungen einstecken, bis er ein akzeptiertes Mitglied der Nistkolonie wurde. Bald kam die Zeit, als die Pinguine, wenn er wieder mal auf seiner Milchtour war, in Mengen auf ihn zuliefen und ihn begrüßten. Bald konnte er einzelne Tiere von einander unterscheiden; nach einem Blizzard – und das war tatsächlich keine Einbildung – haben sie mal nach ihm gesehen. Und dann, er konnte es kaum glauben, folgten ihm welche in sein *behouden huis;* einer der Pinguin-Väter, der offensichtlich viel Vertrauen zu ihm hatte, ließ es zu, dass er sein Junges streichelte.

In diesem Frühling gab es in der Kolonie fast täglich Streit um Junge, den die Pinguine in der Regel – grausam, wie es scheinen mag – mit ihren scharfen Schnäbeln zu einem tödlichen Ende brachten. Sie versorgten Lockwood also mit Nahrung und Gesellschaft; und die Sonne tat ein drittes: Sie brachte die so langersehnte Wärme.

Genauso, wie er in der dunkelsten Zeit im Winter beim morgendlichen Teekochen und bei seiner abendlichen Mahlzeit ein Ritual gepflegt hatte, beging er nun, wenn das Wetter es zuließ, jeden Morgen den Sonnenaufgang. Er stand vor dem *behouden huis* und wartete darauf, dass der Himmel allmählich heller wurde, auf das Aufleuchten des östlichen Horizonts, auf die roten und goldenen Strahlen und schließlich darauf, dass sich die riesige pulsierende Scheibe der Königin des Himmels aus dem Eis erhob. Anfangs war sie, kaum, dass sie aufgegangen war, gleich wieder verschwunden. Aber nach und nach stieg sie höher, blieb immer länger am Himmel stehen, schien immer ein bisschen heller und gab immer mehr Wärme ab. Es dauerte nicht lange, bis Lockwood die ersten Schatten ausmachen konnte – zuerst den einer Gruppe Pinguine auf dem Eis, dann den seines Nunataks – und eines Mittags, zu schön um wahr zu sein, fühlte er einen Hauch von Wärme auf seinem Gesicht, den Kuss des Lebens, der ihm so lange versagt geblieben war, an den er nicht mehr geglaubt hatte.

Er reckte sein Gesicht der aufgehenden Sonne entgegen und schwor sich: So lange ich lebe, werde ich diesen Anblick nie wieder für gegeben nehmen.

Ende August mehrten sich die Zeichen, dass es Frühling wurde. Auf seinem Weg zum Strand hörte er eines Nachmittags das Tröpfeln von Wasser. Am nördlichst gelegenen Nunatak schmolz das Eis. Schon zweimal hatte es leicht getaut, aber nun kam Bewegung in die Sache: Aus Wasser, Licht und Mineralien entstand nun der Saft des Lebens, der den ungeheueren Kreislauf in Bewegung brachte – Algen, Flechten, Plankton, Krill, Krustentiere, Fische, Vögel, Pinguine, Robben, Wale … Aber dies lag noch in der Zukunft. Das Problem waren seine Dichtungen. Mit der zunehmenden Wärme begann die Mischung aus Eisschotter und Seegras, mit der er die Spalten seines *behouden huis* verstopft hatte, zu schmelzen. Jeden Nachmittag tröpfelte es jetzt aus den Wänden, und das Wasser sammelte sich in Pfützen um sein Zelt.

Eines Abends, als er gerade dabei war, die Pfuhle zu drainieren, fingen die Pinguine an zu singen. Es gab kein anderes Wort dafür: »Te Deum« klang es über die Eisfelder und echote von den Felsen zurück. Eine Zeit lang wusste er nicht, was geschah. Dann sah er sie, die Silhouetten der Weibchen, die im letzten Licht der Sonnenstrahlen über das Packeis trippelten.

Von allen Eindrücken, die er von der Antarktis gewonnen hatte, war dies der Stärkste.

Die Sonne war gerade untergegangen, doch ihr Glanz hielt an. Die Gipfel der Felsgrate waren in rosafarbene Schimmer getaucht, kleine Nebelgebilde standen still über dem See-Eis; ihr unterer Teil bereits im Schatten, ihre Kronen durchwirkt von den letzten Sonnenstrahlen. Es war das friedlichste Bild, das man sich vorstellen konnte. Nur die Pinguine waren unruhig. Alle starrten sie hinaus in Richtung Meer, zitterten vor Aufregung und sangen ihr »Te Deum«.

Gegen den orangefarbenen Himmel sah Lockwood zwei Gruppen kleiner schwarzer Flecken: zehn hier, zwölf dort. Als sie näher kamen, erkannte er in ihnen Pinguine: glänzende gut genährte Weibchen, die auf den Nistplatz zuwatschelten, sich dann auf den Bauch warfen und wie auf einer Rutschbahn dahinschlitterten. Sie gaben keinen Laut von sich, bis sie zu der Grenze kamen, wo See- und Landeis aufeinander stießen. Aber als sie da hinaufsprangen, leicht wie Federn, fingen auch sie zu singen an. Und dann erkannten sie sich. Jeder seinen Partner. Freudig watschelten sie sich entgegen.

Sie erkannten sich an ihren Stimmen, nicht an ihrem Aussehen.

Jeder Betrachter würde vermutlich denken, dass, wenn so viele Pinguine sich die Seele aus dem Leib schreien, individuelle Töne nicht zu unterscheiden sind. Weit gefehlt. Auf dem Strand fanden die freudigsten Wiedersehensszenen statt. In dem Augenblick, da sich zwei erkannten, stürzten sie aufeinander zu. Einen Meter voreinander blieben sie stehen, warfen ihre Köpfe in die Nacken und sangen ihr Liebeslied; dann begannen sie, sich gegenseitig zu beschnäbeln, berührten einander mit den Flügeln und liebkosten sich auf die zärtlichste Weise. Nach dieser Begrüßung zeigten die Männer ihren Frauen den Nachwuchs. Wieder ging ein Liebessummen durch die Gruppen; schmachtend sangen die Weibchen ihre Küken an, liebkosten sie und forderten sie auf, sich zwischen ihre Füße zu setzen. Dann würgten sie vorverdauten Fisch hervor und fütterten ihre Brut. Lockwood kamen die Tränen, als er sah, wie rührend sich die Weibchen um ihre Küken kümmerten und stolz und glücklich waren, ihr Überleben gesichert zu haben.

Bald bevölkerten ebenso viele Pinguinweibchen wie Männchen den Strand. Nie dauerte es lange, bis ein Paar sich wiederfand. Doch wer glaubte, die vereinigten Familien würden wenigstens zwei oder drei Tage zusammenbleiben, sah sich getäuscht. So stark der männliche Vaterinstinkt auch war, reichte er doch nicht an den jetzt einsetzenden Überlebenswillen heran. In den letzten Monaten, während der gesamten Brutzeit, hatten die Männchen nicht einen Bissen zu sich genommen, jetzt waren sie am Verhungern. Sobald sie sichergestellt hatten, dass ihre Nachkommen in guter Obhut waren, machten sie sich schleunigst auf den mehrere hundert Meilen weiten Weg nach Norden zu den im offenen Meer gelegenen Fischgründen. Sechs Wochen würde ihre Reise dauern, bis sich die Familien erneut vereinigten.

In den nächsten Monaten lernte Lockwood die Kaiserpinguine sehr genau kennen. Noch waren sie – außer ihm – die einzigen Lebewesen auf dem ganzen Kontinent. Gemeinsam durchlebten sie die Höhen und Tiefen des antarktischen Frühlings: die Kälte, die Schneestürme, die Ruhe, die Einsamkeit, das Mondlicht, die Aurora und die Sonne. Im Verlaufe seines weiteren Aufenthalts würde Lockwood noch viele Freundschaften schließen: mit Vögeln, mit Robben, die anmutiger und vielleicht auch liebenswürdiger als Kaiserpinguine sind. Doch jemandes erste Liebe ist immer etwas ganz Besonderes. So lange er lebte, waren es stets die Kaiserpinguine, die ihm am nächsten standen und von denen er immer wieder träumte.

Mitte September entwickelte sich die Schneeschmelze zu einer regelrechten Flut. Wie die Knochen eines Skeletts wuchsen erst hier, dann da, dann überall Felsen aus dem Eis. Das Wasser floss wie aus Sturzbächen über die Nordseiten der Nunataks, Lockwoods *behouden huis* verwandelte sich in ein Wasserschloss.

Der Winter war dem Frühling endgültig gewichen.

Bald wird die Migration einsetzen, dachte er: Erst kommen sie tröpfchenweise, dann kommen sie in Scharen, und schließlich werden Millionen Vögel, Robben und Meeresgetier diese unwirklichste aller Küsten in das belebteste Brutgebiet der Erde verwandeln. Und ganz zum Schluss erst kommt der Mensch.

Er fragte sich, ob die »Scoresby« immer noch nach Überlebenden Ausschau hielte? Oder hatte die Admiralität das Sonderkommando bereits abgeschrieben?

Da, wie es jetzt aussah, Rettung möglich war – obwohl eben auch nur möglich –, gab es Dinge, über die er nachzudenken hatte. Wie konnte er sicherstellen, gesehen zu werden? Nicht dass ein Schiff an der Insel vorbeifährt ohne mich zu sehen, dachte er. Und was sollte er seinen Rettern auf die unausweichliche Frage, was mit den anderen geschehen sei, antworten?

Sein erstes Problem duldete Aufschub. Es würde noch fast drei Monate dauern, bis ein Schiff auch nur in die Nähe der Halbinsel kam. Es war zu früh, um über Sichtzeichen, Leuchtfeuer und Signale nachzudenken, oder gar einen Flaggenmast zu errichten.

Doch je länger er über das zweite Problem nachdachte, desto mehr fürchtete er sich davor. Er wollte nicht, dass seine Retter von seinem Kannibalismus erführen.

Jeder normale Mensch würde an seiner Stelle so gehandelt haben; er hatte nichts getan, dessen er sich schämen musste, er hatte nichts zu verbergen. Hätte er nur jemanden gehabt, mit dem er darüber hätte sprechen können, würde er die Dinge vielleicht anders gesehen haben. Aber er hatte niemanden zum Sprechen. Seit über 150 Tagen war er allein, die meiste Zeit eingehüllt in Dunkelheit, die einzigen Gefährten seine eigenen Gedanken, Selbstprüfung und Schuldgefühl seine Bettgenossen.

Was sollte er also seinen Rettern sagen?

Sein erster Gedanke war, ihnen zu sagen, er sei der einzige Überlebende des Feuerüberfalls auf das Lager gewesen. Doch je länger er darüber nachdachte, desto klarer wurde ihm, dass dies zu Problemen führen könnte. Wenn zum Beispiel eine Expedition nach dem Krieg den Lagerplatz aufsuchen würde, die Leichen ausgrub, um sie ordentlich zu bestatten, und die von Ramsden und Ede wären nicht dabei. Oder angenommen, man würde Edes Überreste auf der Spitze der Halbinsel finden; warum, würden ihn die Leute fragen, habe er gesagt, er sei im Lager gestorben, und weshalb war nur noch sein Skelett übrig? Seine Retter würden freundlich und zuvorkommend sein, aber sie würden auch die Wahrheit wissen wollen. Sie würden ihm Fragen stellen, die er nicht beantworten wollte; er sah sich schon sie mit Halbwahrheiten an der Nase herumführen und sich in Lügen verstricken; und dann würde man ihm auf die Schliche kommen, bis er schließlich gezwungen wäre zuzugeben: »Ich habe ihn aufgegessen.« In einem Albtraum-Szenario stellte er sich vor, wie sie ihn anschauen würden; mit Mitleid, aber bestimmt nur diese Art von Mitleid, die man mit einem Unberührbaren hat.

Ich muss mir sehr sorgfältig überlegen, was ich ihnen sage.

Am Ende entschloss er sich, so nah wie möglich bei der Wahrheit zu bleiben. Er würde sagen, er, Ramsden und Ede hätten die Zerstörung des Lagers überlebt und sich zur Spitze der Halbinsel aufgemacht. Mit Ramsden gab es kein Problem; hier würde er die Wahrheit sagen: der Obermaat sei in eine Gletscherspalte gefallen und gestorben. Über Ede würde er sagen, er sei schwer verwundet gewesen und unterwegs gestorben – niemand würde von ihm erwarten, sich zu erinnern, wo genau das war. Und solange er sich an diese Geschichte hielt, sah er nicht ein, weshalb sie bezweifelt werden sollte – vorausgesetzt, er konnte sich der Überreste des Alten entledigen.

Ich muss einen sicheren Ort finden, sagte er sich, wo ich ihn begrabe. Als Erstes dachte er daran, ihn mit Steinen beschwert ins Meer zu versenken. Doch er erinnerte sich, dass Stürme selbst größere Objekte vom Meeresgrund losreißen, und Strömungen sie über Hunderte wenn nicht gar Tausende von Meilen mit sich ziehen können. Aber der Gedanke, dass ein Skelett womöglich an die Küste Südamerikas geschwemmt wird, war letztlich doch nicht so ausschlaggebend wie die Tatsache, dass das Meereis mindestens noch einen Meter dick war. Edes Körper auf den Meeresgrund zu schaffen und ihn dort festzumachen war schwierig; wenn nicht gar unmöglich. Besser wäre es, ihn unter den Felsen der Halbinsel zu begraben.

Es dauerte mehrere Wochen, bis er den optimalen Platz gefunden hatte: eine tiefe Schlucht, weit genug vom *behouden huis* entfernt – wie sollten seine Retter ihn da finden – und zu öde, als dass überhaupt jemand sich dafür interessieren könnte. Er arbeitete lange, bis er am Grund der Schlucht mit Hilfe seiner provisorischen Brechstange ein Grab aufgestemmt hatte. Er legte den Alten hinein, dazu die »streng geheimen Befehle«, die er auch endlich los werden wollte, damit ihm niemals nachzuweisen war, sie gekannt zu haben, schichtete eine meterdicke Schicht Felsen und Steine darüber und überzeugte sich, dass keine Spuren seiner Grabung mehr zu sehen waren. Es tat ihm Leid, einem Mann, den er gemocht und bewundert hatte, einen so verstohlenen letzten Ruheplatz zu geben: ohne das Panorama, das er so geliebt hatte, ohne Kreuz, ohne Inschrift, ohne Blumen. Er hatte nicht mal eine Träne für ihn.

Was bin ich nur für ein Mensch geworden, fragte er sich. Dann ging er von einem Extrem ins andere. Plötzlich erfüllte ihn ein heftiges Verlangen, ein großes Denkmal auf dem Grab zu errichten, darauf ein Kreuz zu stellen, das jeder sehen, und mit einer Inschrift, die jeder lesen konnte. Oh, wenn ich es doch nur tun könnte! Aber dann gäbe es auch nichts zu verheimlichen, keinen Grund für einen Vorwand, keinen für Betrug … doch dies, so sagte er sich, war nicht der Weg, den er gehen würde. Einige Geheimnisse behält man für sich.

Als Ede begraben war, ging gerade die Sonne unter. Was für ein wunderbarer Abend. Die Berge glänzten im letzten Sonnenlicht, die Eisfälle und Gletscher schimmerten wie pures Gold, die Gipfel leuchteten auf wie Feuerkegel gegen einen apfelgrünen Himmel. So, sagte er sich, hat es mal auf der Erde ausgesehen, so sollte es für ewig sein, doch jetzt schien das alles verloren. Nicht zum ersten Mal machte ihm dieser Irrsinn zu schaffen: Bevor der Mensch auf die Antarktis kam, war alles friedlich, schön und ruhig; und jetzt: ein aufgehackter aufgefressener Körper, voller Schuld verscharrt in einem namenlosen Grab.

In dieser Nacht war an Schlaf lange nicht zu denken. Als er dann doch wegnickte, hatte er einen Traum, der ihm zu denken gab. Er träumte, die uranhaltigen Felsbrocken, die in einer Ecke des *behouden huis* aufgestapelt waren, würden plötzlich in Flammen aufgehen. Aber die Flammen brannten nicht wie gewöhnliche Flammen. Sie brannten mit einer Schrecken erregenden Intensität, und was von ihrem Fraß übrig blieb, waren nicht Ascheklumpen, sondern Totenschädel.

Am nächsten Morgen schaffte er die Brocken aus dem *behouden huis* hinaus und legte sie neben den Nunatak. Sein Verhältnis zu ihnen wurde immer problematischer.

Es gab Wichtigeres, worüber er nachdenken musste. Mit dem Kommen des Frühlings stellten sich ein alter und ein neuer Gegner ein.

Sein neuer Gegner war die Feuchtigkeit.

Wochenlang trieben Hagel-, Regen- und Nebelbänke von der See herein. Er fühlte sich wie gefangen in einer eisgekühlten Sauna. Jeden Nachmittag verwandelte die Schmelze die Wände des *behouden huis* in einen Wasserfall. Es war unmöglich, irgendetwas trocken zu halten. Alles, was er besaß – sein Zelt, sein Schlafsack, seine Kleidung – waren entweder von Eis überzogen oder patschnass. In Bezug auf seine körperliche Bequemlichkeit gab der Frühling dem Winter in nichts nach. Bald war er wieder krank, hustete entsetzlich und hatte wieder die Symptome seines alten Widersachers: Skorbut.

Der Skorbut lastete schwer auf ihm. Einer der Nebeneffekte dieser Krankheit sind Depressionen. Besonders, wenn wieder einmal die Sonne sich tagelang hinter dicken Regenwolken versteckt hielt, wollte Lockwood aufgeben, die Augen schließen und hoffen, sie nie wieder öffnen zu müssen. An solchen Tagen, wenn er das *behouden huis* nicht verlassen konnte, sehnte er sich am allermeisten nach Gesellschaft. Eines Nachmittags fand er eine.

Gerade wieder verstopfte er Lücken in den Wänden, die das Schmelzwasser ausgespült hatte, als er etwas sah, das sich bewegte. Er hielt die Fackel darüber, da sah er ein kleines Insekt, kaum größer als zwei Millimeter. Es hatte einen fast durchsichtigen Körper, keine Flügel, dünne Beine und einen winzig kleinen Kopf wie der einer Stecknadel. Langsam krabbelte es über einen Stein aus Granit. Lockwood hielt es für einen Vorboten des Sommers (ein Biologe hätte ihm erklärt, dass solche Tiere in einem Mikroklima existieren, das mit dem, was wir gemeinhin ›Wetter‹ nennen, wenig zu tun hat). Damit er das Insekt nicht aus den Augen verlor, nahm er den Stein, auf dem es saß, mit in sein Zelt und verbrachte den Rest des Nachmittags damit, es zu beobachten, wie es unaufhörlich hin und her krabbelte.

»Wonach suchst du denn?«, fragte er es. »Wonach suchst du nur?«

Erst sein Singsang alarmierte ihn. Was, um Gottes willen mache ich eigentlich, fragte er sich, mit einem flügellosen Insekt zu reden? Wieso habe ich es überhaupt mit ins Zelt gebracht. Wahrscheinlich will es nichts weiter als zurück in sein Seegras. Er stellte den Felsen wieder an die Stelle, woher er ihn genommen hatte.

Trotzdem ging ihm das Insekt nicht aus dem Sinn. Mehrere Male schaute er an diesem Abend nach, wie es ihm ging, und bevor er einschlief, wollte er noch mal gute Nacht sagen. Es saß immer noch auf demselben Stein, aber es bewegte sich nicht, so als ob es schliefe. Er hoffte, dass alles in Ordnung war. In dieser Nacht träumte er, das Insekt wäre sein Freund geworden. Jeden Morgen kam es aus der Mauer heraus, um ihn zu begrüßen. Er brachte ihm bei, auf seine Hand zu klettern. Im Traum vergaß er, dass es keine Flügel hatte; stolz beobachtete er, wie es von Stein zu Stein schwirrte, im *behouden huis* seine Kreise zog und sich Kopf nach unten auf die Decke setzte. Als er am Morgen nach ihm sehen wollte, war es verschwunden.

Auf Händen und Knien kroch er herum, leuchtete mit seiner Fackel in jede Spalte.

»Wo bist du nur?«, murmelte er. »Geht's dir gut?«

Schließlich fand er es, auf seinem Rücken, tot.

Er wusste nicht, weshalb es gestorben war, aber er fühlte sich dafür verantwortlich.

»Armes kleines Kerlchen«, flüsterte er, »du würdest noch leben, wenn ich dich in Ruhe gelassen hätte, nicht wahr?«

Drei Wochen vergingen, bevor er weitere Insekten entdeckte.

Mit der Schmelze hatten sich um seinen Nunatak mehrere Tümpel gebildet, und mit jedem Tag, an dem die Sonne an Kraft gewann, entdeckte er am Rand der Tümpel Steine, die mit Algen überzogen waren. Gute Aussichten für Lockwood: Um möglicherweise seinen Skorbut loszuwerden, kratzte er die Algen ab und bereitete sich daraus einen Trank. Eines Nachmittags, als er wieder einen Stein abschaben wollte, endeckte er auf dessen Unterseite Massen von mikroskopisch kleinen Tierchen. Zuerst dachte er, es wären kleine schwarze Käfer, doch als er sie näher betrachtete, erkannte er in ihnen achtbeinige Milben, primitive Verwandte von Spinnen. Vorsichtig legte er den Stein zurück, er wollte die Milben nicht stören, aber er beobachtete sie noch den ganzen restlichen Tag und versuchte, leider vergeblich, den Grund für ihr ständiges Hin- und Hergeflitze zu erfahren.

Wenige Tage später machte er eine noch viel interessantere Entdeckung.

Einer der Tümpel zu Füßen seines Nunatak war, abgeschirmt vom Wind, ein besonders ruhiger Ort, der zudem die volle Sonne abbekam. Leise murmelnd floss das Schmelzwasser in ihn hinein. Hier hatte er die ersten Algen und Flechten entdeckt; als er nun daran vorbeiging, um seine Freunde in der Nistkolonie zu besuchen, sah er, dass das Wasser nicht wie gewöhnlich kristallklar, sondern von rosafarbenen Schlieren durchzogen war. Als er es genauer untersuchte, sah er darin unzählige Kleinstlebewesen, eine ganze Kolonie winzigster Garnelen. Mit ihren kammartigen Beinen schabten sie die Algen von den Steinen und fraßen sie auf. Er schaute ihnen zu, bis es dunkel wurde und fragte sich, ob sie die Vorhut der Tiermassen wären, die bald die Antarktis bevölkern würden.

Zu dieser Zeit konnte er es sich einfach nicht vorstellen, weshalb so viele Vögel und Säugetiere jeden Sommer in so großen Massen zur Antarktis drängen, um an den unwirtlichsten Küsten der Welt zu brüten. Aber so war es nun mal. Das war eben das Wunder. Erst einige Jahre später, als er längst wieder in England war, begann er sich für die Fragen des Wer, Wo und Warum dieser gewaltigen Explosion von Leben zu interessieren.

Die Voraussetzung für ein Leben auf der Erde sind Wasser, Licht und Nährstoffe. Die tropischen Meere, von denen man oft glaubt, sie seien die Wiege allen Lebens, sind häufig arm an Mineralien; sie sind die Wüsten unter den Meeren. Die arktischen und antarktischen Seegräben hingegen sind reich an Mineralien; in verschiedenen Teilen dieser Meere wirbeln Wind, Wellen und Strömungen die Nährstoffe vom Meeresgrund auf und transportieren sie zur Wasseroberfläche. Nirgendwo auf der Welt gibt es heftigere Stürme, steilere Wellen und stärkere Strömungen als in der Nähe der antarktischen Halbinsel. Daher ist das Oberflächenwasser, das die Halbinsel umgibt, ganz besonders nährstoffhaltig. Im Winter sind diese Mineralien eingeschlossen im Eis, doch im Frühling, wenn es schmilzt, werden die Wasser der Antarktis lebendig. Sie ändern ihre Farbe und Dichte. Im warmen Sonnenlicht verwandeln sich die Mineralien durch Photosynthese in die artenreichste Erntefrucht der Erde: Plankton. Zuerst entsteht das pflanzliche Phytoplankton – Milliarden einzelliger Kieselalgen. Einzeln sind sie mit dem bloßen Auge nicht zu erkennen, aber zusammen bilden sie riesige Matten eines grünbraunen Schaums, die hierhin und dorthin treiben (der griechische Name Plankton bedeutet ziellos dahintreibende Schwebewelt). Diese Matten bedecken oft Hunderte von Quadratkilometern und zeigen sich auf Satellitenbildern ebenso klar und deutlich wie die glitzernden Eiskappen.

Von diesem pflanzlichen Phytoplankton ernährt sich das tierische Zooplankton: Milliarden winziger Pflanzenfresser, die die Schaumteppiche abweiden. Die Mehrheit ihrer Einzelwesen sind viel kleiner als ein Reiskorn, und so zahlreich wie der Sand in der Wüste. Nimmt man die Summe aller Landtiere einer jeglichen Art – alle Insekten, Wirbeltiere, Säugetiere und dazu noch alle Fische –, wäre ihre Anzahl geringer als die Zahl der Ruderfußkrebse (dem kleinsten aller Pflanzenfresser) die sich von diesem Phytoplankton ernähren. Während einer Sekunde Sonnenschein werden Millionen geboren. Wenn ein Wal sein riesiges Maul öffnet, werden Zigtausende verschlungen. Sie unterliegen dem ständigen Gesetz von Fressen und gefressen werden. Und, was noch wichtiger ist: Für alle Tiere, die jedes Jahr aus allen Himmelsrichtungen der Antarktis zustreben, sind sie als Futter stets verfügbar. Das wunderbare am Plankton ist, dass es nie aufhört zu existieren, dass es weder auf Wind oder Regen noch auf ein komplexes Fortpflanzungssystem angewiesen ist. Es entsteht jedes Jahr einfach nur durch das Licht der Sonne. Hauptsächlich, weil diese Nahrungskette so verlässlich ist, dient es einer so großen Anzahl von Tieren als Futter – etwa 40 Prozent aller auf der Erde existierenden Lebewesen ernähren sich von Plankton.

Von seinem Aussichtspunkt auf der Spitze der Halbinsel hatte Lockwood einen großartigen Überblick auf dieses beeindruckende Schauspiel des Lebens. An einem Strand, den er vom *behouden huis* leicht erreichen konnte, hatte sich eine Kolonie von 100 000 Ohrenrobben niedergelassen, nebenan brüteten 250 000 Adeliepinguine; auf einer Klippe nisteten 10 000 Dominikaner-Möwen, auf der anderen 100 000 Seesturmschwalben. Es war der ungeheure Reichtum, der ihn so maßlos erstaunte. Ein Biologe soll einmal gesagt haben, dass es in den Gewässern um die Antarktis mehr Tiere gibt als Sandkörner in der Sahara. Kein anderer Ort der Erde weist ein so reichhaltiges, pulsierendes Leben auf.

Als Erstes kamen die Vögel, um über diesem Reichtum niederzugehen. Eines Nachmittags gegen Ende September versuchte Lockwood während einer Schönwetterperiode seinen Schlafsack zu trocknen, als etwas – ein vorübergleitender Schatten oder ein Flügelschlag – ihn aufblicken ließ. Da waren sie, die schönsten aller antarktischen Vögel: ein Paar Eissturmvögel, die flach über das Packeis direkt auf ihn zuhielten. Er konnte sie genau sehen, als sie über das *behouden huis* flogen: schwarze Augen, schwarzer Schnabel, schwarze Füße, ansonsten reinstes Weiß. Kaum waren sie aufgetaucht, waren sie auch schon wieder verschwunden. Er lief um seinen Nunatak herum, um zu sehen, wo sie landeten, aber da waren sie bereits außer Sicht. Schade, dachte er; aber es war nicht so schlimm, denn es war nur die Vorhut von Unzähligen, die noch folgen sollten, um auf der Halbinsel zu nisten.

In dieser Nacht träumte er, dass er einer von ihnen wäre und sie zusammen, mal unter dem Mondlicht, mal unter der Sonne, tief über das Meer flogen, ins vor Fischen wimmelnde Wasser eintauchten, in die Höhlen am Fuße der Eisberge hinein und wieder hinaussegelten … und an seiner Seite immer die Partnerin, nach der er sich so sehnte.

Einige Tage später stellten sich ganze Bataillone von Vögeln ein. Er war gerade auf dem Weg in die Nistkolonie der Kaiserpinguine, als er hoch oben in den Klippen eine Bewegung sah. Was war da los? Es dauerte einige Zeit, bis er sie sah: ein Dutzend Eisvögel, hübsche Wesen mit schokoladebraunen Flügeln und getöntem Bauch. Immer paarweise räumten sie mit ihren Schnäbeln und den Zehen den losen Schnee von den Simsen, und bereiteten ihr Nest für ihr Gelege vor. Wieder träumte Lockwood davon, einer von ihnen zu sein, und mit seiner Partnerin zusammen ein Nest für ihr Küken zu bauen.

In den nächsten 48 Stunden kamen nur wenige Vögel an, Lockwood wusste weshalb. Es stand eine Wetteränderung bevor; bald peitschte wieder ein ausgewachsener Sturm mit Regen und Winden von 100 Knoten Geschwindigkeit über die Halbinsel und schleuderte haufenweise Eisschotter auf den Strand und hoch hinauf bis zu den Klippen. Er hoffte, dass die Sturmvögel ein gut geschütztes Gesims gefunden hatten. Zwei Tage dauerte das Inferno, dann endete es so abrupt wie es begonnen hatte. Die Nacht zum 2. Oktober war friedlich und still.

Aus irgendeinem Grund konnte er nicht schlafen. Er hatte leichte, aber permanente Kopfschmerzen und das Gefühl, dass irgendetwas passieren würde. Plötzlich kam ihm wie aus heiterem Himmel ein seltsamer Gedanke: Es wird doch wohl kein Erdbeben sein? Die Halbinsel lag, wie er von den Geologen des Sonderkommandos erfahren hatte, auf einer tektonischen Linie, einige der vorgelagerten Inseln waren aktive Vulkane. Erst um zwei Uhr nachts schlief er ein.

Genau zu diesem Zeitpunkt geschah es. Zuerst das Geräusch, als ob ein Zug schnell durch einen Tunnel fährt.

Dann das Zittern, als ob die Erde aus Gelée bestünde. Mein Gott, dachte er, es ist ein Erdbeben! Wie in einem Alptraum, zu schrecklich um wahr zu sein, sah er seinen Nunatak über dem *behouden huis* zusammenbrechen und das *behouden huis* über ihm. So schnell wie nie zuvor sprang er aus seinem Schlafsack und kroch durch den Eingangstunnel ins Freie. Auf einmal merkte er, dass es nicht die Erde war, die bebte, sondern der Himmel. »Was um Gottes willen passiert da?«

Vor dem *behouden huis* herrschte ein so ohrenbetäubender Lärm, dass er dachte, das Trommelfell würde ihm platzen. Es war nur noch ein kleines Stückchen Himmel zu sehen, da, wo der Mond knapp über dem Horizont schwebte. Der Rest war verhangen von einem riesigen, wabernden lebendigen Teppich aus Vögeln. Vielleicht 50 000.

Wochenlang hatten sich die Sturmvögel auf den Inseln Feuerlands, der untersten Spitze Südamerikas gesammelt und gutes Wetter abgewartet. Sobald das Sturmtief, das Lockwood in seinem *behouden huis* festgenagelt hatte, in das Wedellmeer abgedreht war, flogen sie los zu ihrem Ursprungsort der Wanderung. Um den stärksten Winden zu entgehen, nahmen sie den Umweg über die Drakepassage; als sie sich dann der Küste der Antarktis näherten, schraubten sie sich zu einem mächtigen Gebilde auf, das aussah wie eine umgedrehte Wasserhose, oben dünn, unten ausladend, um nach den ihnen bekannten Umrissen ihres Nistplatzes zu suchen. Mehrere Minuten lang kreisten sie hoch oben in der Luft, bis sie die Felsen hinter Lockwoods Nunatak erblickten; dann brach die Wasserhose in sich zusammen: Die Vögel schossen in Massen zur Erde hernieder. Das Geräusch ihres Abstiegs kam dem eines riesigen Wasserfalls gleich, das Getöse der Landung jedoch war ein Orkan: ein ohrenbetäubendes Flügelschlagen von 50 000 Sturmvögeln, die ihren Himmelssturz abfingen, knapp über dem Boden schwebten, landeten, mit ihren Nachbarn um Positionen kämpften, wieder aufflogen und landeten, um nach einem noch unbesetzten Nistplatz in den Klippen zu suchen; seit Generationen waren sie ihr fester Brutplatz.

Es ging zu wie in einem Irrenhaus, aber nach und nach, als immer mehr Vögel ihren Platz gefunden hatten, verebbte der Lärm, der Himmel öffnete sich wieder. Bald kam die Morgendämmerung – jetzt hatte Lockwood Tausende von unmittelbaren Nachbarn.

Während der nächsten Tage kamen weitere Sturmvögel an. Es war, als ob die Halbinsel fest in ihrem Griff war. Sie nahmen die sonnigsten und bestgeschützten Vertiefungen in den verschiedenen Felswänden in Besitz und ließen sich nieder, um zu brüten – dachten sie wenigstens. Es dauerte nicht lange, bis wieder andere daher kamen.

Lockwood war kein Ornithologe, aber bei seinen Bemühungen, seine Gefährten besser kennen zu lernen, standen zwei Tatsachen zu seinen Gunsten. Obwohl sich eine unermesslich große Anzahl an Vögeln auf der Halbinsel niedergelassen hatte, waren es doch nur wenige Arten. In einem mitteleuropäischen Land gibt es normalerweise etwa 200 verschiedene Vogelarten, in der gesamten Antarktis vielleicht 30. Das Vogelleben in der Antarktis ist zwar sehr reichhaltig, aber nicht sehr vielfältig. Der zweite Punkt war, dass die diversen Arten zu unterschiedlichen Zeiten ankamen und an verschiedenen Plätzen nisteten – die Pinguine am Strand, die Sturmvögel, die Eissturmvögel und Seeschwalben in den Klippen, die Möwen und Kormorane im Felsgeröll. Die Vervielfältigung des Lebens, die hier stattfand, war nicht ansatzweise so chaotisch und vom Zufall bestimmt, wie es aussah.

Nach den Eissturmvögeln kamen die Buntfüßigen Sturmschwalben; eines Morgens stellten sie sich Lockwood vor. Über dem Meereis bemerkte er ein Dutzend Vögel, die tief über dem Meereis schwebten, mit Füßen, die unter ihnen baumelten. Das müssen die Vögel sein, sagte er sich, die die Seeleute aus den alten Tagen der großen Segelschiffe »Jesusvögel« nannten, weil es aussah, als ob sie auf dem Wasser liefen (einige Menschen sind der Meinung, dass der englische Gattungsname aller Sturmvogelarten, »Petrel«, von Petrus kommt, weil doch auch dieser versuchte, über das Wasser zu laufen). Allerdings war das Meereis noch nicht geschmolzen, von Wasser keine Spur, die Sturmschwalben zogen sich zu den der Küste vorgelagerten Inseln zurück.

Einige Tage später setzte wieder eine Masseninvasion ein: diesmal waren es 25 000 Fulmare, große, elegante weiß-grau gefärbte Vögel aus der Familie der Eissturmvögel, die jedoch doppelt so groß waren wie diese. Unermüdlich versuchten sie ihre kleineren Verwandten zu ›überreden‹, die besten Nistplätze für sie freizumachen. Lockwood war fasziniert, wie sie dies anstellten. Sein erster Eindruck war, dass die Größeren kämpften und die Schwächeren weichen mussten. Als er genauer hinsah, erkannte er jedoch, dass dies nicht so war. Ein Fulmar schwebte über dem Sims, den er besetzen wollte. Dabei schrie er, warf sich in Pose und drohte; aber er griff nicht an. Wenn der bereits nistende Vogel Angst bekam und flüchtete, wechselte der Sims seinen Besitzer. Wenn er aber einfach nur sitzen blieb, versuchte es der Fulmar an einer anderen Stelle. Es wurde kein Blut vergossen, es gab keine Toten.

Diese Erfahrung machte ihn nachdenklich. Bald würden die Strände der Halbinsel so überbevölkert mit Robben und Pinguinen sein, dass man keinen Fuß mehr auf den Boden setzen konnte, die Felsgesimse so überladen mit Nestern, dass die Vögel buchstäblich auf Federfühlung saßen. Das erste Gebot hieß Raum; und doch kämpften die Tiere dafür nicht bis aufs Blut. Sie schimpften, stritten, drohten und verteidigten, doch niemals töteten sie – es sei denn wegen

Nahrung. Dieses Gesetz bricht nur mein fehlbenannter Artgenosse *Homo sapiens*, dachte Lockwood.

Eines Morgens gegen Ende Oktober, der Wind kam aus dem Osten, hörte er einen fast melodisch anmutenden Gesang. Es klingt, dachte er, als ob neue Pinguine ankommen würden.

Er ging zum Strand, dort wo er im tiefsten Winter den Seestern gefunden hatte; dann sah er sie: etwa 100 gedrungene kleine Körper mit schwarzen Rücken und cremefarbenen Wämsen: Adeliepinguine. Mit von sich gestreckten Flügeln und mit nach oben gereckten Schnäbeln stolzierten sie über die Felsen am Rande des Meereises und – man kann es nicht anders sagen – sangen. Als Lockwood hinlief und sich nur wenige Meter von ihnen entfernt auf einen Felsen setzte, nahmen sie ihn kaum wahr. Stundenlang taten sie nichts anderes als im Kreis herumzustelzen und zu singen. Lockwood, der anfangs interessiert gewesen war, fing an zu frieren und war auch bald gelangweilt. Gerade, als er ins *behouden huis* zurückgehen wollte, nahm die Lautstärke des Gesangs zu, die Pinguine reihten sich am Rande des Meereises auf und starrten auf die See hinaus. Lockwood fand nie heraus, woher sie wussten, dass sich noch weitere Pinguine näherten; nach einer Viertelstunde tauchte am Horizont eine Traube von Figuren auf, die er beim Näherkommen ebenfalls als Adeliepinguine identifizieren konnte. Seite an Seite näherten sie sich in einer Reihe dem Strand. In dem Augenblick, da sie den Gesang ihrer Partner hörten, fingen auch sie zu singen an. Immer schneller bewegten sie sich vorwärts, bis sie zu den Klippen kamen, die das Meereis vom Landeis trennten. Lockwood dachte, es würde sie einige Anstrengung kosten, das Hindernis zu überwinden, doch sie sprangen einfach in die Höhe und setzten wie Lachse über die Klippen. Beim Landen gaben sie einen komischen Ton von sich, dass Lockwood fast erschrak; aber sofort rappelten sie sich wieder auf, liefen hierhin und dorthin, um nach ihren Partnern vom Vorjahr Ausschau zu halten. Wenn sich ein Pärchen dann erkannte, zelebrierten sie dasselbe Ritual wie ihre Verwandten, die Kaiserpinguine: Sie sangen aus vollem Herzen, verbeugten sich, nickten, warfen sich in die Brust und berührten sich mit ihren Flügeln. Als es dunkel wurde und Lockwood zum *behouden huis* hinüberging, trugen die Pinguine, die ihre Partner gefunden hatten, bereits die ersten Steine für ihr Nest zusammen. Die anderen blieben aufgereiht bei den Klippen stehen und schauten voller Hoffnung auf die zugefrorene See.

In den nächsten Tagen besuchte Lockwood ihren Nistplatz mehrere Male. Innerhalb von 24 Stunden war die Zahl der Vögel auf 3000 angewachsen, in 48 Stunden waren es 30 000, innerhalb einer Woche nisteten 300 000 Adeliepinguine in der Kolonie, immer paarweise, immer genau 1,20 Meter voneinander entfernt; nah genug, um sich wirkungsvoll auf Distanz zu halten, weit genug, um sich nicht gegenseitig mit den Schnäbeln zu verletzen. In der Mitte, wo es am sichersten war, brüteten die Alten und Erfahrenen, die rechtzeitig angekommen waren; außen, wo es gefährlicher war, die Jüngeren, wovon einige immer noch nach einem Partner suchten. Ihr Geschrei konnte man fünf Meilen weit hören. Sie stritten sich, sie schimpften und kreischten, doch wieder gab es keine Toten.

In den folgenden Monaten verbrachte Lockwood viel Zeit, die Adeliepinguine zu beobachten. Die Männchen und die Weibchen teilten sich sowohl die Arbeit als auch das Vergnügen. Zusammen suchten sie die Kieselsteine für ihr Nest, wechselten sich beim Brüten ab, fütterten gemeinsam ihre Jungen, schützten sie gemeinsam vor Raubmöwen und vor Seeleoparden, brachten ihnen zusammen das Laufen und das Schwimmen bei und führten sie schließlich gemeinsam aus der Kolonie in die offene See. Aber nie sah er – außer es ging um Kindesraub –, dass ein Pinguin den anderen tötete.

Dies bestärkte ihn in dem Glauben, dass die Tiere der Antarktis klüger waren als die Menschen. Ohne uns, sagte er sich, würde es ihnen besser gehen. Und das wiederum bekräftigte ihn in der Ansicht, dass die uranhaltigen Steine, die vor dem *behouden huis* aufgestapelt waren, für die Tiere der Antarktis große Schwierigkeiten bringen könnten. Denn wenn Uran so wichtig war, würde dieser Fund sicherlich massenweise Menschen zu diesem untersten Ende der Erde locken.

Er sagte sich, es sei albern, über so etwas auch nur nachzudenken. Worauf er sich konzentrieren musste, war seine Rettung.

Mit dem Schmelzen des Meereises schien ihm seine Rettung nicht nur möglich, sondern auch wahrscheinlich.

Irgendwo da draußen, hinter dem Horizont, schmolz das Eis, denn täglich sah er Millionen Vögel, die auf ihrer Suche nach Futter, das sie nur aus dem offenen Meer beziehen konnten, nach Norden flogen. Wie weit das offene Meer entfernt war, wusste er nicht – es konnten 50 Meilen, aber auch 500 Meilen sein –, denn die Ausdehnung des Eisgürtels um die Antarktis unterlag großen jährlichen Schwankungen. Er konnte nur hoffen, dass die Eisschmelze in diesem Jahr bald einsetzen würde. Wenn sie bald käme, würde es noch etwas länger als einen Monat dauern, bis ein Schiff die Spitze der Halbinsel erreichen konnte.

Wie sollte er sicherstellen, dass, wenn ein Schiff käme, es ihn auch sah?

Vor dem ersten Schritt fürchtete er sich tagelang. Er wollte ihn nicht tun, aber schließlich entschied er, sich vom *behouden huis*, das ihm im Winter so gute Dienste geleistet hatte, zu trennen. Der eine Grund war, dass die Schmelze seine Höhle in einen Kanal, in dem immerfort Wasser lief, verwandelte. Sein Zelt war ständig nass, und seine Kleidung, sein Essen und der Ofen niemals trocken. Der andere Grund war, dass das *behouden huis* vom Meer aus nicht zu sehen war; es fügte sich zu glatt in den Nunatak ein. Sein neuer Zeltplatz lag offen da, war sehr viel unbequemer, aber er hatte den Vorteil, dass er von jemandem mit Fernglas aus einer Entfernung von einer halben Meile gesehen werden konnte.

Nachdem er umgezogen war, begann er über ein Notfeuer, einen Flaggenmast, einen Sonnenreflektor und über SOS-Schriftzeichen nachzudenken.

Die Schwierigkeit war, dass er praktisch nichts zu verbrennen hatte und alles, was er aus dem Zelt nach draußen brachte, schnell durchnässt war. Er entschloss sich, in seinem Zelt ein Lager anzulegen, in dem er Kleider, die er nicht unbedingt brauchte, Pinguinfett und ein kleines Gefäß mit Kerosin bereitlegte; wenn ein Schiff kam, würde er das Bündel schnell nach draußen tragen und es entzünden. Auch ein Flaggenmast war nicht einfach herzubekommen. Er baute sich einen aus den Latten seines Schlittens, doch immer, wenn er das krumme Ding aufstellte, blies es der Wind um. Er musste ihn also zumindest so weit fertig stellen, um ihn im letzten Moment aufstellen zu können. Den Sonnenreflektor baute er aus Konservendosen. Er hatte sich ein Dutzend aufbewahrt, ursprünglich, um daraus Angelhaken herzustellen. Nun schrubbte und polierte er die Dosen und klemmte sie in die nach Norden weisenden Spalten eines Nunataks. Wenn die Sonne schien, taten sie ihren Dienst. Das Dumme war nur, dass in diesem Frühling die Sonne nicht allzu häufig schien. Also legte er seine ganze Hoffnung in die SOS-Buchstaben.

Sein erster Gedanke war, ein Schneefeld zu finden, das vom Meer aus einzusehen war, und darauf mit großen Steinen sein SOS zu legen. Doch an jedem nach Norden gerichteten Hang schmolz der Schnee so schnell, dass die weißen Flächen immer kleiner wurden, die grauen Flecken, wo Felsen hervortraten, immer größer. Das hieß, dass ein SOS, das er heute schrieb, nächste Woche bereits unsichtbar sein konnte. Deshalb suchte er nach einem Felsabhang, der nur eine Farbe hatte – zum Beispiel grau wie Granit –, um darauf mit anderen Felsstücken – etwa gelber Sandstein – sein SOS zu formen. Er wusste natürlich, dass das Zeit brauchte; doch Zeit war das Einzige, das er im Überfluss besaß.

Zuerst galt es, einen geeigneten Abhang zu finden, der vom Meer aus gut sichtbar war. Dafür musste er über das Meereis wandern, etwa eine halbe Meile vor die Küste, und sich von dort aus die Spitze der Halbinsel ansehen – wie sie möglicherweise bald von der Mannschaft der »Scoresby« gesehen werden würde.

Sein Ausflug auf das Meereis brachte ihm neue Freunde ein: Es waren Wedell-Robben, Tiere, die nicht zusammengepfercht wie Pinguine am Strand, sondern in kleinen Familienverbänden auf dem Eis lebten. Es waren zwei Weibchen mit ihren Jungen, noch so klein, dass sie wohl erst wenige Tage alt waren. Sie sonnten sich am Rande eines Atemlochs im Eis.

Als er näher kam, dachte er, sie würden ins Wasser tauchen und unter dem Eis davonschwimmen. Doch dies geschah nicht. Ohne Furcht sahen sie ihn an. Er setzte sich, um sie zu beobachten. Lange passierte gar nichts. Die Robben fühlten sich wohl in der Sonne, das genügte ihnen. Doch dann wurde seine Geduld belohnt. Eines der Weibchen schob ihr Junges mit der Schnauze ins Wasserloch und brachte ihm Schwimmen bei. Neugeborene Robben haben, wie neugeborene Menschenkinder auch, eine Affinität zum feuchten Element. Sie gehen im Wasser nicht unter. Was nicht bedeutet, dass sie schwimmen können, das muss ihnen extra beigebracht werden. Als Lockwood dem Unterricht zusah, konnte er die Sanftheit und die Geduld der Robbenmutter nur bewundern. Anfangs war das Junge ein widerwilliger Schüler. Wie ein Kind, das erst Wasser geschluckt hat und danach von einer Welle überspült wird, versuchte das Baby, trockenen Boden unter den Füßen zu gewinnen. Doch die Mutter überredete es mit Lockrufen und Nasenstubsern auszuharren; bis sie sich schließlich beide zusammen im Wasser drehten, Purzelbäume schlugen, miteinander spielten und tauchten, wieder auftauchten, Luft holten, wieder tauchten und mehrere Sekunden unten blieben. Der Unterricht dauerte noch eine halbe Stunde an, und zu keinem Zeitpunkt zeigte die Mutter auch nur das kleinste Anzeichen von Grobheit oder Ungeduld.

Nach einiger Zeit begann Lockwood, sich beobachtet zu fühlen. Er starrte auf das Eis, schaute in den Himmel, als ob von dort Gefahr lauern könnte, aber es sah nicht danach aus. Er sagte sich, er würde fantasieren, doch das Gefühl hielt an, und schließlich hörte er auch einen Laut. Neben den Lockrufen der Mutter und dem schrillen Japsen des Babys drang noch ein anderes Geräusch an sein Ohr, eine Reihe tiefer Töne, so leise, dass man sie kaum hören konnte. Vorsichtig pirschte er sich an den Rand des Atemlochs. Dort sah er ihn, den bewegungslosen Schatten unter dem Eis. Ein Seeleopard? Ein Ork? Es war der Robbenvater, der dort Wache hielt.

Gerne hätte er stundenlang der Familie weiter zugeschaut, doch er ermahnte sich, zu seinen Aufgaben zurückzukehren. Er hatte noch nicht den Hang für sein SOS gefunden.

Im letzten Abendsonnenschein endeckte er schließlich eine leicht geneigte Böschung aus Granit. Sie war zwar etwas weit von seinem Zelt entfernt, aber sonst in jeder Beziehung ideal. Am nächsten Morgen, so nahm er sich vor, würde er das SOS zu bauen beginnen.

Als er zu seinem Zelt zurückkam, waren es nicht die Buchstaben, die ihn beschäftigten, sondern die Robben.

Er fühlte sich zu ihnen hingezogen, als ob er auf eine rätselhafte Art und Weise an sie gebunden wäre, als ob ihr Leben mit dem seinen zusammenhinge. Was war es nur, fragte er sich, was sie ihm so attraktiv erscheinen ließ? Dann fiel es ihm ein: Es war ihre Unschuld. Er konnte auf sie zugehen, ohne dass sie vor ihm wegliefen. Er konnte bei ihnen sein, und sie zeigten keine Furcht. Sie hatten die Unbekümmertheit kleiner Kinder, bevor sie die Welt kennen lernen. Vielleicht, dachte er, war alle Kreatur so, als die Welt noch jung war, bis der Mensch kam. Vielleicht war das der Gedanke, der die Welt zusammenhalten sollte; und nun war die Antarktis der letzte Ort, an dem dies noch so war ... Zum ersten Mal seit sechs Monaten konzentrierte er sich nicht darauf, was er tat. Er kochte Wasser für seinen Abendtee und dachte immer noch daran, was ihn so sehr zu den Robben hinzog. Er wollte den Topf nehmen, bekam ihn aber nicht am Griff, sondern an seinem oberen Rand zu fassen. Er zuckte zurück, fluchte, der Topf fiel vom Brenner, kochendes Wasser ergoss sich über seinen Fuß.

»Scheiße!«

Er sprang auf, hielt sich die Hand, bog die Zehen. Er war verletzt, verängstigt, schockiert und darüber hinaus böse auf sich selbst, dass er so achtlos gewesen war. Jede Verletzung bei seinem Gesundheitszustand war gefährlich. Wie konnte er jetzt den Schaden begrenzen? Er erinnerte sich, dass man verbrannte Hautstellen immer kühl und sauber halten soll. Er musste schleunigst seinen Stiefel ausziehen. Seine verletzte rechte Hand steckte er in den Schnee, mit der anderen versuchte er, die Schuhbänder aufzukriegen. Das war gar nicht so leicht, er wunderte sich, wie ungeschickt er mit seiner Linken war; schließlich schaffte er es und streifte sich den Stiefel ab. Vorsichtig zog er die Socke aus und sah, wie der Innenrist ganz rot und geschwollen war und sich Brandblasen bildeten. Es tat weh. Er steckte den Fuß, genauso wie die Hand, tief in den Schnee und tat sich entsetzlich Leid.

Er erwartete, während der erste Schrecken vorüberging, dass es ihm bald besser gehen würde. Das Gegenteil trat ein, er fühlte sich immer schlechter.

Wenn ein gesunder Mensch einen Schock erleidet, hat er noch eine Kraftreserve, die ihm hilft, sein inneres Gleichgewicht zurückzugewinnen. Diese Reserve hatte Lockwood nicht. Das Trauma seiner Verbrennungen förderte auf einmal jedes einzelne seiner sonstigen Leiden zutage. In seinen Knien und Handgelenken spürte er auf einmal pulsierende dumpfe Schmerzen – das war die Folge von Skorbut. Seine Augen begannen zu brennen – das war die Folge seiner Schneeblindheit. Plötzlich wurde er sich seiner körperlichen Hinfälligkeit bewusst. Er hatte kaum noch die Kraft, seinen Fuß aus dem Schnee zu ziehen. Als er ihn sich ansah, war er entsetzt, wie sehr er verbrannt war – und wie skeletthaft er aussah. Der Fuß hatte praktisch keinen Muskel mehr, nur noch Knochen und rote Flecken auf der Haut, die ständig dunkler wurden.

Es war ihm alles zu viel. Er hatte genug. Er wollte nicht mehr kämpfen. Er wollte die Augen schließen und schlafen; und wenn er dann schlafend in Ohnmacht fiel, und von der Ohnmacht in den Tod, dann wäre es das Beste gewesen, was ihm passieren könnte. Er fiel der Länge nach in den Schnee.

»Erinnere dich an dein Versprechen, das du dem Alten gegeben hast«, flüsterte die Stimme. »Ede ist an einem Ort«, antwortete er, »an dem er auf Versprechen nicht mehr angewiesen ist.«

»Was ist mit den Steinen?«, fuhr die Stimme fort zu flüstern. »Scheiß-Uran«, sagte er, »wir kommen besser ohne es zurecht.«

Er schloss die Augen. Wellen von Kälte und Müdigkeit umfingen ihn, die Schmerzen an der Hand und am Fuß schwappten über ihn hinweg, trugen ihn mit sich fort, bis sie ihn an eine unbekannte Küste spülten, wo er hingestreckt dalag, bewegungslos und gleichgültig. Er hätte sich wohl nie wieder bewegt, wenn da nicht die Vögel gewesen wären.

Einige Minuten war er so im Schnee gelegen, als er ein Flügelschlagen hörte, das immer näher kam und lauter wurde. Er öffnete die Augen und sah sie aus einer Wolkenbank herabtauchen und nieder über sein Zelt streichen: ein Paar von Albatrossen, der Inbegriff aller wildlebenden Eleganz auf der Antarktis. Vielleicht, dachte er, suchen sie nach einem Nistplatz – die Glücklichen. Für mich, sagte er, wird es kein Nest mehr geben, das ich bauen könnte. Keine Jungen, die ich aufziehen werde. Aus einem Grund, den er sich nicht erklären konnte, verspürte er den Drang, über die Welt, die er verlassen wollte, einen letzten Blick zu werfen.

Die Wolken ballten sich zusammen, das Packeis glänzte in den letzten Sonnenstrahlen, als ob es mit Gold überzogen wäre. Entlang des nördlichen Horizonts war der Himmel apfelgrün. Da stand sie plötzlich, sein Traummädchen, am Rand des Tannenwaldes und schaute ihn an. Doch sie sah anders aus: schattenhafter, unwirklicher, und sie hatte auch etwas anderes an: Militärhosen mit Schlag. Sie flehte ihn an, er konnte deutlich hören, was sie sagte: »Bitte, James, geh nicht irgendwohin, wohin ich dir nicht folgen kann.«

Wenn ich sie nur berühren könnte, dachte er. Nur für einen Augenblick. Mühsam erhob er sich, streckte die Hand nach ihr aus, und fiel auf sein Zelt. Schmerzen schossen ihm durch Hand und Fuß – das brachte ihn in die Realität zurück. Willst du wirklich sterben?, fragte er sich.

Er wog das Für und Wider ab, ungeduldig, wie bei einem akademischen Diskurs: auf der einen Seite keine Einsamkeit mehr, keine Schmerzen, keinen Hunger, keine Kälte, keine Feuchtigkeit, keine Sorge mehr um den gebrechlichen Körper – da wäre Frieden. Auf der anderen Seite: Hatte er sich so lange zum Überleben durchgekämpft, nur um auf der Zielgeraden aufzugeben? Und was war mit den Dingen, die er in seinem Leben noch nicht erlebt hatte, die er versäumen würde? Der erste aller Instinkte, der Überlebenstrieb, gewann die Vorherrschaft. Auf allen vieren kroch er in sein Zelt, öffnete den Erste-Hilfe-Kasten und begann, seine Wunden zu versorgen.

Er hielt sich genau nach Anweisung: trank hin und wieder kleine Schlucke Wasser, versuchte die Wunden so trocken wie möglich zu halten und ließ die Luft darum zirkulieren. In den Tagen danach machte er nur leichte Übungen, vermied Anstrengungen. Er hatte große Angst vor Wundbrand, aber er hatte Glück. Einige Tage lang wurden die Wunden nicht schlimmer, dann fingen sie ganz langsam an zu heilen. Er hatte einen ausreichenden Vorrat an Brennstoff und Nahrung in seinem Zelt – Robbentran zum Heizen und Kochen, Pinguinfleisch zum Essen, so war es ihm möglich, seine Bewegungen weitestgehend zu reduzieren. Nach zehn Tagen ging er wieder, humpelte nur noch leicht und konnte seine beiden Hände einigermaßen gut gebrauchen.

Seine Gedanken kehrten zum SOS zurück.

Um näher bei seiner Arbeit zu sein, hätte er wahrscheinlich in jedem Fall zu einem anderen Zeltplatz gewechselt, doch da er nun auf Grund seiner Verletzungen mit dem Gehen vorsichtig sein musste, war der Umzug zwingend. Der Platz, den er ganz in der Nähe seiner Granitböschung, auf die er seine Buchstaben setzen wollte, aussuchte, war weit davon entfernt, optimal zu sein. Er war dem Wind ausgesetzt und nicht besonders eben, aber von hier aus konnte er auf die See hinaussehen. Die Buchstaben selbst würde er aus Sandsteinbrocken bilden, die zu Füßen eines hundert

Meter entfernten Nunataks lagen. Einen Buchstaben pro Woche wollte er bauen.

Die Arbeit war stumpfsinnig und schwer. Jede einzelne Sandsteinplatte musste eigens ausgesucht, in etwa die richtige Größe gebrochen, herangeschleppt und an der richtigen Stelle platziert werden. Die Stücke durften nicht zu groß sein, sonst würde er Schwierigkeiten haben, sie zu transportieren, und nicht zu klein, sonst würde man sie nicht sehen. Seine einzigen Werkzeuge waren die Schneeschaufel und die provisorische Brechstange; und um die Felsplatten an Ort und Stelle zu schaffen, benutzte er den Schlittengurt. Bei gutem Wetter schaffte er ein Dutzend, bei schlechtem Wetter setzte er aus.

Während seiner Arbeit schaute er immer wieder auf das Eis hinunter. Noch sah er keinen Hinweis darauf, dass das Meereis schmolz; aber die Vögel zeigten ihm, dass die Eisgrenze nicht mehr allzu weit sein konnte: Erst spät am Tag flogen sie zu ihren Futtergründen los und kehrten von dort immer früher wieder zurück; ein Anzeichen dafür, dass die zurückzulegende Strecke kürzer wurde. Eines Abends Anfang November bemerkte er entlang des nördlichen Horizonts einen zartblauen Dunstschleier – wie Glockenblumen im Nebel. Er stieg auf einen Nunatak, ließ sich nieder und schaute hinaus. Er hatte das Gefühl, das Blau sei nun deutlicher zu sehen und näher. Aber er war sich nicht sicher. Bis endlich, nach einem besonders warmen Tag, an dem die Sicht ungewöhnlich gut war, er das sah, worauf er sieben Monate gewartet hatte: ein Band von reinem Blau entlang dem Horizont.

Die offene See.

Er machte kein Theater, warf keine Kappe in die Luft, rannte nicht herum, fiel nicht auf die Knie, um Gott zu danken, er blieb einfach nur sitzen, starrte auf das blaue Band und sagte sich: Es reicht ungebrochen bis nach England.

Noch war er nicht gerettet. Vielleicht würde die »Scoresby« niemals kommen. Oder sie würde vorbeifahren, ohne ihn zu sehen. Dennoch fühlte er ein Hochgefühl in sich aufsteigen. Er nahm eine Hand voll Schnee auf und ließ ihn durch seine Finger rinnen. Was hatte gleich wieder in dem Buch seiner Großeltern gestanden? Über die Sonne, den Mond, die Sterne, den Wind über der Heide, und dass das Leben süß war? Jetzt kannte er das Gefühl.

Alles, was er jetzt noch tun musste, war warten.

Während der nächsten paar Wochen begann er seinen Aufenthalt richtiggehend zu genießen. Jeden Morgen überprüfte er seinen Flaggenmast, sein Rettungsfeuer, seine Sonnenreflektoren und sein SOS. Das dauerte nie lange. Dann ließ er sich nieder, genoss zum ersten Mal, seit ihr Lager niedergebrannt worden war, die Wärme, die Fülle des Essens und die Zeit, die er im Überfluss hatte, und freute sich über die Gesellschaft der Vögel und der Robben.

Zu diesem Zeitpunkt nisteten etwa zehn Millionen Vögel auf der Spitze der Halbinsel; etwas weniger als die Hälfte davon waren Pinguine, hauptsächlich Kaiser-, Adelie- und Kinnriemenpinguine, der Rest waren Seevögel, in der Regel Eissturmvögel, Meerschwalben, Raubmöwen und Tölpel. Die Ausgewachsenen verbrachten die meiste Zeit damit, zu balzen, sich zu paaren, Nester zu bauen, Eier auszubrüten und sich um ihre Jungen zu kümmern. Einige Arten waren tagaktiv, andere nachtaktiv, einige nisteten auf den Klippen, andere im Geröll der Küste, manche an den Stränden und sehr wenige in den Bergen des Hinterlandes. Sie ernährten sich von Plankton, Krill, Krustentieren, Fischen und Insekten; von Kadavern, Fäkalien und Erbrochenem; von allem, das wehrlos, verletzt oder verendet war. Die Tiere entsprachen keineswegs immer der Bilderbuchvorstellung aus Kindheitstagen, doch Lockwood liebte sie; für ihre Energie, ihre Widerstandsfähigkeit, ihre Vielfalt, für ihre Fähigkeit, eine Küste, die noch vor wenigen Monaten so steril wie der Mond war, zum Leben zu erwecken.

Und dann waren da noch eine Million Robben, meistens Weddell- und Ohrenrobben. Wann immer Lockwood über das Meereis wanderte, begegnete er ihnen in kleinen Verbänden von mehreren Familien, die sich ein Atemloch im Eis teilten. Besonders ihre Augen faszinierten ihn, sie waren groß, feucht und wunderhübsch anzusehen. Robbenaugen erscheinen nur deshalb so groß und feucht, weil sie kugelförmige Linsen und eine weiche Netzhaut haben, damit sie unter Wasser sehen können. Lockwood, der das nicht wusste, dachte, sie seien ständig am Weinen.

Das störte ihn.

»Weine nicht«, flüsterte er, »ich werde dir nichts tun.«

Die Robben duldeten seine Nähe, ließen sich von ihm kraulen, spielten mit ihm, doch ihre Augen waren immer mit Tränen gefüllt. Ihr ständiges Weinen ließ ihn nicht mehr los. Stundenlang saß er bei ihren Atemlöchern und sprach mit ihnen. Irgendwann einmal fiel es ihm ein: Sie weinten, weil sie Angst hatten. Angst, dass mehr Menschen zur Antarktis kämen und sie töteten.

»Habt keine Angst, ich passe auf, dass euch niemand etwas zu Leide tut. Ich verspreche es.«

Wie Musik klangen ihre Rufe über das Eis, wie eine fremde Symphonie. Arme Kerlchen, dachte er. Sie wollen nur eines: in Ruhe gelassen werden.

Niemals kam es ihm in den Sinn, dass die Einsamkeit einen Eigenbrötler aus ihm gemacht haben könnte. Es schien ihm das Natürlichste auf der Welt, dass er mit seinen Freunden sprach und sich um ihre Zukunft sorgte. Seine Angst um die Robben brachte die Zweifel und Nöte wieder an die Oberfläche, die einige Zeit in seinem Hinterkopf vergraben waren: Was zum Teufel mache ich mit den uranhaltigen Steinen?

Langsam aber stetig hatte sich in den letzten Monaten seine Einstellung zu ihnen verändert. Je besser er sich in die Antarktis einlebte und je mehr er sie lieb gewann, desto überzeugter war er, dass die Steine von Übel seien. Ein Übel weniger von abstrakter als von spezifischer Natur, das sehr wohl in der Lage war, das Land, das er liebte, zu entweihen. Wenn Uran wirklich so selten und so kostbar war, würden die Menschen, wenn sie wüssten, dass es hier vorkam, in Scharen auf den Kontinent kommen. In einer Vision des Schreckens sah er die Gipfel auseinandergerissen von Abbauschächten und die Tierwelt hingeschlachtet daliegen. So wie der Mensch die ganze Erde mit Krieg überzog und sie ausbeutete, so würde dies dann auch am unteren Ende der Welt geschehen. Diese Vision peinigte ihn bis zum Ende seiner Tage.

Er saß vor seinem Zelt in der erstaunlich warmen Polarsonne und war hin und her gerissen. Eine Stimme flüsterte ihm zu, es sei seine Pflicht, die Uransteine abzuliefern – besonders, da so viele seiner Kameraden dafür gestorben waren. Eine zweite Stimme flüsterte ihm zu, dass es seine größere Pflicht sei, darüber Stillschweigen zu bewahren. Eine dritte Stimme raunte: »Vergiss es, selbst ohne die Steine hast du Schwierigkeiten genug. Besinn dich darauf, am Leben zu bleiben und gerettet zu werden.«

Das war die Stimme, auf die er hörte. Jeden Tag beobachtete er den allmählichen Rückzug des Eises. Eines Nachmittags, nach einer längeren Periode Sonnenschein, sah er einen Schwarm Eissturmvögel, die nur wenige hundert Meter vor der Küste ihre Kreise zogen. Auf einmal stürzten sie einer nach dem anderen hinunter, und es wurde ihm bewusst, dass sie im offenen Wasser fischten.

Nun würde es nicht mehr lange dauern.

Aber die Antarktis hatte noch eine letzte Überraschung für ihn bereit.

Eine Woche nachdem er die Eissturmvögel hatte fischen sehen, wachte er eines Morgens wieder mit Kopfschmerzen und einem leichten Schwindelgefühl auf. Öfter als ihm lieb war, war er völlig durchgefroren, mit Schmerzen und so schwach, dass er sich kaum bewegen konnte, aufgewacht, selten jedoch mit Kopfschmerzen. Er dachte, das würde bald vergehen, doch es hielt bis zum Nachmittag vor; nicht, dass es ihn wirklich störte, aber die Ursache war ihm unverständlich. Er entschloss sich, einen Spaziergang zu machen.

Er war noch nicht weit gekommen, da merkte er, dass alles ungewöhnlich ruhig war, es ging kein Wind, es schlugen keine Wellen, selbst die Vögel hielten still; bewegungslos saßen sie auf ihren Simsen. Auch die Robben benahmen sich merkwürdig; sie hatten sich von den Stränden zurückgezogen und hoppelten etwa 100 Meter landeinwärts auf dem Felsgeröll herum. Er fragte sich, ob ein Sturm im Anmarsch wäre. Das Barometer hatte er bereits überprüft, es zeigte hohen, gleichbleibenden Luftdruck an; aber er kannte die Geschwindigkeit, mit der die Antarktis ihre Launen ändern konnte.

Es geschah ohne Vorwarnung. Plötzlich hatte er den kontinuierlichen Klang im Ohr, als ob ein Riese einen gewaltigen Ballen Baumwollstoff zerriss. Er konnte sich nicht erklären, was geschah. Dann erhoben sich – fast gleichzeitig – eine halbe Million Vögel aus den Klippen, die in der Nähe seines Zeltes nisteten. Das Geräusch machte ihn fast wahnsinnig. Als sie Höhe gewannen, ließ es nach. Er schaute nach oben und sah, wie die Wolke von Vögeln sich nicht nach Norden in die gewohnten Fischgründe sondern nach Süden in Richtung ewiges Eis bewegte. Wo um Himmels willen, fragte er sich, fliegen sie hin? Und weshalb flogen sie so plötzlich los? War Gefahr im Verzug?

Seine Kopfschmerzen wurden schlimmer, vermutlich wegen des Lärms. Er beschloss, sich hinzulegen. Wenige hundert Meter vor seinem Zelt wurde ihm so schlecht und schwindelig, dass er sich fragte, ob er es schaffen würde: Verdammt noch mal, was ist nur mit mir los? Die letzten Meter konnte er nicht mehr aufrecht gehen. Er fühlte sich so elend, dass er auf Händen und Knien zu seinem Zelt kroch. Als er endlich drinnen lag, ging es ihm etwas besser und er fühlte sich auch sicherer. Gerade, als die Sonne unterging, verkroch er sich in seinen Schlafsack.

Er wollte gerade einschlafen, in dem Moment fing die Erde an zu beben. Sofort war er hellwach. Wieder hörte er das schreckliche Geräusch, als ob ein Zug durch einen Tunnel auf ihn zuführe. Ist in Ordnung, sagte er sich, es sind die Vögel, die zurückkehren. Aber dann merkte er, dass nichts in Ordnung war. Es waren auch nicht die Vögel, es war die Erde, die bebte.

Kaum war er aus dem Zelt, spürte er, wie der Boden unter seinen Füßen schwankte. Es war ein Augenblick des absoluten Schreckens. Immer hatte er geglaubt, die Erde sei stabil, wie ein Fels in der Brandung. Jetzt wusste er es besser. Sie war ein Ball aus flüssigem Feuer, umgeben von einer hauchdünnen Kruste. Er stand auf dieser Kruste, und sie wackelte wie Pudding. Er wusste nicht, was er tun sollte. Zurück in sein Zelt? Sich auf den Boden werfen? Rennen? Aber wohin? Er blieb einfach stehen; der Schwefeldampf machte ihn Würgen. Er ahnte, welches Feuer unter ihm brannte. Würde sich die Erde öffnen, würde er in eine bodenlose Spalte fallen? Er zuckte zusammen, als weiter unten eine riesige Klippe in sich zusammenstürzte und dabei so gewaltig donnerte, als ob eine mächtige Steinlawine losgebrochen sei. Eine halbe Minute später war das Krachen und Poltern zu Ende; die Erde hörte auf zu beben.

Es war vorüber.

Und er lebte.

Es verging einige Zeit, bis es ihm schließlich möglich war

sich zu erheben. Er hatte Angst, mit seinen Schritten ein neues Beben auszulösen. Schließlich nahm er all seinen Mut zusammen, um nachzusehen, was geschehen war.

Das Land zeigte überraschend wenig Zerstörung. Es hatten sich keine Spalten aufgetan, das Eis und die Klippen, die sein Zelt umgaben, waren heil geblieben. Er wollte gerade zum Strand gehen, da sah er, dass die Robben sich noch immer merkwürdig verhielten, sich noch weiter aufs Festland zurückzogen. Sein erster Gedanke war: Bitte lieber Gott, nicht noch ein Beben; sein zweiter: Wenn sie sich schon aufs höher gelegene Land zurückziehen, dann sollte ich das auch tun. Dann hörte er ein Geräusch, das er nicht einordnen konnte: ein leichtes Rauschen, so als ob der Wind durch die Blätter weit entfernter Bäume fährt. Er starrte auf die See hinaus, daher schien der Wind zu wehen, und sah, wie sich eine gleißende Stange Lichts auf die Halbinsel zubewegte. Wäre er nicht so schockiert gewesen, hätte er sofort gewusst, was das war. Erst, als sie schon fast ans Ufer schlug, erkannte er die Gefahr.

Es war die Sturzflut des Seebebens – nicht eben gewaltig nach einer Stärke von 3,5 auf der Richterskala –, aber als die Brandung gegen die Küste schlug, gab es einen ohrenbetäubenden Donnerschlag; sie rauschte die Strände hinauf, schäumte durch die Felsen, wo vor nur wenigen Stunden noch die Robben mit ihren neugeborenen Jungen lagen.

Woher hatten sie das gewusst, fragte sich Lockwood. Noch während er überlegte, und die Widersee ins Meer zurückfloss, schlitterten die Robben aber auch schon wieder zurück auf die Felsen am Rand des Meeres. Wenn sie glauben, sagte er sich, dass die Gefahr vorüber sei, dann glaube ich das auch. Er kroch in seinen Schlafsack, schloss die Augen und fiel fast augenblicklich in einen tiefen, traumlosen Schlaf. Nur einmal schreckte er auf, als im Morgengrauen die halbe Million Sturmvögel zu ihren Nestern zurückkehrten.

Als er am nächsten Morgen aus seinem Zelt kroch, dachte er, die Spitze der Halbinsel würde sich verändert haben. Es musste einen Hinweis geben auf das Drama der vergangenen Nacht. Auf den ersten Blick sah alles aus wie immer. Erst bei einer näheren Betrachtung bemerkte er, dass sich doch viel verändert hatte. Als Erstes überprüfte er die Steine seines SOS, sie waren alle noch am selben Platz, aber zu Füßen der Granitböschung, nicht weit von seinem Zelt entfernt, stiegen kleine weiße Wölkchen aus dem Felsen. Die Robben hatten sich von diesem Ort weiträumig zurückgezogen. Vorsichtig trat er näher. Was er sah, war nicht spektakulär; spektakulär waren nur die verheerenden Kräfte, die dies verursacht hatten. In einer fast schnurgeraden 200 Meter langen Linie, parallel zur Küste, hatte sich der Boden vor den Felsen etwa 20 Zentimeter hoch aufgeworfen. Er schaute auf einen Mini-Graben, aus dem sich in einer Million Jahren vielleicht ein ausgewachsenes Spaltental entwickeln könnte. Wieder dachte er daran, dass nicht weit unter seinen Füßen Ströme aus Feuer flossen und die Kruste, auf der er stand, nicht stabil war. Schnell trat er zurück, baute sein Zelt ab und verließ den Ort, wo er sein SOS errichtet hatte.

Am selben Nachmittag stieß er auf weitere Auswirkungen des Bebens.

Er holte gerade Algen aus dem Tümpel, in dem er vor einiger Zeit die Minikrebse gesehen hatte. Als er um sich blickte, sah er plötzlich, dass sich alles hier verändert hatte. Die gesamte Nordflanke seines Nunataks war verschwunden, die Fläche aus Schnee und Eis davor nicht mehr vorhanden; an dessen Stelle lag dort ein riesiger Felsen, als ob er vom Himmel gefallen sei. Seine Höhle und mit ihr das *behouden huis* waren darunter verschwunden. Er erinnerte sich an das Getöse, als das Beben seinen Höhepunkt erreicht hatte. Das also war die Klippe, die zusammengebrochen war.

Wenn ich nicht ausgezogen wäre, sagte er sich, würde ich hier begraben sein.

Dann fielen ihm die Uranbrocken ein. Sie waren weg! In seinen Gedanken sah er sie verschüttet von 100 000 Tonnen Schiefer und Granit.

Er musste fast lachen: Unter den schwierigsten Bedingungen hatten Männer danach gesucht, hatten darunter gelitten, hatten dafür getötet, waren dafür gestorben, waren dafür zu Kannibalen geworden. Nun hatte die Erde sie in einem zufälligen Gewaltakt ganz einfach wieder verschluckt.

Er war sich nicht sicher, ob seine überschäumende Emotion auf Bedauern oder Erleichterung basierte. Es tat ihm Leid, dass er sein Versprechen, das er Ede gegeben hatte, nicht mehr einlösen konnte und dass seine Freunde für nichts gestorben waren. Andererseits, dachte er sich: Nachdem die Steine jetzt verschwunden sind, als ob es sie nie gegeben hätte, brauchte niemand mehr zu wissen, dass sie jemals gefunden wurden. Wenn er also nichts darüber erzählen würde, müsste es auch keinen Uran-Such-Sturm auf die Antarktis geben. Und seine Freunde, die Robben, die Pinguine und die Vögel, könnten in Frieden leben.

Er überzeugte sich davon, dass die Steine in der Tat verschüttet waren, jeglichem Zugriff für immer entzogen, und dass Edes Grab so fest verschlossen war wie vor dem Beben. Dann ließ er sich nieder und wartete.

Ab diesem Zeitpunkt konnte man sein Leben fast vergnüglich nennen. Morgens überprüfte er seine Ausrüstung und die Utensilien seiner Rettung. Nachmittags besuchte er seine unzähligen Freunde, und abends dachte er intensiv darüber nach, was er seinen Rettern sagen würde.

Die besten Aussichten, gesehen zu werden, boten sein Notfeuer und sein SOS. Jeden Tag prüfte er, ob die Steine noch an ihrer Stelle lagen und gut zu sehen waren, und er kümmerte sich darum, dass das, womit er Feuer machen wollte, stets zur Hand und trocken war. Die Nachmittage mochte er am liebsten. Wenn das Wetter gut war, mischte er sich unter die Pinguine, die Robben und die Seevögel. Nicht nur, dass er mit ihnen befreundet war und sie mit ihm, er fühlte sich wie einer von ihnen, der wie sie am Wunder der jährlichen Auferstehung der Welt teilnahm; nicht in erster Linie als Individuum, sondern als ein lebendiger, atmender und arbeitender Teil des Lebens selbst.

Abends erinnerte er sich daran, dass er jeden Moment gerettet werden konnte und dass er wissen musste, was er seinen Rettern sagen würde. Zwei Geheimnisse hatte er zu wahren. Um den Verdacht auf Kannibalismus zu vermeiden, musste er sich eine Geschichte ausdenken, was mit Ede passiert war. Und um seine Freunde, die Vögel und Robben zu schützen, musste er verschweigen, dass er und seine Kameraden Uran gefunden hatten. Immer wieder überlegte er, was er den Rettern sagen würde. Wie leicht konnte er sich vertun. Er musste sehr, sehr vorsichtig sein.

Eines Morgens, etwa drei Wochen nach dem Erdbeben, er kochte sich gerade sein Frühstück vor dem Zelt, machte ihn irgendetwas aufschauen. Da war sie, die »Scoresby«, und hielt auf die Spitze der Halbinsel zu.

Heimkehr

Rehabilitation

Es war der Augenblick, auf den er gehofft hatte; doch nun, da er gekommen war, war er nicht darauf vorbereitet. Sein Gehirn weigerte sich anzuerkennen, was seine Augen ihm vermittelten. Er dachte, das Minenräumboot sei eine Fata Morgana; wenn er mit den Augen zwinkerte, wäre es wieder fort. Er zwinkerte, aber die »Scoresby« war immer noch da. Voll ungläubigem Staunen nahm er zur Kenntnis, dass er sich dies nicht nur einbildete. Sie war wirklich da.

Aber hatte sie ihn gesehen?

Er stürzte ins Zelt, nahm das Bündel Kleider, Decken und sein Tagebuch, überschüttete es mit Kerosin und entzündete es mit einem Streichholz. Es gab fast eine kleine Explosion, Flammen schossen hervor, aber eine dicke Rauchfahne, wie er sie sich vorgestellt hatte, entwickelte sich nicht. Für eine solche, die auch wirklich gesehen werden würde, musste er etwas Solideres verbrennen. Er zögerte, dann zog er den Schlafsack aus dem Zelt und warf ihn auf das Feuer. Wenn ihn die Besatzung nicht sah, dachte er, wäre er ohnehin tot; mit oder ohne Schlafsack. Wenn sie ihn aber doch sähe, bräuchte er keinen Schlafsack mehr; dann würde er heute Nacht in einer Kabine schlafen. Wie in einer Vision aus dem Paradies sah er eine mit heißem Wasser gefüllte Badewanne, ein Bett mit frischen weißen Laken. Er warf sein letztes Stück Kleidung in das Feuer, schüttete den letzten Tropfen Kerosin darüber, und es stieg eine Rauchsäule in den Himmel, so wie er sie sich vorgestellt hatte. Wenige Sekunden später hörte er über dem Geschrei der Seevögel das dreifache Tuten des Nebelhorns der »Scoresby«.

Sie hatten ihn gesehen.

Gegen jegliche Wahrscheinlichkeit hatte er es geschafft.

Wie in einem Traum beobachtete er, wie die »Scoresby« beidrehte und ein Rettungsboot aussetzte. Doch nun wurde er eingeholt von einem Gefühl, mit dem er am wenigsten gerechnet hatte: Angst.

Neun Monate lang hatte er mit keiner Menschenseele mehr gesprochen; was sollte er den Männern sagen, die nun kamen, ihn zu retten? Neun Monate lang hatte er in seinem Zelt geschlafen; würde er woanders sicher sein? Und seine Freunde, die Vögel und die Robben? Würde er sie wirklich verlassen wollen? Und die Ruhe auf dem Eis, die Schönheit der Aurora; würde das Leben jemals wieder so sein, ohne sie? Wie von einem übermächtigen Zwang ergriffen, wollte er davonlaufen, sich verstecken, sich an die Welt klammern, die er kannte, die so sehr die seine geworden war.

Er sagte sich, es wäre verrückt, so zu denken, aber er konnte nicht anders. Als das Beiboot sich der Küste näherte, musste er sich ausgesprochen anstrengen, ihm zum Strand entgegenzugehen. Würde die Mannschaft, fragte er sich, ihn wiedererkennen? Würde er sie wiedererkennen? Und was sollte er ihnen sagen, was sollte er tun? Etwa das, was sein Forscherkollege Stanley getan hatte: seinen Hut abnehmen, den Arm gestreckt und »Dr. Livingston, wie ich vermute« sagen. Er presste ein gackerndes Lachen heraus, das gefährlich wie das eines Irren klang. Gott hilf mir, dachte er, ich bin verrückt geworden. Was werden sie nur über mich denken?

Die Aussicht, dass er nun von anderen Menschen betrachtet werden würde, ließ ihn an seinen Körper denken: seine ausgezehrten Glieder, sein von Skorbut aufgeschwollener Bauch, der Dreck, seine Haare, sein Bart, der ihm fast bis zur Gürtellinie reichte. Ich wette, sagte er sich, dass ich stinke wie ein Iltis. Wieder wollte er sich verstecken. Das Bedürfnis dazu war so groß, dass er sich setzen musste, um es zu überwinden.

Es war fast komisch. Im Augenblick, als er sich setzte, schien alle Kraft aus ihm zu weichen ... Bis jetzt war es ausschließlich Willenskraft gewesen, die ihn am Leben gehalten hatte: das Wissen, dass jede Sekunde dieser unendlich langen Zeit sein Überleben ganz allein von ihm selbst abgehangen hatte. Nun waren andere Menschen aufgetaucht, nun waren es sie, die die Entscheidungen trafen. Lass sie, dachte er, tue das, was getan werden muss. Ich will nicht mehr kämpfen.

Das Boot fuhr auf den Strand. Vier Männer kletterten heraus. Zwei blieben beim Boot, die zwei anderen kamen auf ihn zu. Das Knirschen ihrer Schritte auf dem Eisschotter klang laut und irgendwie bedrohlich. Und wieder spürte er Angst in sich aufsteigen, als ob die Männer Jäger wären, die ihn zu einem Ort verschleppen würden, wo er nicht hin wollte. Einer von ihnen – an den roten Fäden zwischen den Goldstreifen an seinem Jackenärmel sah er, dass es ein Arzt war – fing an zu sprechen. Seine Stimme klang rau und fremd, obwohl das, was er sagte, freundlich war.

»Gott sei Dank haben wir Sie gefunden.«

Der Zweite schaute in diese und jene Richtung. Er schien überrascht. »Wo sind die anderen?«

Er wusste nicht, was er sagen sollte. Er hatte Angst, dass wenn er antwortete, er herausschreien würde: »Ich habe sie aufgegessen.« Er schüttelte nur den Kopf.

Er sah, wie der Schrecken in ihre Gesichter stieg. Erst Schrecken, dann Mitleid.

Der Arzt hielt ihm seinen Arm entgegen. »Kommen Sie«, sagte er. »Wir sind da, um Sie nach Hause zu bringen.«

221

Er versuchte aufzustehen, doch seine Knie gaben nach, und plötzlich fühlte er einen stechenden Schmerz in seiner Brust. Wäre der Arzt nicht hinzugesprungen und hätte ihn aufgefangen, wäre er der Länge nach in den Eisschotter gefallen.

In weiser Voraussicht hatten sie Tragbahren mitgebracht, legten Lockwood auf eine von ihnen, deckten ihn zu und trugen ihn zum Boot. Dann hielten sie auf die »Scoresby« zu. Er konnte sich sehr schwach erinnern, dass ihm Gischt über das Schanzkleid ins Gesicht spritzte, an Schmerzen in der Brust, an den Arzt, der neben ihm saß, ihm die Hand hielt und immer wieder sagte: »Es ist gut. Sie sind in Sicherheit.« Dann versperrten ihm rostüberzogene Eisenplanken den Blick auf das Meer und den Himmel, und er sah Männer über die Reling lehnen, die auf ihn herabschauten.

»Nur einer, Sir«, hörte er den Arzt rufen. »Er muss sofort auf die Krankenstation.«

Als sie ihn an Seilen hochzogen, schienen die Schmerzen in der Brust schlimmer zu werden, er konnte kaum noch atmen. Was zum Teufel, dachte er, ist mit mir los? Er nahm die Stahlplanken wahr, die Schotten, das Stampfen der Maschinen, den ständigen Geruch von Diesel, Männer, die zur Seite traten, als man ihn vorbeitrug, eine einfache Liege mit Laken darauf, Hände, die ihm die Kleider auszogen, eine Sauerstoffmaske auf seinem Gesicht und ein Hineinsinken ins Vergessen.

Der Sauerstoff verhinderte einen geringfügigen Herzinfarkt, eigentlich mehr einen Herzanfall; würde es eine Richterskala für Herzinfarkte geben, wäre dieser unter 1 gelegen. Gegen Mittag richtete man ihn auf seiner Liege auf, gab ihm eine Orange zu essen; er konnte es immer noch nicht richtig glauben, dass er wieder in einer Welt war, in der es Menschen gab.

Während man sich auf der Krankenstation um ihn kümmerte, ging eine zweite, größere Partie an Land. In der vagen Hoffnung, weitere Überlebende oder Leichen zu finden, durchkämmten sie die drei Spitzen der Halbinsel, fanden jedoch nichts. Nichts außer Lockwoods Zelt und den wenigen Habseligkeiten; sie brachten sie aufs Schiff. Bevor die »Scoresby« ihre Rückreise antrat, wollte ihr Kommandant sicher sein, dass keine Chance mehr bestand, weitere Überlebende in anderen Teilen der Halbinsel zu finden.

»Ich muss mit ihm sprechen«, sagte er dem Arzt.

Der Arzt war darüber nicht sehr glücklich. »Gehen Sie sanft mit ihm um, Sir«, antwortete er, »nur Gott allein weiß, was der arme Teufel durchgemacht hat.«

Zusammen gingen sie in die Krankenstation. Der Kommandant fragte Lockwood, sehr sanft, was passiert war und was mit dem Rest des Sonderkommandos geschehen sei. Lockwood war völlig ruhig und gab klare, zusammenhängende Antworten. Er erzählte von der Schlittentour zur Spitze der Halbinsel, von Edes Tod und dann dem von Ramsden, vom Winter, den er allein im *behouden huis* verbracht hatte.

Als er mit seiner Erzählung fertig war, sagten die beiden nicht viel, aber er sah, wie sie innerlich bewegt waren. Bevor der Kommandant ging, legte er Lockwood die Hand auf die Schulter. »Sie werden dafür mehr bekommen als nur einen Blechorden«, sagte er. »Jetzt ruhen Sie sich aus. Machen Sie sich keine Sorgen, wir werden Sie bald nach England gebracht haben.«

Wenige Minuten später begannen sich die Maschinen der »Scoresby« schneller zu drehen.

Lockwood schloss die Augen. »Wir fahren ab, nicht wahr?«, fragte er.

Der Arzt nickte.

»Kann ich an Deck, um Aufwiedersehen zu sagen?«

Der Arzt war überrascht. Er dachte, sein Patient hatte von

dem Gefängnis, in das er eingeschlossen gewesen war, mehr als genug gesehen. Dennoch antwortete er: »Wenn Sie das wollen, warum nicht?« Sie wickelten Lockwood in Decken und trugen ihn hinauf in einen geschützten Bereich am Heck und ließen ihn die zurückweichende Küste betrachten.

Es war eine friedliche Szene. Es ging kein Wind, aus dem Westen trieb langsam eine Front Nimbostratuswolken heran. Eine Zeit lang lag die Küste der Antarktis im hellen Sonnenschein. In einem unglaublich klaren Licht leuchteten die Eisberge und Schneefelder grellweiß, bis Regenwolken vor die Sonne zogen. Dann war es zu Ende. Etwas in ihm sagte: Ich werde dies nie wieder sehen.

Er schloss die Augen, hatte die Vision, dass er wieder dort war, bei den Robben, den Seevögeln, den Schneefeldern, der Aurora – diese Vision würde er noch oft in seinem Leben haben – und merkte zu seiner großen Verlegenheit, dass sein Gesicht tränenüberströmt war.

»Beruhigen Sie sich.« Er fühlte die Hand des Arztes auf seiner Schulter. »Es ist alles vorbei.«

»Ich weiß«, sagte er. »Das ist der Grund, weshalb ich weine.«

☆

Lockwoods erste Befragungen erwies sich weniger als Feuerprobe, als er befürchtet hatte.

Der Kapitän der »Scoresby« war ein junger Lieutenant-Commander, nicht viel älter als Lockwood selbst. Er wusste nichts über die »Streng geheimen Befehle« des Sonderkommandos, er hatte lediglich den Befehl, nach den Leuten Ausschau zu halten. Für den einzigen Überlebenden, den er aufgenommen hatte, empfand er nur Bewunderung. Er sah keinen Sinn darin, ihm Antworten abzuringen, die für ihn qualvoll waren – obwohl er sich wunderte, weshalb Lockwood so verkrampft und abwehrend war, wenn man ihn nach seinen Erlebnissen befragte. Mir scheint fast, sagte er sich, er hat was zu verbergen; aber egal: Wenn es da ein Geheimnis gibt, ist es nicht meine Aufgabe, es zu lüften. *Dieser Offizier*, schrieb er in seinen Bericht, *hatte die schrecklichsten Prüfungen zu bestehen. Es ist ein Wunder, dass er überlebte. Verständlicherweise ist er immer noch verwirrt und unwillig, über einige seiner Erfahrungen zu sprechen. Es ist daher anzuraten, bis zu seiner physischen und mentalen Genesung weitere Befragungen auszusetzen.*

Diesem sehr einfühlsamen Rat wurde nicht Folge geleistet. Wenige Tage nach seiner Rettung ging Lockwood in Port Stanley/Falkland-Inseln an Land. Dort wartete auf ihn ein Commander des Geheimdienstes MI 6, der von England herübergeflogen worden war, um Loockwood einer gründlichen Befragung zu unterziehen.

Es wäre nicht gerecht, die Admiralität für ihr mangelndes Feingefühl zu verurteilen. Das Sonderkommando war in einer streng geheimen Angelegenheit unterwegs gewesen, die entscheidenden Einfluss auf den Verlauf des Krieges hätte nehmen können. Kein Wunder, dass die Admiralität wissen wollte, was geschehen war; insbesondere interessierte sie, ob das Sonderkommando Uran gefunden hatte; und wenn ja, ob auch nur die geringste Chance bestünde, dass die Deutschen es erbeutet hätten.

Der Mann, den sie zu den Falkland-Inseln geschickt hatten, um Lockwood zu befragen – ein gewisser Commander Middleton –, begann verständnisvoll und geduldig. Allerdings war er ein hochintelligenter Mann, und es dauerte nicht lange, bis ihm klar war, dass der junge Lieutenant Informationen zurückhielt. Er wusste nicht, weshalb und warum, doch seine Befehle lauteten herauszufinden, was mit dem Sonderkommando geschehen war, und genau das war es, was er beabsichtigte.

Lockwood befand sich exakt in der Situation, die er vo

rausgesehen und gefürchtet hatte: mit Fragen konfrontiert zu werden, die er nicht beantworten wollte. Viele Male, als Middleton ihn immer wieder nach den geologischen Ergebnissen des Sonderkommandos fragte, wollte er es schon herausschreien: Ja, wir haben Uran gefunden! Doch immer wieder hielt ihn etwas ganz Bestimmtes zurück. Wenn der Commander Fragen stellte, die er nicht beantworten wollte und er seine Augen schloss, hatte er eine Vision – dauernd dieselbe: er sah eine Wasserstraße vor sich, auf der einen Seite riesige Eisberge, auf der anderen Seite schneebedeckte Gebirge, im Meer schwammen Delfine und Wale, die Strände waren dunkel vor lauter Robben und Pinguinen und so vollgepackt, dass ein Mensch seinen Fuß nicht hätte dazwischensetzen können. Der Himmel war voll von Vögeln, die sich hoch hinaufschwangen, ihre Kreise drehten, wieder hinabtauchten, und die Luft vibrierte in einer Symphonie von Vogelgeschrei, Robbenbellen, Gezwitscher und Gesang; dies war kein Traum, dies war real. Middleton wiederholte seine Frage. Lockwood hatte die andere Vision: Er stand würgend auf dem Gipfel des Schneehangs, unten verbrannte Asche und Leichname ohne Gliedmaßen, die einzige Bewegung kleine Rauchwolken, die aus den Trümmern aufstiegen, alles still wie im Grab; das war auch kein Traum, das war die Wahrheit, was aus dem Paradies geworden war, nachdem der Mensch ihm einen kurzen Besuch abgestattet hatte.

Viele Leute mögen denken, dass dieser Vergleich unzulässig sei; dass Lockwood durch die Ereignisse verwirrt war. Das kann sein. Aber ob falsch oder richtig: In Port Stanley entschloss er sich dazu, dass er niemals, so lange er lebte, auch nur einem einzigen Menschen etwas über das Uran, das sie auf der Antarktis gefunden hatten, erzählen würde. Vielleicht, dachte er, war es unvermeidlich, dass der Kontinent, den er liebte, doch einmal geschändet werden würde;

aber dafür würde nicht er verantwortlich sein. Je forschender Middleton in ihn drang, desto mehr verließ er sich auf eine Verteidigung, der nichts entgegenzusetzen war.

Er sagte, er könne sich nicht erinnern.

Das war die Lösung eines jeglichen Problems, der Weg aus jeglicher Schwierigkeit. Jedes Mal, wenn man ihm eine Frage stellte, die er nicht beantworten wollte, sagte er: »Tut mir Leid, ich kann mich nicht erinnern.«

Der Commander wusste, dass er log, aber was sollte er dagegen tun? Sein Bericht an die Admiralität war ein Eingeständnis, dass er gescheitert war.

Die grundlegenden Fakten, schrieb er in seine Zusammenfassung, *sind klar. Das Lager des Sonderkommandos wurde von deutschen Landgängern, höchstwahrscheinlich aus einem U-Boot, angegriffen und zerstört. Drei Mitglieder des Kommandos überlebten den Angriff, aber nur einer von ihnen, Lieutenant Lockwood, überstand den nachfolgenden Winter. Unter normalen Umständen sollte man glauben, dass der Offizier Informationen liefern würde, mit Hilfe derer die Geschichte rekonstruiert werden könnte. Lieutenant Lockwood scheint jedoch in Folge seiner Entbehrungen schwerwiegende physische und mentale Probleme davongetragen zu haben. Er ist unkooperativ und nicht gewillt, über etliche seiner Erlebnisse zu berichten.*

Ich empfehle daher Rehabilitationsmaßnahmen unter der Leitung eines erfahrenen Navy-Psychiaters, der, hoffentlich erfolgreicher als ich, in der Lage ist, die Hemmungen und den augenscheinlichen Gedächtnisverlust des Offiziers zu überwinden.

Wenige Wochen nach seiner letzten Befragung befand sich Lockwood an Bord eines Zerstörers auf dem Weg nach England.

Der Zerstörer war eines von mehreren Kriegsschiffen, die einen großen Konvoi von Handelsschiffen begleiteten. Seine Besatzung war bis zum Äußersten gespannt. Die Soldaten waren Lockwood gegenüber sehr positiv und freundschaftlich eingestellt, er verbrachte jedoch die meiste Zeit in der Krankenstation; und wenn er doch mal in die Offiziersmesse kam, war es offensichtlich, dass er nicht über seine Erlebnisse sprechen wollte. Wie gern hätte er einen Vertrauten gehabt, aber da gab es ein Problem: Er war von Natur aus weder verschwiegen noch unehrlich; es wäre ihm unmöglich, mit jemandem ein freundliches Gespräch über Robben oder Eisberge zu führen, wenn diese Person, mit der er sprach, dann in aller Unschuld Fragen über besonders das eine stellen würde, woran er noch nicht mal denken wollte. Dann müsste er wachsam sein und Ausflüchte suchen, um zu verhindern, dass ihm die Wahrheit herausrutschte. Und zum Schluss könnte er doch nur sagen: Ich kann mich nicht erinnern. So lange, bis er die Dinge, von denen er gesagt hatte, dass er sich nicht erinnerte, mit den Dingen vermischte, an die er sich tatsächlich nicht mehr erinnern konnte … Scheiß drauf, sagte er sich. Ich werde sagen, dass ich mich an überhaupt nichts mehr erinnere.

In genau diesem Gemütszustand betrat er die Behandlungsräume von Hugh Dempster in der Harley Street.

☆

Hugh Dempster hatte Recht, als er entschied, seine Praxis sei nicht der richtige Ort für den jungen Oberleutnant (Lockwood hatte seine Beförderung auf dem Weg nach England mitgeteilt bekommen); was sein Patient jetzt brauchte, war kein psychiatrischer Beistand, sondern Ruhe und Frieden und die Chance, die Fäden des Lebens auf seine Art und zu dem von ihm selbst gewählten Zeitpunkt aufzugreifen. Hauptsächlich auf Grund der Empfehlung Dempsters war Lockwood zuerst in ein Krankenhaus der Navy und dann auf Urlaub für unbestimmte Dauer geschickt worden.

Dies waren Zugeständnisse der Navy, die er benötigte, um wieder auf die Beine zu kommen.

In Rustington wurden seine körperlichen Leiden geheilt. Im Frühjahr 1944 hatte sich die Gefahr einer Invasion durch die Deutschen weitestgehend verringert, auch größere Luftangriffe waren nicht mehr zu erwarten. Lockwood machte ausgedehnte Spaziergänge die Promenade entlang, zwar immer noch hinter Stacheldrahtverhauen, aber die Geschützstände waren unbemannt.

Die vier Wochen, die er zu Hause verbrachte, halfen ihm am meisten. Seine Eltern erkannten schnell, dass es Dinge gab, über die ihr Sohn nicht sprechen wollte, und sie akzeptierten das. »Lass es gut sein«, sagte sein Vater spät eines Abends, nachdem Lockwood ins Bett gegangen war, zu seiner Frau. »Es genügt, dass er lebt. Und bei uns ist. Wenn er dazu bereit ist, wird er uns erzählen, was geschehen ist.« Wenn man Lockwood gestattet hätte, länger zu Hause zu bleiben, hätte er möglicherweise seinen Eltern alles erzählt.

Fast auf den Tag genau drei Monate nach seiner Rettung wurde er zwar nicht für den aktiven Dienst, aber doch für Arbeiten am Schreibtisch wieder gesund geschrieben.

Jeanie

Benbecula wurde zu einer Art Sprungbrett. Es überbrückte
die Kluft zwischen Lockwoods physischer Anwesenheit in
der Antarktis und seines nachfolgenden geistigen und seelischen Engagements für diesen Kontinent. Nach Benbecula kam er sehr viel ausgeglichener, als man dies hätte ver-
muten können.

Der Luftwaffenstützpunkt der Royal Navy lag an der
Nordwestspitze der Insel, 3000 Seemeilen von Amerika entfernt, dazwischen nichts als Wasser. Es war der ideale Ort
für einen Einzelgänger: mit verhangenen Mooren, sanftem
Licht, weichen Farben; auf jeden Kopf der Bevölkerung kamen etwa 1000 Seevögel. In die Luftüberwachung teilten
sich sowohl die Royal Navy als auch die Royal Air Force.
Erstere betrieben ein Geschwader Swordfish-Flugzeuge,
Letztere eine Flotte von Wellington-Maschinen. Beide zusammen führten sie U-Boot-Aufklärungsflüge über dem
Nordatlantik durch. Lockwoods Aufgabe war es, Wettervorhersagen für die Gebiete zu machen, in denen diese Flugzeuge operierten; es hing viel davon ab, dass er seine Arbeit
ordentlich machte. Falls er mit seinen Prognosen danaben-
lag, hätte es sein können, dass einem der langsamen Swordfishes, wenn er gegen stärkere Winde als vorhergesagt an-
kämpfen musste, unterwegs der Sprit ausging, oder eine der
vorsintflutlichen Wellingtons, wenn es kälter war als vorhergesagt, an den Tragflächen vereiste und abstürzte.

Lockwood erwies sich bald als professioneller, seiner Aufgabe gewachsener, erstklassiger Wetteroffizier.

Sein Geschick beruhte hauptsächlich auf der Tatsache, dass die Erfahrungen, die er in der Antarktis gesammelt hatte, ihn befähigten, aus gesammelten Wetterdaten sehr schnell eine Vorhersage treffen zu können. Auf der Antarktis, so hatte er festgestellt, war er oft in der Lage gewesen, Wetteränderungen nur auf Grund der Farbe des Himmels bei Sonnenuntergang oder des Fressverhaltens der Seevögel vorhersagen zu können. Seine Erfahrungen aus der Antarktis wandte er jetzt auf den Äußeren Hebriden an.

Die Arbeit verschaffte ihm das, worauf er dringend angewiesen war: eine Verbindung zur Vergangenheit und eine Flucht aus den gegenwärtigen emotionalen Problemen. Während seiner Zeit auf der Antarktischen Halbinsel hatte er als einer der Wetteroffiziere des Sonderkommandos Buch über Temperaturen, Windrichtungen und Windgeschwindigkeiten, Niederschläge und Druckschwankungen geführt. Auf Benbecula tat er das Gleiche. Diese Kontinuität empfand er als angenehm; es half ihm, etwas zu haben, was ihn von seinen körperlichen und seelischen Gebrechen ablenkte. Sein Gewicht lag noch immer bei nur 51 Kilogramm, sein Haar war schneeweiß (so blieb es auch für den Rest seines Lebens), er sprach langsam und zögernd, seine Augen schienen häufig ins Leere zu blicken. Seine Offizierskollegen wussten, dass er auf irgendeiner streng geheimen Mission schwere Zeiten durchlebt hatte, und taten alles, um ihn sich wohl fühlen zu lassen. Dafür war er dankbar, aber irgendwie machte ihre Freundlichkeit die Sache auch schwierig. Jeder wollte nett sein, wollte mit ihm sprechen, wollte ihm helfen; aber es gab Dinge, über die er nicht die Absicht hatte zu sprechen, Geheimnisse, die er nicht bereit war preiszugeben. In Rustington hatte er sich in die Ruhe geflüchtet, in Benbecula flüchtete er sich in die Arbeit.

Die Swordfishes und die Wellingtons hatten die Aufgabe, ständig große Teile des westlichen Aufmarschgebietes aus der Luft zu überwachen. Dafür mussten sie oft in der Nacht und auch bei schlechtem Wetter fliegen. Lockwoods Vorgänger war zwar ein kompetenter Mann gewesen, aber er hatte auch Fehler gemacht: Es waren Flugzeuge abgestürzt und deren Besatzungen getötet worden. Lockwood hatte sich vorgenommen, dass wenn schon Leben verloren gehen mussten, dies nicht auf Grund seiner eigenen Unzulänglichkeit geschehen dürfte. Er bat um eine Unterredung mit dem Commander des Flugfeldes und machte ihn darauf aufmerksam, dass, wenn er keine Flugzeuge mehr verlieren wolle, er seiner Wetterstation mehr Aufmerksamkeit schenken müsse. Meteorologen gehörten, jedenfalls damals, nicht zur militärischen Elite, sie hatten nicht die Anerkennung etwa eines Arztes oder eines Ingenieurs, denn ihre Vorhersagen lagen ja oft völlig daneben. Der Commander war jedoch beeindruckt von Lockwoods Ausführungen und gestand ihm das meiste zu, worum er gebeten hatte: bessere Ausrüstung, mehr Personal, bessere Sender und Funkempfänger, mehr Zeit, um die Flugzeugbesatzungen zu instruieren und einen Wagen, mit dem er sich besser und schneller über den Stützpunkt bewegen konnte.

Mit diesem zusätzlichen Material machte Lockwood sich daran, die Wettervorhersagen zu verbessern. Er baute neue Strukturen auf, indem er Messdaten nicht zweimal sondern dreimal pro Tag, nämlich um 8 Uhr morgens, um 4 Uhr nachmittags und um Mitternacht erhob. Ein Funker war ständig damit beschäftigt, Wetterberichte von Schiffen und Flugzeugen auf Atlantik-Patrouille abzuhören. Es wurde ihm gestattet, sowohl mit einer Swordfish als auch mit einer Wellington mitzufliegen, um sich ein eigenes Bild zu machen, mit welchen Bedingungen es die Mannschaften in der Luft zu tun hatten. Er stöberte im Archiv nach alten Wetterberichten und analysierte sie, um jahreszeitliche Wettermuster erkennen zu können. Wenn einer seiner Untergebenen sich über zu viel Arbeit beklagte, übernahm er dessen Pflichten selbst.

In dem Maße, in dem die Datenmenge, auf der die Vorhersagen beruhten, zunahm, desto zuverlässiger wurden sie. Die Verbesserung vollzog sich nicht plötzlich und war auch nicht dramatisch, aber als die Monate ins Land gingen, stellte auch das Flugpersonal fest, dass Lockwoods Prognosen öfter richtig als falsch waren. Bald wurde er ein respektiertes Mitglied im Kreis der oberen Chargen des Stützpunktes. Alle paar Stunden sah man ihn mit seinem verbeulten Jeep über das Gelände fahren, um die verschiedenen Instrumente abzulesen oder am Ende der Rollbahn die Nase in den Wind zu stecken und sich Notizen über das Verhalten der Seevögel zu machen. Manchmal, in den frühen Morgenstunden, wenn auf dem ganzen Stützpunkt außer im Kontrollturm nur noch in der Meteorologiestation Licht brannte, war Lockwood dabei, eine neue Wetterkarte zu erstellen. Dann spazierte er in den Funkraum. »Diese Swordfish bei der Rosengartenbank«, sagte er dann. »Sagen Sie ihr, der Wind dreht auf Nord und frischt auf. Demnächst bis zu 30 Knoten.« Der Funker leitete die Nachricht weiter und vereinfachte dadurch die Aufgabe des Swordfish-Navigators erheblich; und die Gefahr, dass das Flugzeug vom Kurs abkam und verloren ging, war wesentlich geringer.

Etwa um die Zeit der Sommersonnenwende hatten ihn seine Offizierskollegen austariert. Er galt als ein Mann mit Vergangenheit, über die er nicht sprechen wollte. Ein Einzelgänger, der jedoch zu gut in seinem Beruf und zu beschäftigt war, um als einsam zu gelten.

Dann passierte der Vorfall, der seinem wachsenden Renommee den Stempel aufdrückte.

Die Nacht vom 2. zum 3. Juli unterschied sich in keiner Weise von anderen Nächten. Die Temperatur mag vielleicht etwas niederer gewesen sein als im Hochsommer üblich, die Sterne vielleicht ein wenig heller; um den Mond zogen sich kreisförmig klar abgegrenzte »Heiligenscheine«. Niemand auf dem Stützpunkt hatte auch nur den kleinsten Schimmer, was auf sie zukam. Bevor Lockwood ins Bett ging, machte er seine mitternächtliche Routinerundfahrt: Druck 1040 Millibar, gleichbleibend, Temperatur 5° Celsius, Wind schwach aus Nordwest – kein Grund zur Sorge. Es lagen auch keine Funksprüche vor, die auf außergewöhnliche Ereignisse auf dem Atlantik hindeuteten. Warum, fragte er sich, als er zu seiner Unterkunft fuhr, habe ich irgendwie ein komisches Gefühl? Es werden die Ringe um den Mond sein, dachte er. Sie erinnerten ihn an die Vorboten des großen Blizzards; dieses riesige kreisförmige Gebilde, das erst vor ein paar Monaten noch die Nacht über seinem *behouden huis* erhellt hatte.

Zu Tagesanbruch wachte er auf, weil es zu still war. Kein Vogel war zu hören. Er schaute aus dem Fenster und sah die Berge der benachbarten Insel North Uist zum Greifen nah. Er überprüfte das Barometer in seinem Zimmer. Es zeigte 950 Millibar, Tendenz fallend. Kein enormer Druckabfall, aber einer, der etwas bedeuten könnte. Er zog sich an, rief nach seinem Fahrzeug und ließ sich zum Ende der Rollbahn fahren. Er nahm sein Fernglas, suchte die See ab und den Himmel; gerne hätte er auch Vögel beobachtet, aber es waren keine da. Dies bereitete ihm Sorge. Es war kurz vor Sonnenaufgang. Die Möwen und Kormorane hätten sich jetzt normalerweise zu Tausenden auf den Felsen vor der Küste versammeln müssen, aber es war kein einziger Vogel zu sehen. Er bat die Fahrerin des »Womens Royal Naval Services«, WRNS, ihn zum Kontrollturm zu bringen. Dort angekommen lief er die Treppe zum Funkraum hinauf. Der wachhabende Offizier war überrascht, ihn zu sehen. »Du bist aber früh dran, James.«

»Welche Maschinen sind oben?«

»Eine Swordfish, eine Wellington.«

»Haben sie irgendeine Wetteränderung durchgegeben?«

»Sie haben überhaupt nichts durchgegeben. Wir erwarten einen Konvoi, es herrscht Funkstille.«

»Um Gottes willen, das ist das Letzte, was wir brauchen.«

»Wieso? Was ist los?«

»Ich glaube, es kommt ein Orkan auf uns zu.«

Der Diensthabende schaute hinaus auf den wolkenlosen Himmel, der Windsack hing lasch in seinem Rigg. »Bist du sicher?«

»Nicht sicher, aber ich nehme Wetten darauf an. Kannst du die Flieger zurückrufen?«

Der Wachhabende überlegte, dann sagte er: »Tut mir Leid, James, wir erwarten einen Konvoi. Da sind U-Boote. Ich wage es nicht, die Funkstille zu brechen.«

Lockwood holte tief Luft, dann nahm er den Telefonhörer auf und sagte: »Notfall, geben Sie mir den Commander.«

Die folgende Unterhaltung war kurz und präzise.

»Der Commander am Apparat.«

»Der Wetteroffizier, Sir. Ich denke, es kommt ein Orkan auf uns zu.«

»Ein Orkan? Warten Sie einen Moment.«

Er konnte sich vorstellen, wie sein Vorgesetzter aus dem Bett kroch, von seinem Fenster aus die friedliche Atmosphäre sah und sich dachte: So ein Idiot, der gehört doch in die Klapsmühle.

»Weshalb glauben Sie, dass ein Orkan kommt?«

»Das Barometer sinkt, Sir. Und«, er zögerte, »was mich wirklich beunruhigt, sind die Vögel, Sir. Sie sind verschwunden.«

Lange Pause. Dann: »In Ordnung. Ich werde mich darum kümmern.« Der Commander hängte ein.

Er dachte, jetzt würde er ihn für verrückt erklären lassen

und in sein Bett zurückkehren. Doch nach wenigen Minuten brüllte es aus den Lautsprechern: »Hier spricht der Commander. Alle Sicherheitswachen im Laufschritt zu den Hangars. Ich wiederhole: Alle Sicherheitswachen im Laufschritt zu den Hangars. Sichern Sie die Flugzeuge.«

Gott steh mir bei, dachte er, wenn ich danebenliege.

Lockwood behielt Recht. Kurz nach Sonnenaufgang blies plötzlich ein steifer Wind aus Nord. Die Männer, die die Flugzeuge versorgten, stampften – selbst jetzt im Hochsommer – vor Kälte mit den Füßen und hauchten sich auf die Finger. Um 9 Uhr morgens waren alle Swordfishes und Wellingtons in die Hangars gerollt – und, weil die Windböen jetzt aus wechselnden Richtungen mit zunehmender Heftigkeit gegen den Stützpunkt donnerten, auch am Boden vertäut worden. Es war das Vorspiel eines dieser elementaren Stürme, die Lockwood oft genug in der Antarktis miterlebt, aber niemals auf den Britischen Inseln erwartet hatte.

Der Orkan, der im Sommer 1944 die Westküste Schottlands heimsuchte, war der schwerste seit Menschengedenken. Frauen und Männer kamen ums Leben, Häuser wurden zerstört, große Waldflächen vernichtet, Fischkutter aus ihren Vertäuungen gerissen und ans Ufer geschleudert; und Flugzeuge, die im Freien standen, wurden wie Spielzeug umhergeworfen und zerstört. Benbecula war praktisch der einzige Luftstützpunkt, der damals nicht große Schäden hinnehmen musste; er war rechtzeitig gewarnt worden.

Nach diesem Vorfall genoss Lockwood ein Ansehen, das dem eines Gurus nahe kam. Immer wieder wurde er von den Wetteroffizieren anderer Luftstützpunkte und Küsteneinrichtungen konsultiert, weil sich die Kollegen sein Wissen zunutze machen wollten. Bald hatte er den wohlverdienten Ruf, ein Spitzen-Meteorologe zu sein.

Im Winter 1944/45, obwohl der Krieg noch lange nicht zu Ende war – doch sein Ende schien in Sicht –, fragten sich immer mehr Soldaten, was sie beruflich machen sollten, wenn sie aus dem Militärdienst ausscheiden würden. Lockwood hatte vor, eine Karriere als Meteorologe, möglicherweise in der Nachkriegs-Navy, zu machen. Aber diese Idee musste er bald wieder aufgeben.

Er wurde nach London für eine medizinische Untersuchung zitiert. Doch diese entpuppte sich bald als eine weitere Befragung, als ein neuer Versuch, aus ihm herauszubekommen, was in der Antarktis tatsächlich geschehen war. Wieder antwortete er ein ums andere Mal: »Ich kann mich nicht erinnern.«

Lockwood hatte ein Problem. Er wollte nicht die Antarktis vergessen. Keinesfalls. Fast jede Stunde eines jeden Tages dachte er an sie. Wenn sich täglich die Benbecula-Möwen sammelten, erinnerten sie ihn an die Massenansammlungen der größeren und ursprünglicheren Antarktis-Seeschwalben. In der Schönheit des Nordlichts von Benbecula dachte er an die spektakulärere Vorstellung der antarktischen Aurora. Im Frieden der Moorgebiete Benbeculas dachte er an den größeren Frieden auf den antarktischen Eisflächen. In den sanften Augen der Hochland-Rinder sah er die tränenfeuchten Augen seiner Freunde, der Robben – er sah sich zwischen ihnen umhergehen, zu ihnen reden und ihnen versprechen, dass ihnen niemals etwas zustoßen würde. Es war nicht die Antarktis, die er vergessen wollte, es war deren Vergewaltigung. Aber wie es aussah, war die Navy nicht gewillt, ihn diese Vergewaltigung, beziehungsweise die Rolle, die er dabei gespielt hatte, vergessen zu lassen.

Als er von London zum Stützpunkt zurückkehrte, war er oft in Gedanken versunken. Zwei Dinge machten ihm Sorge. Er konnte den Standpunkt der Admiralität verstehen. Sie vermuteten nach wie vor, er hätte ihnen nicht die Wahrheit gesagt, was in der Antarktis geschehen war. Sie hatten ihm Zeit gelassen, sich von seinen schrecklichen Erlebnissen zu erholen, hatten ihn medizinisch rehabilitiert, hatten ihm mit Rat und Tat zur Seite gestanden; jetzt erwarteten sie von ihm, reinen Tisch zu machen. Damit, sagte er sich, würden sie nicht aufhören. In seinen Gedanken sah er die Akte Sonderkommando nicht nur mit dem Aufdruck »Streng geheim«, sondern auch mit dem Zusatz »Nicht schließen« im Safe der Admiralität liegen. Es war ihm klar, dass wenn er Frieden wollte, er gut beraten wäre, nicht weiter für die Navy zu arbeiten, sondern seinen Abschied zu nehmen. Wenn er jedoch nicht weiter bei der Navy bliebe, wie und wo sollte er Karriere als Meteorologe machen?

Eines Abends, als er versuchte, die durchschnittliche Tiefsttemperatur des Stützpunktes für den Monat Oktober zu ermitteln, hatte er eine Idee. In seinem Besitz befanden sich eine Unmenge von statistischen Daten über das Wetter an der Westküste Schottlands. Irgendwo in Port Stanley mussten – übermittelt vom Sonderkommando – die statistischen Wetterdaten der Westküste der Antarktischen Halbinsel aufbewahrt sein. Wenn er dieser Daten habhaft werden könnte, wäre er in der einmaligen Lage, die Klimatas dieser zwei sehr verschiedenen Orte miteinander zu vergleichen und auf diese Art und Weise globale Wetterschemata auszuarbeiten. Wenn er diese Erkenntnisse veröffentlichen würde, könnte ihm das sicher helfen, als Meteorologe irgendwo angestellt zu werden.

Es war nicht einfach, die Admiralität zu überzeugen, ihm Zugriff auf die Akten von Port Stanley zu gewähren, doch schließlich gelang es ihm, und er konnte sich an die Arbeit machen. Es war der Beginn einer lebenslangen Forschungsarbeit, einer Forschungsarbeit, deren besonderer Reiz für ihn darin lag, dass er in ständigem Kontakt mit dem Kontinent war, den er am meisten liebte.

Er beschloss, seine Veröffentlichung »*Vergleichende Stu-*

die von Fallwinden an den Küsten der Antarktis und Schottlands« zu nennen. Er kam mit seiner Arbeit gut zu Rande, bis er einen unerwarteten Rückschlag erlitt.

Lockwood traf auf das andere Geschlecht.

Verhältnisse zwischen Offizieren und niedereren Dienstgraden wurden offiziell ungern gesehen; inoffiziell hielt man sie für unvermeidlich. Lockwood machte sich also nur eines der gewöhnlicheren Fehltritte schuldig, als er sich in seine Fahrerin verliebte.

Sie hieß Jean Lumsden, war ein stilles, eher schüchternes Mädchen mit einem zu großen Mund, einer zu stupsigen Nase und zu vielen Sommersprossen, um im klassischen Sinne als schön zu gelten. Aber die Besatzungen der Flugzeuge, die sie hin und wieder von der Offiziersmesse zum Kontrollturm fuhr, waren sich darin einig, dass sie verdammt gut aussah. Ihr Vater war Kranführer in den Docks von Southampton, und sie war den WRNS in der Hoffnung beigetreten, in Portsmouth, nahe bei ihren Eltern, stationiert zu werden. Als sie sich in Benbecula, dem von Portsmouth am weitesten entfernten Punkt innerhalb der Britischen Inseln, wiederfand, war sie alles andere als begeistert. Aber sie arrangierte sich; bei den anderen Mädchen war sie beliebt, denn sie hatte ein freundliches Gemüt und war immer und überall stets hilfsbereit. Und genau dies war auch der Grund, weshalb sie Lockwoods Fahrerin wurde. Einige der WRNS-Mädchen waren Offizieren fest zugeordnet, andere arbeiteten in der Fahrbereitschaft. Als man Lockwood einen eigenen Wagen zur Verfügung stellte, hatte man ihm gesagt, er könne auch eine eigene Fahrerin haben. Doch dies war eine Aufgabe, um die sich keines der Mädchen riss. Es lag nicht an Lockwood selbst, sondern an den unmöglichen Zeiten, zu denen er unterwegs war; insbesondere unbeliebt war seine Mitternachtstour zur Nordspitze der Insel, wo Lockwood täglich seine Instrumente ablas; Jean Lumsden ließ sich überreden, sich freiwillig für eine Aufgabe zu melden, die niemand sonst übernehmen wollte.

Sie kamen von Anfang an gut miteinander aus. Es gefiel ihm, dass seine Fahrerin ein so angenehmes, attraktives und unkompliziertes Mädchen war. Jean freute es, dass ihr Fahrgast sehr nett und rücksichtsvoll war und sie keine Angst zu haben brauchte, von ihm auf nächtlicher Tour betatscht zu werden. Beide waren in Bezug auf das andere Geschlecht ziemlich scheu und beide hielten sich, schon wegen des Rangunterschiedes, deutlich zurück – die erste Zeit waren sie sogar sehr formell: Er nannte sie Miss Lumsden, sie nannte ihn Sir. Es waren die Seevögel, die sie zusammenbrachten.

Lockwood opferte einen Gutteil seiner Freizeit dem Studium der Möwen, Raubmöwen und Kormorane, die zu Zehntausenden rund um den Stützpunkt nisteten. Da er sich nicht sicher war, ob seine Vorgesetzten dies als Arbeit betrachteten, benutzte er, wenn er auf Vogelschau ging, nie seinen Dienstwagen. Als er eines Nachmittags zu Fuß um den Stützpunkt zur Küste ging, kam Jean im Wagen angefahren. Sie hielt an.

»Möchten Sie, dass ich Sie mitnehme, Sir?«

Er fragte, wo sie hinführe, und sie antwortete: »Zu den nördlichen Flugzeughallen.« Diese Hangars lagen ganz in der Nähe des alten Küstengängerwegs, auf dem er in der Regel zum Strand hinunter ging. Er dankte ihr und stieg ein. Eine Zeit lang fuhren sie schweigend dahin. Dann, wie um ihr zu erklären, weshalb er sie nicht gerufen habe, sagte er: »Ich gehe auf Vogelschau.«

»Ich weiß, Sir.«

»Ich glaube nicht, dass die Admiralität dies als eine Dienstpflicht betrachtet. Sie etwa?«

Sie dachte, er würde die Dinge zu genau nehmen, aber wollte das nicht sagen, weil sie Angst hatte, er könnte glauben, sie wäre hinter ihm her, also sagte sie nur: »Vielleicht nicht, Sir.«

Wieder schwiegen sie. Sie fuhren an den Hangars vorbei und er fragte sie: »Sind Sie an Vögeln interessiert?«

»Ich weiß nicht, ich habe darüber noch nicht nachgedacht. Aber ich denke, ich könnte mich für sie interessieren. Wenn ich mehr über sie wissen würde.«

»Manchmal«, sagte er, »gehört es zu meinen Pflichten, sie zu beobachten – etwa wenn ich Grund zur Annahme habe, dass ein Sturm aufkommt. Vielleicht könnten Sie mich in solchen Fällen ja doch fahren. So lange man langsam fährt, ist der alte Küstengängerweg ganz in Ordnung.«

»Ja, natürlich, Sir.« Sie zögerte, dann lächelte sie und fügte hinzu: »Ich würde das sehr gerne tun.«

Er dachte, wenn sie lächelt, sieht sie sehr hübsch aus. Es wäre schön, sagte er sich, wenn ich sie öfter zum Lächeln bringen könnte.

Von nun an spielten die beiden ab und zu »Faulenzen« – wie sie es nannten – und fuhren zur Inselspitze, wo vor Jahren noch ein Leuchtturm gestanden hatte; jetzt gab es da nur noch Felsen und Massen von Seevögeln. Es war ein wilder Ort. Selbst an ruhigen Tagen schäumte die Brandung des Atlantik wie eine Milchflut über die Felsen; an stürmischen Tagen spritzte die Gischt bis zu 200 Meter hoch und 200 Meter weit ins Land hinein. Jean lernte bei ihren Besuchen auf der Inselspitze viel über Seevögel, aber nicht viel über Lockwood. Es war auf dem Stützpunkt allgemein bekannt, dass er in der Antarktis Schreckliches durchgemacht hatte, und sie hoffte, er würde ihr etwas darüber erzählen. Aber es dauerte nicht lange, bis sie feststellte, dass Lockwoods Vergangenheit etwas war, worüber er lieber schwieg. Am Anfang machte ihr das nichts aus, aber als sie sich immer öfter sahen und sie begannen, sich auch immer mehr lieb zu haben, ängstigte sie seine Insichgezogenheit. Wenn er mir nicht endlich vertraut, werden wir über das Beobachten von Vögeln nicht hinauskommen, dachte sie.

Wenige Wochen später brachte ein unerwarteter Vorfall die Sache auf den Punkt.

Die Sonne ging unter, sie kamen gerade, ein bisschen später als gewöhnlich, von der Spitze der Insel zurück. Alles war still und ruhig, es ging kein Wind, nur kleinere Nebelbänke, die von der See hereinkamen, bildeten Schwaden auf dem Rollfeld. Sie wählten den Weg um die Rollbahn herum, als ein Möwenpaar, aufgeschreckt durch den Motorenlärm, unmittelbar vor ihnen losflog. Bevor Jean auch nur ans Bremsen denken konnte, war eine der Möwen bereits unter die Räder gekommen. Beide schraken zusammen; als sie zurückschauten, sahen sie ein Bündel zuckender Federn am Boden liegen.

»Es war nicht deine Schuld«, sagte er. »Würdest du bitte stehen bleiben?«

Sie hielt an, schaltete den Motor ab, er stieg aus und ging zurück zu der Möwe. Er sah sie sich genau an, dann brach er ihr mit seinen Fingern das Genick. Die Flügel schlugen noch einmal, dann war es zu Ende. Er legte die Möwe auf das Gras am Rande der Fahrbahn, da sah er sie neben sich stehen.

»Ich wollte nicht, dass sie leidet«, sagte er.

Sie nickte. »Ich weiß. Aber ich glaube nicht, dass ich das hätte tun können.« Sie nahm seine Hand. »Das war«, sie zögerte, »sehr tapfer von dir.«

Als sich ihre Finger um seine Hand schlossen, tat er nichts; er zuckte nicht zusammen, ließ auch seine Hand in der ihren, aber er sagte: »Ich denke, es ist besser, wir fahren jetzt zurück.«

Sie sah ihm geradewegs in die Augen. »Warum?«

»Was warum?«

»Warum ziehst du dich immer zurück, wenn ich versuche, dir nahe zu kommen?«

»Es tut mir Leid, Jeanie.«

»Es braucht dir nicht Leid zu tun. Sag mir nur, warum.«

Seine Augen nahmen einen Ausdruck an, den sie nur zu gut kannte. Er zog sich in eine Welt zurück, in der es keinen Platz für sie gab.

»Bitte«, sagte sie, »geh nicht irgendwohin, wohin ich dir nicht folgen kann.«

Lockwood war hin und her gerissen. Er hatte Sehnsucht danach, mit ihr zu sprechen, mit ihr zu teilen, was ihm etwas bedeutete. Aber da war wieder die Stimme in ihm, die flüsterte: »Wenn du ihr dies erzählst, wirst du ihr bald jenes erzählen. Willst du, dass sie weiß, dass du ein Kannibale bist? Willst du, dass sie über das Uran erfährt?«

»Wir sind spät dran«, sagte er. »Wir sollten besser zurückfahren.«

Den Rest des Weges bis zur Offiziersmesse schwiegen sie beide.

Keiner von ihnen konnte in dieser Nacht einschlafen. Beide lagen sie mit offenen Augen in ihren Betten und starrten zur Decke.

Lockwood sagte sich, dass er ein Idiot war. Da war ein Mädchen, das er liebte, und sie schien auch ihn zu lieben, warum teilten sie nicht alles miteinander, wie dies Liebende tun? Die Wahrheit war – er gestand es sich nur ungern ein –, dass er sich noch immer nicht von seinem Antarktik-Trauma erholt hatte. Es war noch nicht so lange her, dass er monatelang am Abgrund des Todes gestanden hatte; so hungrig, dass er den Körper seines Commanders aufhackte und aß, und geistig so verwirrt, dass er um den Tod einer Fliege weinte und Halluzinationen von einem nackten Eskimomädchen hatte. Das waren Wunden, die nicht über Nacht heilen. Seine Liebesaffäre hatte ihn nach all diesen schrecklichen Erlebnissen viel zu früh überrollt; jetzt wusste er nicht, damit umzugehen. Zu gegebener Zeit wurde er vielleicht einmal anfangen zu erzählen, und vielleicht würde er ihr auch irgendwann mal alles erzählen. Aber jetzt wollte er nur in Ruhe gelassen werden, vergessen. Vielleicht, wenn ich so tue, als hätte ich kein Problem, sagte er sich, wird das Trauma auch einmal verschwunden sein, und wir beide können weitermachen wie zuvor.

Aber Jeanie war nicht bereit, dies so hinzunehmen. Sie war ein unkompliziertes, aufrichtiges und direktes Mädchen, das unkomplizierte, aufrichtige Verhältnisse schätzte; es schien ihr, Lockwood sei zu sehr in Schwierigkeiten verstrickt; das war nicht die Art von Beziehung, die sie sich wünschte. Er war zwar der erste Mann, von dem sie gedacht hatte, sie könnte mit ihm den Rest ihres Lebens verbringen, aber wie es aussah, wollte er sein Leben mit niemandem teilen. Das, sagte sie sich, war nicht das, was sie sich vorgestellt hatte. Sie entschloss sich, Nägel mit Köpfen zu machen.

Ein paar Tage später parkte ihr Jeep am Rande des Rollfeldes; er beobachtete die Vögel durch sein Fernglas, sie wartete auf dem Fahrersitz. Nach einer Weile ging sie hin und stellte sich neben ihn. Sie war sehr unsicher.

»James ...«

Er schaute sie verkrampft an. »Ja?«

»Nur einen Augenblick. Kannst du bitte einmal an uns denken und nicht an die Vögel?«

Sein Unbehagen steigerte sich. »Was, an uns?«

»Warum«, fragte sie, »kannst du mir nicht erzählen, was in der Antarktis passiert ist? Ich weiß, es muss schrecklich gewesen sein; ich will dir helfen. Doch jedes Mal«, es war ihr unsäglich peinlich, dass sie rot wurde und den Tränen nahe, »jedes Mal, wenn ich versuche, dir nahe zu kommen, schlägst du mir eine Tür ins Gesicht ...«

Das war das Letzte, was er wollte. Eine erneute Befragung, die noch viel schwieriger zu ertragen war, da er die

Fragestellerin liebte. »Bitte, Jeanie, ich möchte nicht darüber sprechen.«

Seine Augen nahmen wieder denselben weit entfernten Ausdruck an und sie wusste, dass er sich in eine Welt flüchtete, in die sie ihm nicht folgen konnte. Was sollte sie tun? Sie beabsichtigte nicht zu schmollen, und sie beabsichtigte auch nicht zu weinen. Wenn es das war, was er wollte, dann sei es drum. Langsam ging sie zum Jeep zurück, setzte sich auf den Fahrersitz, starrte auf die Inselspitze, wo sie zusammen so viele Stunden verbracht hatten, und dachte an das, was hätte sein können.

Nachdem er sich überzeugt hatte, dass sich die Möwen so wie immer verhielten, kam er zum Jeep zurück, kletterte auf den Sitz neben sie.

»Zur Offiziersmesse, Sir?«

»Ja, bitte.«

Noch mehrere Male auf ihrem Weg zur Offiziersmesse dachte sie, er würde etwas sagen. Aber nichts geschah.

Augen zu und durch, sagte er sich. Das wird schon wieder.

Aber es kam anders.

Mehrere Wochen später rekrutierte der WRNS-Offizier Freiwillige für den Flotten-Luftwaffenstützpunkt Lee-on-Solent, der nach dem Krieg weiter ausgebaut werden sollte; die Militärbasis lag nicht weit von Southampton entfernt. Jean meldete sich, und binnen 48 Stunden war sie auf dem Weg in den Süden Englands. Jetzt bin ich wenigstens in der Nähe meiner Eltern, dachte sie … Sie schrieb Lockwood einen Brief, der fast 50 Jahre später in seinem Nachlass gefunden wurde. In diesem Brief gestand sie ihm, was sie sich nicht getraut hatte, ihm ins Gesicht zu sagen: dass sie ihn liebte. *»Aber wenn wir nicht zusammen gehen können«*, schrieb sie, *»denke ich, dass es besser ist, jeder bleibt für sich allein.«*

Darauf war er nicht im Mindesten vorbereitet. Er nahm ihren Brief mit zur Spitze der Insel, las und las ihn unentwegt wieder. Dann saß er stundenlang und starrte auf die Vögel ohne sie zu sehen und dachte, was viele klügere Männer schon vor ihm gedacht hatten: Du weißt nie, was du willst, bis du es verloren hast.

☆

Wieder flüchtete er sich in die Arbeit.

Die » *Vergleichende Studie von Fallwinden an den Küsten der Antarktis und Schottlands* « erschien im Dezember 1945. Zu Lockwoods freudiger Überraschung wurde die Studie nicht nur in mehreren meteorologischen Magazinen, sondern auch im »New Scientist« und im renommierten »Geographical Magazine« abgedruckt. Was den Leuten daran gefiel, war die Idee, eine wissenschaftliche Untersuchung mit persönlichen Erlebnissen zu paaren; eine Kombination, die es Lockwood ermöglichte, Naturphänomene – in diesem Fall die äußerst heftigen Fallwinde – nicht nur zu beschreiben, sondern sie zum Leben zu erwecken.

Seine Studie macht ihn auch bei Lesern außerhalb der Streitkräfte bekannt. Im Frühjahr 1946 rief ihn jemand vom Colonial Office an und fragte, ob er mal vorbeikommen dürfe. Das Gespräch erwies sich für Lockwood als einzigartiger Glücksfall.

Der junge Mann stellte sich als Peter Fuchs vor und erklärte ihm, er sei gerade im Begriff, eine Tätigkeit im Colonial Office für die Unterabteilung »Falkland Islands Dependencies Survey« anzunehmen. Seine Aufgabe sei es, ein Team zusammenzustellen, das eine wissenschaftliche Studie in der Antarktis durchzuführen hätte. Sie würden, fügte er hinzu, noch einen Meteorologen brauchen.

Die beiden Männer unterhielten sich bis spät in die Nacht. Bald wurde offensichtlich, dass die beiden grundliegend verschiedene Absichten in Bezug auf ihren Arbeitsplatz hatten. Fuchs wollte auf die Antarktis, um dort Grundlagenforschung zu betreiben und eine ständige Präsenz Großbritanniens auf dem Kontinent zu etablieren. Lockwood wollte in England bleiben und das Forschungsprojekt, insbesondere den meteorologischen Aspekt, von zu Hause aus koordinieren. Trotz dieses Gegensatzes verband beide jedoch eine tiefe, andauernde Liebe zu diesem Kontinent. Das schweißte sie zusammen; das war es, was letztlich den Ausschlag gab.

Zwei Wochen nach Fuchs' Besuch erhielt Lockwood einen Brief vom Colonial Office. Darin wurde ihm angekündigt, dass er, sobald er aus der Navy entlassen sei, die Stelle bei der »Falkland Islands Dependencies Survey« antreten könne.

Es war ihm, als ob ein Traum Wirklichkeit würde.

☆

Es gibt nicht viele Menschen, die praktisch ihr gesamtes Arbeitsleben nur einem einzigen Herrn dienen. Bei Lockwood war das so. Er trat dem Büro im Sommer 1946 bei und wurde im Frühjahr 1987 pensioniert.

Natürlich arbeitete er für eine undurchsichtige, schlecht zahlende Behörde, aber er wurde von seiner Arbeit so in Bann gezogen, dass er die angenehmeren Seiten des Lebens glatt verpasste. Er hat nie geheiratet, hatte niemals Kinder, nicht mal eine Partnerschaft mit einer Frau; selbst ein Haus hatte er bis dahin nie besessen. Aber er war seiner Zeit voraus. Er gehörte zu den Ersten, die die Antarktis als eine Quelle bezeichneten, aus der die Menschheit Wissen schöpfen konnte. Er war auch ein Vorkämpfer im Kampf gegen die Umweltverschmutzung. Wie man dazu auch stehen mag, dies waren die Fakten:

Am 2. Juli 1946 nahm er seine Tätigkeit im Hauptquartier

der »Falkland Islands Dependencies Survey« in Cambridge auf und war dort vom ersten Augenblick an glücklich. Durch seine Arbeit war es ihm möglich, mit dem Kontinent, den er liebte, in Verbindung zu bleiben und ihm bis zum Ende die Treue zu halten. Während des Krieges war er ein Teil dieses Kontinents geworden, vergleichbar einer Mistel, die an einem Baum festwächst. Wenn man ihm diese Verbindung genommen hätte, wäre es einer Beraubung gleich gekommen. Weit davon entfernt zu glauben, dass es sich bei seinen Erlebnissen in der Antarktis nur um flüchtige Kriegsepisoden handelte, stellte er mit dieser Berufswahl endgültig sicher, dass seine antarktischen Erlebnisse der Dreh- und Angelpunkt seines restlichen Lebens, seines Todes, ja selbst dessen, was nach seinem Tode passierte, blieben.

Es begann so, dass die Vorgesetzten im »Survey« ihn anfangs als Sonderling betrachteten. Sie hatten erst einmal völlig verdutzt geschaut, als er darum bat, die Ergebnisse seiner meteorologischen Forschung nach Moskau und Buenos Aires schicken zu dürfen. Das Wetter kennt keine Grenzen, hatte Lockwood gesagt – und war damit durchgekommen. Dafür gab es zwei Gründe. Der eine bezog sich auf seinen Status: 1946 gab es nur sehr wenige Menschen, die jemals einen Fuß auf die Antarktis gesetzt hatten; noch weniger hatten dort überwintert, aber noch niemals zuvor war dies einem Menschen alleine gelungen. Der zweite Grund bezog sich auf seine Persönlichkeit: Obwohl er sich nicht als etwas Besonderes betrachtete, war Lockwood so etwas wie eine Legende. Er hatte immer gut ausgesehen, nun gaben ihm sein abgemagerter Körper, seine weißen Haare und seine unruhigen Augen den Ausdruck von Würde. Frauen betrachteten ihn oft nicht nur als bemerkenswert sondern auch als attraktiv; umso mehr, als er sich bemühte, ihnen aus dem Weg zu gehen. Für ihn kam keine an seine »Jeanie mit dem hellbraunen Haar« heran. Manchmal dachte er noch an sie. Aber was die Frauen anging: Wenn er schon nicht bereit war, mit einer von ihnen sein Geheimnis zu teilen, wollte er ihnen auch nicht zu nahe treten. Es gibt viele Leute, sagte er sich, die niemals heiraten, und trotzdem ein glückliches, sinnvolles Leben verbringen. Er wollte einer von ihnen sein. Er wollte sein Leben der Antarktis widmen.

Und so geschah es auch.

Die 50er und 60er Jahre waren für Lockwood eine Zeit stiller Zufriedenheit. Er liebte Cambridge und die schlichte, wunderschöne Umgebung. Er hatte eine Wohnung in einem Bauernhof auf dem Weg nach Ely gemietet; jeden Tag fuhr er mit seinem Auto zur Arbeit, einem Auto, das heutzutage nicht die geringste Chance hätte, durch den TÜV zu kommen. Freundschaften schloss er nur selten, aber wenn, dann hielten sie ein Leben lang: mit seiner Sekretärin, die ständig kündigte, weil sie endlich Kinder haben wollte, und dann doch immer wieder zurückkam; mit seinem Direktor im Survey; mit einem oder zwei Dozenten der Universität; mit einer Hand voll Bauern. Die meisten seiner Vergnügungen waren bescheiden: gelegentlich ein Drink mit Freunden im Pub, Vögel beobachten im Moor, mit seinem alten Dinghy die Küste entlang segeln; mit seinem Hund lange Spaziergänge über die weiten, flachen Felder machen.

Den Hund hatte er durch Zufall bekommen. Eines Tages tapste ein armselig aussehendes, ausgemergeltes Hundekind ohne Halsband über den Hof. Zuerst fütterte es Lockwood, weil es ihm Leid tat, dann schloss er es in sein Herz. Schließlich wuchs sich der Welpe zu einem großen Promenadenmischling aus, der die Begabung hatte, alles umzuschmeißon, was in seinem Weg stand. Besonders, wenn er hinter Hündinnen und Katzen her war. Clueless, wie er ihn nannte, und er entwickelten eine Beziehung, die beide zufrieden stellte. Sie waren beide Einzelgänger, jeder machte sein eigenes Ding: jeder für sich allein, wenn ihm danach war, zusammen, wenn es beiden passte. Manchmal blieb Clueless tagelang verschwunden, manchmal sprang er morgens mit einem gewaltigen Satz in Lockwoods Auto und fuhr mit ihm ins Laboratorium, inspizierte die ganze Abteilung, besuchte die Leute, die er mochte, und legte sich dann schlafen – bis sein Herrchen ihn wieder mit nach Hause nahm. Die Jahre vergingen, Clueless blieb immer seltener von zu Hause fort, klebte immer mehr an Lockwood; bis er schließlich alt war und ihm wie ein Schatten nicht mehr von der Seite wich. Als er starb, wurden in Lockwood Erinnerungen an ein Gefühl wach, von dem er glaubte, er sei immun dagegen: Einsamkeit. Wie stets war die Arbeit das beste Mittel dagegen.

Es dauerte nicht lange, bis Lockwoods Arbeit nicht nur extrem wichtig war, sondern auch als extrem wichtig angesehen wurde. Die Ursache dafür begründete sich in der Begehung des »Geophysikalischen Jahres 1957/58«.

Wissenschaftler wussten bereits seit längerer Zeit, dass die Antarktis ein ideales Forschungsgebiet war. Um es mit den Worten des schwedischen Entdeckers aus dem 19. Jahrhundert, Otto Nordenskjold, zu sagen: Die Antarktis ist ein riesiges tiefgefrorenes Lagerhaus des Wissens. Denn eingeschlossen im ewigen Eis liegen unangetastet die Geheimnisse der Erde, so, wie sie war, bevor der Mensch auftrat. 1957 kamen die Wissenschaftler von zwölf Nationen zusammen und einigten sich darauf, insgesamt 50 Forschungsstationen auf dem Kontinent und seiner näheren Umgebung zu etablieren. In einem bis dahin noch nie dagewesenen Zusammenschluss internationaler wissenschaftlicher Forschung flossen von nun an die gesammelten Erkenntnisse in einen gemeinsamen Topf. Bei dieser wissenschaftlichen Pioniertat spielte Lockwoods Behörde, die mittlerweile zu »British Antarctic Survey« umbenannt worden war, eine herausragende Rolle. Lockwood wurde der Leiter der meteorologischen Station, die auf dem Stützpunkt Halley, am äußeren Rande des Wedellmeeres, postiert war.

Die Teilnehmer am Kongress des »Internationalen Geophysikalischen Jahres« waren sich einig, dass Forschung und Zusammenarbeit nicht nur eine kurze Episode, also auf ein Jahr begrenzt, sondern von Dauer sein, und zur festen Einrichtung werden sollte. Auf Grund dieser Vereinbarung entstand schließlich der Antarktis-Vertrag.

Dieses erstaunlich einfach gehaltene Gesetzeswerk – es hat nur 14 Paragraphen und kann in zehn Minuten durchgelesen werden – basiert auf der Voraussetzung, dass es im Interesse der gesamten Menschheit liegt, die Antarktis für alle Zeiten ausschließlich nur für friedliche Zwecke zu nutzen … und die Freiheit der wissenschaftlichen Forschung zu gewährleisten. Seine Unterzeichnerstaaten – mittlerweile sind es über 40 – stimmten mit den grundsätzlichen Prinzipien überein, dass militärische Aktivitäten auf dem Kontinent sowie Nukleartests und das Entsorgen von radioaktiven Abfällen ausgeschlossen seien; sie einigten sich ferner darauf, die Ressourcen des Kontinents sowie dessen Umwelt zu schonen. Das Abkommen wurde im Juni 1961 rechtskräftig und sollte 30 Jahre lang Gültigkeit haben.

Die Bedeutung des Antarktik-Vertrages für Wissenschaftler im Allgemeinen und für Lockwood im Besonderen kann man gar nicht hoch genug einschätzen. Für ihn war es nicht nur eine Garantie, seine Arbeit fortsetzen zu können, sondern auch seine Erkenntnisse zu veröffentlichen. Je mehr Forschungsarbeit er und seine Kollegen auf der Station Halley leisteten, desto wichtiger war es für sie, dass alle Völker der Erde auf ihre Erkenntnisse auch hingewiesen wurden. Lockwood veröffentlichte über seine Halley-Resultate eine ganze Reihe von Studien. Zählt man sie chronologisch auf, ergibt sich daraus ein eigenes Bild: *Dem Druck auf der Spur – die Tiefdrucksysteme der südlichen Moore* (1950);

Gefroren in der Zeit – Klimarekorde der polaren Eisflächen (1955); *Himmlische Körper – eine Studie der Aurora und der Geokorona* (1960); *Die Ionosphäre – ein Blick auf den Südpol* (1964); *Atmosphärische Forschung in der Antarktis* (1970); *Die Morphologie der Ozeane* (1977); *Gleichung einer Katastrophe: 1 Atom Chlor = minus 100 000 Atome Ozon* (1981); *Die Wahrheit über das Loch* (1986). Seine ersten Aufsätze hatten mit dem Wetter zu tun, seine späteren mit der Atmosphäre.

Da Forschung heute sehr häufig das Ergebnis von Teamarbeit ist, lässt es sich oft kaum sagen, welchem spezifischen Wissenschaftler eine Entdeckung zuzuordnen ist; der brillante Kopf, der die Idee hatte, der Techniker, der die Tests im Labor durchführt, der Publizist, der den Bericht schreibt, sind in der Regel verschiedene Leute. Lockwood hat ganz bestimmt nie behauptet, das Ozonloch entdeckt zu haben, aber es war seine Mannschaft auf der Forschungsstation Halley, die als Erste vor einer dramatischen Abnahme der Sauerstoffatome in der Atmosphäre über der Antarktis warnte.

Die Ausdünnung zu entdecken und weiterhin zu beobachten war nur ein kleiner Teil von Lockwoods Arbeit; noch nicht mal der Wichtigste – aber derjenige, der die Aufmerksamkeit des Publikums am meisten erregte. Denn die Tatsache, dass im Himmel ein Loch war, durch das die schädlichen Strahlen der Sonne ungefiltert auf die Erde dringen konnten, war ein Bild der Apokalypse, das der einfache Mann auf der Straße verstehen und vor dem er sich fürchten konnte.

Kurz bevor Lockwood in Pension ging, veröffentlichte er das Buch *Die Wahrheit über das Loch*, in dem er seine Resultate der Halley-Forschung für Laien verständlich darlegte:

Wir mögen in der Lage sein, schrieb er, *die Erde zu miss-*

brauchen und damit davonzukommen; aber wir missbrauchen die Atmosphäre, und das ist tödlich.

Ich glaube nicht, dass das Leben auf der Erde zum Erliegen kommt, weil wir die Regenwälder abholzen oder weil wir die Meere überfischen; denn die Erde ist stark und in der Lage, sich dem Menschen anzupassen. Wenn wir hier einen Wald abholzen, können wir dort einen neuen pflanzen. Wenn wir Tiere töten, können wir an anderer Stelle für ihre Vermehrung sorgen. Aber da die Atmosphäre in vielfacher Hinsicht außerhalb unserer Kontrolle liegt, glaube ich, dass wir das Leben, so wie wir es kennen, sehr wohl zu einem Ende bringen können, wenn wir sie weiterhin verschmutzen; wenn erst mal die Dinge da oben schief laufen, könnte es sein, dass wir niemals wieder in der Lage sind, sie zurecht zu rücken.

Eine Funktion der Atmosphäre ist es, die Stärke des Sonnenlichts, das auf die Erde dringt, zu regulieren. Etwa 25 Kilometer über der Erdoberfläche liegt eine vergleichsweise dünne Schicht von Sauerstoffatomen (O_3), die man Ozon nennt; diese dichten O_3 Sauerstoff-Atome unterscheiden sich von den herkömmlicheren Sauerstoff-Atomen (O_2) dadurch, dass sie in der Lage sind, die potentiell tödlichen ultravioletten Strahlen der Sonne auszufiltern. Wenn diese Ozonschicht verschwindet, so dass die Sonnenstrahlen ungefiltert auf die Erde treffen, bedeutet das höchstwahrscheinlich unser aller Ende.

Wissenschaftler, die in der Antarktis arbeiten, haben kürzlich herausgefunden, dass die Ozonschicht an bestimmten Orten zu bestimmten Zeiten erheblich abnimmt; über der Antarktis in einem solch bedrohlichen Maße, dass sich dort nun ein regelrechtes Loch befindet.

Die Wissenschaftler haben auch die Ursache dafür herausgefunden. Es wurde in der Atmosphäre eine Substanz entdeckt, die dort nicht das Geringste zu suchen hat: Chlor,

Chlor verbindet sich mit den Sauerstoff-Atomen und bildet Chlor-Monoxid, eine nicht in die Atmosphäre gehörende Verbindung, die die Ozonschicht zerstört. Die Wissenschaft weiß auch, woher dieses Chlor stammt: Es entsteht aus Fluorchlorkohlenwasserstoffen, ein von Menschen hergestelltes Industriegas, das gegenwärtig in Kühlsystemen und bei der Herstellung von Aerosolen und Kunstschäumen Anwendung findet. Diese Fluorchlorkohlenwasserstoffe (FCKWs) werden in der beängstigenden Menge von jährlich 60 000 Tonnen in die Atmosphäre geblasen.

Eine der schwerwiegendsten Folgen der Abnahme der Ozonschicht wurde besonders in der südlichen Hemisphäre beobachtet. Gestern noch sonnten sich unsere Eltern an den Stränden Australiens ohne Sonnenschutz – es machte ihnen kaum etwas aus. Heute benutzen unsere Kinder eimerweise Sonnenblocker; trotzdem haben in den letzten Jahren in Australien und Südostasien die Zahlen an Hautkrebserkrankungen und Grauem Star beträchtlich zugenommen, beides unmittelbare Folgen der erhöhten Sonneneinstrahlung.

Das bedeutet jedoch nicht, dass sich der Himmel von uns abgewandt hat und das Ende der Welt nahe ist. Aber es bedeutet, glaube ich, dass wir eine Warnung erhalten haben; eine Warnung, insbesondere die Verschmutzung unserer Atmosphäre mit FCKWs zu stoppen. Und eine Warnung im Allgemeinen, dass, wenn wir unsere Umwelt verändern (es ist offensichtlich, dass wir das tun), wir die Veränderungen, die wir hervorrufen, sehr genau und nach wissenschaftlichen Kriterien beobachten müssen.

Der bei weitem geeignetste Ort der Erde für wissenschaftliche Beobachtungen ist die Antarktis. Das Umfeld dort ist noch unverfälscht, die Infrastruktur mit über 40 ständig bemannten Forschungsstationen vorhanden, und der Prozess der Verbreitung gewonnener Erkenntnisse hervorragend *etabliert. Der Umstand, der ursächlich war, dass die Antarktis ein Kontinent der Forschung werden konnte, war der Antarktis-Vertrag. Es ist daher wichtig, diesen Vertrag, wenn er Anfang der 90er Jahre erneuert werden soll, zu ratifizieren. Denn dieser Vertrag ist die Garantie für Forschung. Ohne Forschung jedoch wird es kein Überleben geben.*

Dies war seine Rechtfertigung und gleichzeitig auch sein Abgesang. Ein Jahr nach der Veröffentlichung wurde er pensioniert.

Zum einen Teil ging er in Rente, weil er über 65 Jahre alt war, zum anderen, weil er seit den letzten Monaten ein beengendes Gefühl in der Brust und ein Kribbeln im Arm verspürte. Sein Arzt riet ihm, täglich ein Aspirin zu nehmen und verordnete ihm Ruhe. Er entschied sich, seine Tätigkeit bei der »British Antarctic Survey« aufzugeben und nur noch für das SCAR, das »Scientific Committee for Antarctic Research«, dem er seit Jahren angehörte, zu arbeiten.

Seine Freunde dachten, er würde in Cambridge bleiben, doch er hatte andere Pläne. Der gesunde Menschenverstand sagte ihm, dass mit 66 Jahren sein Herz eher schlechter als besser werden würde. Was er jedoch am wenigsten wollte, war eine Last für die Menschen zu werden, die er mochte. Er beschloss, sich nach Cornwall im Südwesten Englands zurückzuziehen; eine Gegend, die er bereits als Kind geliebt hatte, wo er aber seit 50 Jahren nicht mehr gewesen war. Im Herbst des Jahres 1986 nahm er sich einen Monat Urlaub und fuhr dorthin, um sich ein Haus zu suchen.

Er fand es durch Zufall. Der Wind war kalt, die See mit weißen Schaumkronen bedeckt, als er eines Morgens mit seinem – neuen – Hund zu einem Spaziergang über den Klippenweg, der von der Mündung des Hardford River zu einer

Felsgruppe, namens »The Manacles«, zu deutsch »Handfesseln«, aufbrach. Am oberen Ende der Steigung eröffnete sich ihm eine Aussicht, die im herkömmlichen Sinn nicht unbedingt als herrlich zu bezeichnen war, ihm aber das Gefühl stiller Befriedigung vermittelte. Unter den Klippen lag angeschmiegt an die Felsen eine Ortschaft mit grauen Häusern und grauen Schieferdächern; ein Blick auf die Karte sagte ihm, dass es sich um das Fischerdorf Porthallow handelte. Die einzige Verbindung zur restlichen Welt bestand in zwei einspurigen Straßen, die im Zick-zack durch mit Stechginsterhecken umrandete Felder führten – ein guter Ort, um sich niederzulassen. Jetzt nur nicht nervös werden, dachte er, denn sicher gab es im weiten Umkreis hier kein einziges Haus zu kaufen. Aber er hatte Glück. Gleich nachdem er vom Klippenpfad kommend in das Dorf hineinbog, sah er ein großes rotes Verkaufsschild, das an einem der Fischerhäuschen am Hafen angebracht war. Er schrieb sich die Adresse des Maklers auf. Wenige Monate später gehörte das Haus ihm.

Er wäre glücklich gewesen, wenn er es geschafft hätte, ohne viel Aufhebens aus dem Amt zu scheiden; aber die Kollegen ließen das nicht zu. Dafür war er viel zu geachtet und beliebt. Man veranstaltete Parties für ihn, machte ihm Geschenke, und er erhielt so viele Glückwunschkarten, dass sie fast die Wände seines Büros sprengten. An seinem letzten Abend war er beim Direktor zu einem Abschiedsdrink eingeladen. Die beiden Männer waren immer gut miteinander ausgekommen, nun wollte der Direktor einen letzten Versuch unternehmen, damit ihr Abschied nicht, wie Lockwood es offenbar anstrebte, so endgültig würde. Sie standen am Fenster, nippten an ihrem Whisky und sahen hinaus auf die Felder, die den Hauptsitz des »British Antarctic Survey« umgaben.

Wie hatte sich doch alles verändert, dachte Lockwood, seit er hier angefangen hatte. Zu jener Zeit waren sie in einem Behelfsbau untergebracht, die Laboratoriumseinrichtungen waren geliehen, und alle versuchten sie verzweifelt, Gelder für ihre erste Antarktik-Station aufzutreiben. Nun stand hier ein imposantes, den Anforderungen entsprechendes Gebäude, das mit allem technischen Zubehör bis hin zu einer modernen EDV-Anlage ausgestattet war; sie besaßen eigene Schiffe, eigene Flugzeuge, waren an Satelliten angeschlossen und kontrollierten vier ständig besetzte Forschungsstationen.

»James, Sie werden doch nicht schon wieder träumen.« Die Stimme des Direktors brachte ihn in die Wirklichkeit zurück.

»Ich dachte gerade an unseren Behelfsbau und daran, wie wir damals froren.«

»Wir haben es weit gebracht, seit damals. Und das haben wir Leuten wie Ihnen zu verdanken … Ich überlege gerade, was Sie in diesem komischen Porthallow eigentlich machen wollen?«

»Mit meinem Hund spazieren gehen, Seevögel beobachten, für das SCAR arbeiten.«

Für den Direktor klang das ein bisschen so wie »Am schönsten ist es zu Haus' zu sein«, so, als ob Lockwood sein Leben künftig nur noch durch eine rosarote Brille betrachten wollte. »Und das wird Sie voll und ganz auslasten?«

»Ich weiß, worauf Sie hinauswollen. Aber das ist es nun mal, was ich will.«

Der Direktor sah ein, dass er auf Granit biss. »Ich kann also nur wiederholen, was schon in den Reden gesagt wurde: Bitte, vergessen Sie uns nicht. Halten Sie Verbindung mit uns. Wofür sind Freunde denn sonst da?«

Lockwood war gerührt – wie bereits durch die Herzlichkeit all seiner Kollegen, die ihm anlässlich seines Ausscheidens entgegengebracht worden war. »Schon wegen SCAR werden wir uns nicht aus den Augen verlieren.«

Eine Zeit lang sprachen sie über die Arbeit, die Lockwood für das SCAR tun wollte. Zwischen den Wissenschaftlern, da waren sich beide einig, würde es wie üblich keine Schwierigkeiten geben. Selbst während des Kalten Krieges und während des Falkland-Kriegs hatten Wissenschaftler der USA, der Sowjetunion, Großbritanniens und Argentiniens zusammengearbeitet; hatten zusammen gewohnt, sich derselben Wissensquellen bedient und sich gegenseitig in Notsituationen geholfen; die Wissenschaftler waren die weit besseren Botschafter des Friedens gewesen als die Politiker. Schwierigkeiten würde es höchstens zwischen den Vertragsverfechtern und einer oder zwei Regierungen geben. Die Verfechter wollten dem Antarktik-Vertrag mehr Biss verleihen und dafür sorgen, dass der Kontinent den Status eines »Welterbe« erhielt; besagte Regierungen hingegen wollten die im Vertrag getroffenen Vereinbarungen aufweichen, um natürliche Rohstoffvorkommen kommerziell ausbeuten zu können. Es jedem recht zu machen war einfach nicht möglich.

Die Unterhaltung dauerte bis in die frühen Morgenstunden. Bei manchem wie Gold schimmernden Single Malt vergaßen sie die Sorgen der Welt und die Probleme mit dem SCAR, streiften all dies wie eine Schlange ihre Haut ab und besannen sich darauf, was darunter lag: eine Freundschaft, die schon ein halbes Leben dauerte.

Lockwood fuhr diese Nacht nicht mehr nach Hause. Er wankte ins Gästezimmer und legte sich schlafen. Das Letzte, woran er sich erinnern konnte war, dass der Direktor ihm die Hand auf die Schulter gelegt hatte und mit einer Stimme, die ihm von sehr weit her zu kommen schien, gesagt hatte: »Alles was Sie wollen. Zu jeder Zeit. Wir sind immer für Sie da.«

☆

Es ist nicht wahr, dass wenn man sich in England als Zugereister in eine ländliche Gegend zurückzieht, man von den

Einheimischen dort geschnitten wird. Dies geschieht nur, wenn man nicht aufhört, die alte Heimat mit der neuen zu vergleichen, und wenn man versucht, sich aufzudrängen anstatt sich einzufügen. Lockwood machte keinen dieser beiden Fehler. Die Menschen in Porthallow akzeptierten ihn bald als den, der er war: als eingefleischten Einzelgänger, der Kinder, Vögel und Hunde mochte. Als die Leute merkten, dass er von den zwei Dingen, um die sich in Porthallow alles drehte, nämlich um das Meer und das Wetter, eine ganze Menge verstand, half ihm das gewissermaßen. Aus anfänglicher Skepsis, die man ihm entgegenbrachte, wurde erst allgemeine Toleranz, und nach und nach verstand er sich mit seinen neuen Nachbarn prächtig. Ein Jahr nach seinem Umzug schrieb er dem Direktor: *Ich habe hier einige sehr gute Freunde gewonnen und fühle mich richtig wie zu Hause. So sehr, dass ich sogar daran denke, die SCAR-Treffen aufzugeben; ich finde wenig Vergnügen daran, meinen Hund, die Seevögel und dieses Fischerdorf, das ich jeden Tag mehr liebe, zu verlassen.*

Es kam jedoch die Zeit, da die SCAR-Treffen unerwartete Dringlichkeit erfuhren. Der Antarktis-Vertrag stand zur Ratifizierung an und verschiedene Regierungen, darunter auch die von Großbritannien, sträubten sich, das Protokoll zu unterschreiben. Lockwood und der Direktor standen ständig in Kontakt, und eine ihrer Unterhaltungen sorgte bei ihm bald für schlaflose Nächte.

»Es sieht nicht schlecht aus, James.« Als der Direktor mit Lockwood eines Abends gegen Ende Mai telefonierte, war er so optimistisch wie selten zuvor. »Ich denke, wir unterschreiben. Solange nichts Außergewöhnliches passiert.«

»Was könnte Außergewöhnliches passieren?«

»Nun, Sie wissen doch: Wenn wir zum Beispiel dort das größte Erdölfeld der Welt entdecken. Oder einen Vulkankrater voller Diamanten. In dem Teil, der uns gehört. Irgendetwas, das die Regierung veranlassen könnte zu sagen: ›Moment mal. Das gehört uns. Wir werden das ausbeuten.‹«

Solch eine Entdeckung, das wussten beide, war höchst unwahrscheinlich. Trotzdem war Lockwood irgendwie beunruhigt. So, als habe er eine Vorahnung, dass die Geister der Vergangenheit nicht ruhten, sondern dabei waren, wieder zu erwachen.

☆

Er hatte gerade seine Tomaten gegossen, als das Telefon läutete. »Saint Keverne 130613.«

»Spricht dort Mr. James Lockwood?«

Er erkannte die Stimme nicht. »So ist es.«

»Hier spricht Commander Burnett. Sie kennen mich nicht. Ich arbeite für das MI 6.«

Er vermutete, dass dieser Anruf etwas mit seiner Arbeit für das SCAR zu tun hatte. Was zum Teufel, fragte er sich, hat der Geheimdienst damit zu tun? »Ja, Commander, was kann ich für Sie tun?«

»Haben Sie die heutige Zeitung schon gelesen?«

»Nein, wir liegen hier ein bisschen abseits. Die Zeitungen sind noch nicht da. Weshalb fragen Sie?«

Der Mann am anderen Ende machte eine Pause. »Tut mir Leid, dass ich mit der Türe ins Haus gefallen bin. Aber wenn Sie die Zeitung gelesen haben, sollten wir miteinander sprechen.«

Plötzlich hatte er ein ganz dummes Gefühl. »Würde es Ihnen etwas ausmachen, mir zu sagen, worum es geht?«

Erst wieder verlegenes Schweigen; dann die Worte, die sein Leben völlig umkrempeln sollten. »Die Chilenen haben auf der Antarktischen Halbinsel eine Leiche gefunden.«

Er fühlte sich, als habe man ihn in eine Wanne mit eiskaltem Wasser gestoßen. Er schloss die Augen. Aber wie fest er sie auch schloss, er konnte deutlich den aus dem Steintal ausgegrabenen Körper Edes sehen. Wieder hörte er das Kratzen seines Messers auf dem Knochen, wieder hatte er den süßsauren Geschmack von Menschenfleisch auf seiner Zunge. Es wurde ihm klar, dass die Zeit keine Wunden heilte, sie schüttete sie nur zu.

Burnett schlug vor, ihn am nächsten Tag zu besuchen – »Sagen wir um zehn Uhr?« – Lockwood war so schockiert, dass er sich nicht mal eine Ausrede ausdenken konnte.

Als er den Hörer auflegte, hatte er wieder das Gefühl einer sonderbaren Enge in seiner Brust. In einem jämmerlichen Zustand erreichte er das Postamt, wo es die Zeitungen gab, und kaufte sich ein Exemplar jeder verfügbaren Ausgabe.

Die Entdeckung des Leichnams war nicht Thema der Schlagzeilen. Zu Hause angekommen breitete er die Zeitungen auf dem Wohnzimmerfußboden aus, um besagten Artikel zu finden. Auf Seite 16 der »Times« fand er unter »Nachrichten in Kürze«, was er suchte:

BEGRABEN IM EWIGEN EIS
Chilenische Wissenschaftler einer Forschungsstation auf der Antarktischen Halbinsel haben die Leiche eines unbekannten Soldaten entdeckt. Wie vermutet wird, soll der Mann ein Mitglied einer streng geheimen Navy-Einheit gewesen sein, die während des 2. Weltkriegs auf der Antarktis im Einsatz war.

Er hoffte, dass andere Berichte mehr darüber brächten, aber er fand nichts Entsprechendes. Er fand keine Angaben darüber, wo genau der Körper gefunden worden war und keinen Hinweis darauf, dass er zerstückelt worden sei – obwohl das, so sagte er sich, unmöglich hätte übersehen werden können. Er rannte herum wie ein Wahnsinniger und sagte sich, er müsse ruhig bleiben. Nach einer Weile stellte er fest, dass er nicht hin und her lief, sondorn im Kreis, immer wieder im Kreis: zwanzig Mal im Uhrzeigersinn, zwanzig Mal dagegen: wie ein Raubtier in seinem Käfig. Mach dich nicht verrückt, sagte er sich, du bist nicht wirklich im *behouden huis*. Er kochte sich eine Kanne Tee, doch dann entschied er, dass das nicht das Richtige war. Er schenkte sich einen Whisky ein, aber der machte die Sache auch nicht besser. Sein Gehirn war plötzlich wie taub. Nach einer wahren Tortur von Seelenqual rang er sich zu der Erkenntnis durch, dass ihm nichts anderes übrig blieb, als auf Commander Burnett zu warten und zu hören, was er sagen würde und spontan darauf zu reagieren.

Es dauerte ziemlich lange, bis er einschlief. Als er dann irgendwann mal wegkippte, träumte er Sachen, die er seit Benbecula nicht mehr geträumt hatte.

Am nächsten Morgen um Punkt 10 Uhr hielt der Dienstwagen vor Lockwoods Haus. Als Burnett ausstieg, dachte er, er würde ihn wiedererkennen. Aber dann merkte er, dass es nur die Art war, die ihm bekannt vorkam, nicht der Mann selbst. Burnett sah so aus, sprach auf die gleiche Weise und dachte vermutlich das Gleiche wie die vielen Royal Navy-Offiziere, die bereits vor langer Zeit vermutet hatten, dass auf der Antarktis mehr geschehen sei, als er zugegeben hatte. Burnett dankte Lockwood sehr höflich, dass er ihn so rasch empfangen habe und kam geradewegs auf die Sache zu sprechen.

»Was sagen Sie zu diesem Zeitungsbericht?«

»Steht nicht viel drin, oder?«

Sie saßen in Lockwoods Wohnzimmer und schauten hinaus auf die See. Die Szene war friedlich. Porthallow liegt in einer windgeschützten Bucht; auf dem Wasser war kaum eine Welle zu sehen. Nur ein paar Schaumflecken trieben unterhalb der Klippen in Richtung Manacles. Aber die Dinge sind nicht immer so harmlos, wie sie aussehen. Die Schaumflecken entstanden in einer Strömung, die seewärts trieb, um sich zwischen den schroffen Felsen der Manacles zu verlieren. Dort aber trafen Wind, Wellen und Stömung aufeinander und vereinigten sich zu einem Mahlstrom, der die See zum Kochen brachte. So erging es auch mit ihrem Gespräch: freundlich, unverbindlich, an der Oberfläche, bis plötzlich Lockwood, ohne zu wissen, wie es dazu kam, in den Strudel geriet.

Er hatte das Gefühl, dass er Burnetts Fragen, ohne zu viel preiszugeben, einigermaßen beantwortete, als dem Commander plötzlich der Kragen platzte. »Ich glaube nicht, dass Sie sich Ihrer Position bewusst sind.«

Er war sich nicht sicher, was er darauf antworten sollte, also sagte er nichts.

Der Commander zerstampfte wütend seine Zigarette im Aschenbecher. »Sich hinstellen und sagen: ›Ich kann mich nicht erinnern‹ ist nicht mehr! Nicht, nachdem wir die Leiche gefunden haben – was für eine interessante Geschichte haben sie uns doch erzählt! Ich habe eine gute Nachricht für Sie. Wir sind nicht daran interessiert zu erfahren, was mit Ihrem Commanding Officer geschah. Das wollen wir gar nicht wissen. Woran wir interessiert sind, ist das Uran. So. Und jetzt nach all diesen Jahren werden Sie uns bitteschön sagen, wo Sie es gefunden haben?«

Lockwoods Nerven lagen blank. Der schlimmste seiner Albträume fing an, sich zu bewahrheiten. Die Geheimnisse, die er 50 Jahre lang bewahrt hatte, wurden ihm öffentlich ins Gesicht geschleudert. Der Commander sagte etwas.

»Wollen Sie mir mal zuhören, Mr. Lockwood?«

»Ich kann mich nicht erinnern«, sagte er.

»Lassen Sie mich die Geschichte erzählen, wie wir sie sehen … In den 30er Jahren sandte das Colonial Office ein Geologenteam auf die Antarktische Halbinsel, um sie zu vermessen. Ich hoffe, Sie haben das begriffen. Wir sprechen von einer britischen Vermessung, von britischen Geologen auf Britischem Territorium, unterstützt von der britischen Regierung. Diese Geologen fanden Spuren von Uran. Zu dieser Zeit bedeutete das nicht viel. Doch während des Kriegs gewann Uran erheblich an Bedeutung. Also wurde auf Churchills Befehl hin ein Sonderkommando der Navy dort hingeschickt, um danach zu suchen. Haben Sie das begriffen? Wir sprechen von einer offiziellen Kriegsmission, die von höchster Stelle angeordnet war. Sie wissen, was aus dieser Mission geworden ist – wir können darüber nur Vermutungen anstellen. Wenn es keine Überlebenden gegeben hätte, hätte die Admiralität die Angelegenheit vermutlich fallen gelassen, und das wäre es dann gewesen. Aber als sie hörten, dass jemand überlebte, sagten sie: ›Gut, wir werden ihn dazu bringen, uns zu sagen, was passiert ist.‹ Aber Sie haben nichts gesagt, nicht wahr? Man hat Sie immer wieder gefragt, und Sie haben behauptet, Sie hätten Ihr Gedächtnis verloren. Ich frage mich, warum?«

»Ich kann mich nicht erinnern«, murmelte er.

Burnett schaute ihn skeptisch an. In seinen Augen gab es kaum eine Entschuldigung für das, was Lockwood im Krieg getan zu haben schien, aber jetzt tat er ihm offensichtlich doch Leid. »Es reicht einfach nicht mehr zu sagen, Sie könnten sich nicht erinnern. Jetzt, wo wir die Leiche haben.«

Lockwood starrte aus dem Fenster. Die Flut läuft ab, dachte er, die Boote drehen sich um ihre Anker. »Ich kann mich nicht erinnern«, sagte er.

»Vielleicht kann ich Ihr Gedächtnis auffrischen«, begann der Commander aufs Neue, »wenn ich Ihnen erzähle, dass sich auf dem Körper eine Nachricht befand.«

Lockwood starrte ihn offen an.

Burnett sprach wie zu einem unaufmerksamen Kind, buchstabierte es ihm beinahe vor: »Der Obermaat hielt sein Tagebuch in seinen Händen. Als ob er wollte, dass es jeder läse.«

Es dauerte einige Sekunden, bevor Lockwood begriff, was er da eben gehört hatte.

50 Jahre lang war es sein Albtraum gewesen, dass die abgenagten Gebeine seines Commanding Officers zu Tage gefördert würden. Als er las, dass ein Körper gefunden worden war, war er sicher, es sei der von Ede. Aber dem war offensichtlich nicht so. Es war Ramsdens. Plötzlich ging ihm alles viel zu schnell. Er bedeckte sein Gesicht mit den Händen, schaukelte sich hin und her wie ein kleines, hilfloses Kind und hörte eine Stimme, die er nicht als die seine erkannte, immer und immer wieder sagen: »Ich kann mich nicht erinnern.«

Das Gespräch an diesem Morgen dauerte noch über eine Stunde. Lockwood konnte sich, so lange er lebte, niemals mehr klar daran erinnern, was gesagt wurde, denn es war ihm an diesem Tag nicht möglich gewesen, zusammenhängend zu denken. Geschweige denn, zusammenhängende Antworten zu geben. Zum Schluss sah Burnett ein, dass es mehr als nur einen Klaps brauchte, um herauszubekommen, was er wissen wollte. Seine Worte vorsichtig wählend schlug er eine Vertagung vor.

Darauf einigten sie sich: Lockwood bekam 48 Stunden Zeit, um über die Sache nachzudenken, dann würden sie sich wieder – wie der Commander so nett meinte – auf ein neues Schwätzchen treffen.

Wie sehr hätte Lockwood jetzt einen Freund gebraucht, an den er sich anlehnen konnte, aber er hatte eben dieses verdammte Problem, dasselbe wie in der Krankenstation auf der »Scoresby«, dasselbe wie in der Praxis von Hugh Dempster und auf der Vogelinsel Benbecula. Wenn er ein Geheimnis preisgab, dann würden es immer mehr, und zum Schluss würde er alles sagen. Das war der wunde Punkt. Zu Recht oder Unrecht: Vor 50 Jahren hatte er sich entschlossen, nicht zuzugeben, Ede aufgegessen zu haben; und er war entschlossen, es auch jetzt nicht zu tun. Er sagte sich: Wenn ich schon nicht in der Lage bin, mit meinen Freunden aufrichtig zu sein, und ihnen reinen Wein einschenke, sollte ich sie in die Sache überhaupt nicht einbeziehen. Also setzte er sich wieder mal allein hin, und begann, eine Strategie auszuarbeiten.

Er machte sich Notizen. Am Ende des Abends hatte er einen ganzen Rechenblock voll geschrieben, sein Papierkorb quoll über. Was zum Schluss übrig blieb, waren zwei Fragen und zwei Entscheidungen.

Die Fragen lauteten:

1. Was genau hat Ramsden in sein Tagebuch geschrieben?
2. Was wollte die Admiralität von ihm, und weshalb?

Seine Entscheidungen lauteten:

1. Er würde niemals seinen Kannibalismus gestehen.
2. Er würde niemals die Fundstelle des Urans angeben.

48 Stunden später machte Burnett es sich wieder in Lockwoods Wohnzimmer bequem, lobte den Ausblick über Porthallow; Lockwood stellte seine erste Frage.

Der Commander hatte das vorausgesehen. Er öffnete seine Mappe und nahm daraus sechs eng beschriebene DIN A4-Seiten hervor. »Das sind die Auszüge aus dem Tagebuch, die Sie besonders interessieren dürften«, sagte er. »Aus ihnen geht hervor, dass, als Ramsden in die Gletscherspalte fiel, Ihr Commanding Officer noch sehr lebendig war – Sie sagen, er sei bereits tot gewesen. Und sie beweisen, dass Sie Uran gefunden haben und Proben davon bei sich hatten – Sie sagen, Sie wüssten nichts davon.«

Er schaute auf die tadellos getippten Seiten. »Woher soll ich wissen, dass dies authentisch ist?«

Das war ein Fehler; er tat ihm bereits Leid, noch während er die Worte sprach.

»Mr. Lockwood!« In Burnetts Stimme lag Verachtung und Wut. »Sie spielen uns hier etwas vor. Sie erzählen Lügen, nicht die Admiralität. Wenn Sie darauf bestehen, können wir Ihnen das Original-Tagebuch zeigen. Es ist mit dem Flugzeug nach England gebracht worden. Im Falle einer Gerichtsverhandlung wird es uns als Beweisstück dienen.«

Eine Gerichtsverhandlung. Der absolute Albtraum. Um auch nur den kleinsten Gedanken daran abzublocken, wandte er sich Ramsdens Tagebuch zu. Als er es las, kehrte er in die Vergangenheit zurück; lag zusammen mit den anderen eingepfercht im Zelt und legte Ramsden nahe, keinen Hinweis auf den Fundort des Urans zu geben – »für den Fall, dass das Tagebuch in die falschen Hände gerät«. Die blanke Ironie, dachte er, in wessen Hände das Tagebuch nun gefallen ist. Trotzdem war er dankbar, dass Ramsden – wie immer – seinem Befehl gehorcht hatte. Es waren im Tagebuch eine ganze Menge Hinweise auf die uranhaltigen Brocken vorhanden, aber nirgendwo stand, wo sie herstammten.

Er gab die Seiten zurück. »Danke. Und was wollen Sie nun von mir?«

»Wir wollen wissen, wo Sie das Uran gefunden haben.«

»Wieso? Nach all den Jahren?«

Burnett reagierte gereizt. Als er beauftragt wurde, die Wahrheit über das, was mit dem Spezialkommando geschehen war, herauszubekommen, hatte er sich tagelang im Archiv der Admiralität vergraben. Er war über jedes Wort, das bei Lockwoods Befragungen gesprochen wurde, informiert; auch über die Zweifel der Vorgesetzten über Lockwoods Geschichte. Und wenn er das, was aus den Akten hervorging, mit dem verglich, was in Ramsdens Tagebuch stand, hatte er allen Anlass zu denken, dass Lockwood ein Verräter war. Oder wie sonst sollte man einen aktiven Offizier bezeichnen, der in Kriegszeiten, aus Gründen, die nur ihm bekannt sind, Lügengeschichten über den Tod seines Kommandanten erzählt und seinen Befehlshabern allerwichtigste Informationen über seine Mission verweigert? »Es ist nicht an

Ihnen, hier Fragen zu stellen«, sagte Burnett ruhig. »Ich habe Anweisung, den Fall Ede vollständig aufzuklären, und ich gedenke, diesem Befehl zu gehorchen. Ich hoffe, wir können das von Angesicht zu Angesicht klären. Falls nicht, werde ich ein Gericht bemühen.«

Lockwood schloss die Augen.

Er tat Burnett schon wieder Leid, aber nicht genug, dass dieser seine Pflicht vergaß. »Ich bin beauftragt«, sagte er, »Ihnen einen Kompromiss anzubieten. Sie sagen uns, wo das Uran ist, wir lassen die Affäre Ede fallen.«

Das ist ein Rettungsanker, dachte er, nimm ihn! Aber dann fragte er sich, weshalb man ihm diesen Rettungsanker zuwarf. Ein Verdacht, dem er bisher zu wenig Beachtung geschenkt hatte, begann in ihm Fuß zu fassen. »Warum«, fragte er, »sind Sie so sehr an dem Uran interessiert?«

»Weil es wertvoll ist.«

»Aber nicht so übermäßig wertvoll, heutzutage.«

»Ich vermute, es gibt auch noch einen anderen Grund. Der Fall Ede schwärt seit vielen Jahren in unseren Archiven, wie eine eiternde Wunde. Da wir nun Ramsdens Tagebuch haben, eröffnet sich für uns die Chance, den Dingen auf den Grund zu gehen. Machen Sie die losen Enden fest. Beenden Sie diesen Fall.«

Lockwood war nicht überzeugt. »Wäre es nicht einfacher, schlafende Hunde gar nicht erst zu wecken?«

Burnett war nahe daran, die Geduld zu verlieren. Er musste zugeben, dass Lockwood auf den ersten Blick ein ausgeglichener, ja sogar bemerkenswert freundlicher älterer Herr war. Aber das änderte nichts an der Tatsache, dass er vor 50 Jahren eine Mischung aus Kriegsverbrecher und Verräter war. Nach Ansicht des Commanders musste er dafür zur Verantwortung gezogen werden. »Ich bitte Sie jetzt ein für alle Mal, mir auf eine klare Frage eine klare Antwort zu geben. Wo haben Sie das Uran gefunden?«

Er schloss seine Augen und flüsterte: »Ich kann mich nicht erinnern. Ich kann mich nicht erinnern. Ich kann mich nicht erinnern.«

Burnett legte die maschinegeschriebenen Seiten zurück in seine Aktentasche, stand auf und sagte: »Sie lassen mir keine Wahl. Ich werde ein Gerichtsverfahren beantragen.«

Lockwood wusste, dass er nicht spaßte. »Warten Sie. Ich brauche Zeit, um darüber nachzudenken.«

»Wie viel Zeit?«

»Sagen wir eine Woche.«

»Zu lange.«

»Aber ich habe Dinge zu erledigen, muss mit Leuten sprechen.«

Burnett zögerte. »Gut«, sagte er langsam, »ich rufe Sie heute in einer Woche wieder an. Und bitte«, fast, als ob er sich dafür schämte, was er tat, legte er ihm die Hand auf die Schulter und sagte: »Machen Sie es sich nicht zu schwer.«

☆

Als er gegangen war, starrte Lockwood aus dem Fenster und sah Dinge, die dort nicht waren. Ich weiß, warum sie das Uran haben wollen, dachte er. Wenn sie das Uran finden, haben sie ihr ›größtes Erdölfeld der Welt‹. Oder ihren ›Vulkankrater voller Diamanten‹. Es gibt ihnen die Möglichkeit zu sagen: »Stopp. Das gehört uns. Wir werden es ausbeuten.« Und dann haben sie eine Entschuldigung dafür, den Vertrag nicht zu ratifizieren. Und das wird das Ende der Antarktis als friedlicher Kontinent sein.

Plötzlich wurde ihm bewusst, dass er genau an derselben Stelle stand wie vor 50 Jahren: Er war der Hüter von Geheimnissen, die großen Einfluss auf die Zukunft des Kontinents hatten, den er liebte. Er hatte diese Geheimnisse damals bewahrt, wie, fragte er sich, konnte er sich jetzt anders entscheiden?

Die kommende Woche war – mental, wenn nicht auch physisch – die schwierigste in Lockwoods Leben. Nicht wegen seiner Entscheidung verbrachte er schlaflose Nächte. Das war erledigt. Was er fürchtete, war die unvermeidliche Konsequenz seiner Entscheidung: die Gerichtsverhandlung.

In den vergangenen Jahren hatte es eine Anzahl von Kriegsverbrecher-Prozessen gegeben und seine Gefühle dazu waren immer dieselben gewesen. Die meist hinfälligen alten Männer auf der Anklagebank hatten ihm Leid getan, aber er sagte sich auch, dass es für Gerechtigkeit kein Zeitlimit gab und dass die Angeklagten wohl zu Recht zur Verantwortung gezogen wurden. Er hatte gesehen, wie viel Interesse – aber auch Leidenschaft, Bitterkeit und Hass – manche dieser Prozesse hervorgerufen hatten. Es würde bei ihm nicht viel anders sein, sagte er sich. Er konnte bereits die Schlagzeilen sehen: Kriegsheld des Kannibalismus angeklagt. Der Ankläger würde alles tun, was in seiner Macht stand, ihn zu diskreditieren, um ihn dazu zu bringen, zuzugeben, was sie so dringend erfahren wollten. Ich brauche einen guten Rechtsanwalt dachte er. Aber dann dachte er weiter: Wie konnte er erwarten, dass ihm ein Rechtsanwalt, oder irgendwer sonst in einer Sache helfen würde, wenn er nicht bereit war, ihm die volle Wahrheit zu sagen, inklusive der Wahrheit über seinen Kannibalismus. Vielleicht, dachte er, kann ich mich selbst verteidigen.

Wie sehr hätte er, besonders in dieser Woche, schon wieder einmal jemanden gebraucht, mit dem er hätte sprechen können. Es lag nicht daran, dass er keine Freunde hatte. Von dem Moment an, als die Presseberichte über den ›Mann im Eis‹ herausgekommen waren, hatten ihn Leute, nicht nur Kollegen aus dem »Survey«, sondern Wissenschaftler aus der ganzen Welt, angerufen und ihn gefragt: »Wissen Sie, wer der Mann ist?«, »War er einer Ihrer Kameraden?« Unsicher darüber, wie er seine Freunde abwiegeln sollte ohne unfreundlich zu wirken, griff er auf bewährte Antworten zurück: »Ach wissen Sie, das ist schon so lange her«, sagte er, »ich will das endlich alles vergessen.« Er wusste leider nur zu gut, dass ihm das Vergessen nicht gestattet war. Doch für den Augenblick bewahrte ihn die unklare Antwort vor weiteren Fragen.

Manchmal, nach besonders schwierigen Anrufen, wollte er schon die Flinte ins Korn werfen und Burnett die gewünschten Informationen geben. In der Folge würde er sich damit trösten, dass Uran heutzutage ja wirklich nicht mehr so ungeheuer wichtig ist; dies und die Tatsache, dass es nahe an der Oberfläche lag und es alle Welt erführe, wenn sie es ausbeuteten, würde nicht ausreichen, die Britische Regierung davon abzuhalten, den Vertrag zu ratifizieren. Aber in seinem Hinterkopf hegte er trotzdem Zweifel: Es bestand ein Restrisiko, dass das Uran letztlich doch den Ausschlag dafür gab, den Antarktis-Vertrag nicht zu unterschreiben. Die Idee, die Antarktis für kommerzielle Zwecke zu öffnen, hatte mächtige Fürsprecher.

Was ihn in solchen Augenblicken des Zweifels in seinem Entschluss bekräftigte, waren die Vorstellungen, oder besser gesagt, die Visionen, die ihn vor 50 Jahren so oft verfolgt hatten; jetzt kamen sie in einer Intensität zu ihm zurück, als hätte die Zeit seine Eindrücke eher geschärft als abgeschwächt. Erst blickte er in eine schmale von Eisbergen und schneebedeckten Gebirgen gesäumte Schiffspassage; entlang den Stränden nisteten Hunderttausende von Pinguinen, Robben tummelten sich im Wasser, und die Vögel zogen unter dem leuchtendblauen Himmel ihre Kreise; ihr ohrenbetäubendes Geschrei klang wie eine Lobpreisung, wie eine Ode an das Leben. Und dann änderte sich die Szene: Würgend sah er hinunter auf die Überreste der Baracke seines Spezialkommandos, auf den blutgetränkten Schnee und die Leichen; die einzige Bewegung, die er sah, war das Aufsteigen von Rauch aus verkohlten Trümmern, und über allem hing das entsetzliche Schweigen des Todes.

Was für einen Sinn hat es, noch eine Woche zu warten, dachte er. Ich habe mich entschieden, ich werde meine Meinung nicht ändern. Er rief Burnett an, sagte, dass es ihm Leid täte, aber er könne sich einfach nicht daran erinnern, wo sie das Uran gefunden hätten.

☆

Wenige Tage später rief ihn sein ehemaliger Direktor an. »James, was habe ich da gehört von wegen Gerichtsverhandlung?«

Er hatte gehofft, die Anrufung des Gerichts wäre diskreter erfolgt, aber so war es eben nun mal. »Tja, sie soll in etwa einem Monat stattfinden, wurde mir gesagt.«

»Hat das etwas mit dem Toten im Eis zu tun?«

»Ja.«

Lange Pause, dann: »Ich besuche Sie.«

Lockwood sagte noch: »Das ist aber nicht nötig«, als er merkte, dass der Direktor bereits eingehängt hatte.

Er wollte das nicht, dieses Gespräch würde schwierig werden, denn es gab so viele Dinge, über die er nicht bereit war zu sprechen, nicht mal mit seinem besten Freund. Er wollte einfach auf diese Fragen nicht antworten. Das Zusammentreffen gestaltete sich jedoch weniger unangenehm, als er befürchtet hatte. Der Direktor stellte von Anfang an klar, dass er nicht gekommen war, um ihn auszuhorchen, sondern um ihm zu helfen – »sagen Sie mir so viel oder so wenig, wie Sie wollen«, hatte er vorgeschlagen – und auf dieser Basis war Lockwood froh über seine Gesellschaft. Es dauerte einige Zeit, bevor sie auf die Sache zu sprechen kamen. Erst, als sie an diesem Abend aus dem Pub »Zu den fünf Sardinen« auf die Straße traten, sagte Lockwood sehr sachlich: »Sie brauchen sich keine Sorgen zu machen, was ich dem Gericht erzählen werde.«

»Wenn Sie sich keine Sorgen machen, mache ich mir auch keine.«

»Ich habe mir die Sache sehr wohl überlegt, und ich weiß, was ich tun werde.«

»Und das wäre?«

»Ich werde mich selbst verteidigen. Und schweigen. Ich nehme mein Recht der Aussageverweigerung wahr.«

Der Direktor war einigermaßen verblüfft. »Glauben Sie, dass das eine gute Idee ist?«

»Sie meinen wohl eher nicht!«

»Ich weiß es nicht, James. Juristen können wahre Teufel sein, ein guter macht selbst eine Jungfrau zur Hure. Und«, er zögerte, »wenn Sie nicht antworten, wird das nicht ein schlechtes Licht auf Sie werfen?«

»Vielleicht. Aber das macht nichts.«

Der Direktor beschloss, seine Zweifel für sich zu behalten. Er nahm seinen Freund am Arm, führte ihn um eine Pfütze auf der Straße. »Was auch immer Sie tun – nicht nur ich, sondern auch sämtliche Kolleginnen und Kollegen aus dem Survey werden zu Ihnen halten. Wann immer Sie uns brauchen, stehen wir voll hinter Ihnen.«

Lockwood war gerührter, als er zugeben mochte.

Auch die Bewohner von Porthallow erwiesen sich als Freunde.

Allerdings verbrachte er in den Wochen vor der Verhandlung nicht viel Zeit an seinem Wohnort. Ein Freund stellte ihm im Londoner Stadtteil Lambeth eine Wohnung zur Verfügung, von wo aus er bequem Einsicht in die Archive der Admiralität nehmen konnte. Dies stand ihm, da er sein eigener Verteidiger war, rechtlich zu. Obwohl er beschlossen hatte, während des Prozesses zu schweigen, wollte er doch wissen, was auf ihn zukommen würde.

Lockwood war erstaunt, wie umfangreich die Ede-Akten waren. Sie nahmen fast ein ganzes Regalfach im Archivraum 102, wo Dokumente mit dem Vermerk »Streng geheim« unter größtmöglicher Sicherheit verwahrt wurden, ein. Als er die vergilbten Dokumente, Tabellencodes, Befehle und Anforderungen durchblätterte, sah er sich wieder in jene Zeit zurückversetzt und fühlte dieselbe entsetzliche Einsamkeit: allein im ewigen Eis mit der Aurora und dem Geschrei der Seevögel; auf einmal glaubte er, die Vergangenheit sei für ihn wichtiger als die Gegenwart.

Für eine kurze Zeit wurde er zum regelmäßigen Besucher des Raums 102; während er sich durch die Akten arbeitete, gelang es ihm, sich das eine oder andere zusammenzureimen. Wie oft hatte er sich gefragt, weshalb die Navy – da Uran in jenen Tagen doch so enorm wichtig war – bei ihren ersten Befragungen in England nicht mehr Druck auf ihn ausgeübt hatte. Jetzt wurde ihm klar, dass er damals einen mächtigen Beschützer hatte. *Bezüglich Lt. James Lockwood RNVR*, hatte Hugh Dempster geschrieben, *bin ich eindeutig der Meinung, dass seine Amnesie real ist. Er ist nicht in der Lage, über seine Erlebnisse in der Antarktis Auskunft zu geben. Ob ihm dies zu einem späteren Zeitpunkt möglich sein wird, muss sich erweisen.* Und im Nachsatz hatte er geschrieben: *In Anbetracht der Tatsache, dass die Britischen Streitkräfte den gegenwärtigen Krieg erklärtermaßen zur Wiederherstellung der Menschenrechte in Europa führen, würde ein Kriegsgerichtsprozess gegen Lt. Lockwood mit Sicherheit zu einer Schädigung des Ansehens der Royal Navy in der Öffentlickeit führen.* Jetzt merkte er erst, wie viel er dem Psychiater zu verdanken hatte. Gott sei Dank, dachte er, habe ich seine Weihnachtskarte beantwortet.

Er konnte auch noch ein anderes Problem lösen. Lockwood war immer erstaunt darüber gewesen, dass es nach dem Krieg offensichtlich keinen weiteren Versuch gegeben hatte, das Uran zu finden. Jetzt stellte sich heraus, dass es sehr wohl einen weiteren Versuch gegeben hatte – der allerdings fehlschlug (nur sehr wenige Menschen waren damals in die Sache eingeweiht worden). Alles, was also bekannt war, war die Tatsache, dass die Original-Expedition in den 30er Jahren Spuren von Uran relativ nah an der Oberfläche gefunden hatte. Die Nachkriegsexpedition führte daher Messungen nur bis zu einer Tiefe von 15 Metern durch. Doch 15 Meter waren nicht mehr tief genug. Auf Grund des Erdbebens, das auch Lockwoods *behouden huis* zerstört hatte, war der Eisfall in dem Gletschertal, in dem sein Geigerzähler verrückt gespielt hatte, zusammengebrochen. Das Uran lag nun nicht mehr nahe der Oberfläche, sondern war unter 60 Meter hohem Gletschereis vergraben.

Er war froh, diese Punkte geklärt zu haben. Was ihn weniger erfreute, war, dass es in den Akten Hinweise auf Personen in der Admiralität gab, die Lockwood von Anfang an nicht nur des Kannibalismus, sondern auch des Mordes verdächtigt hatten. Er konnte ihre Denkweise haargenau nachvollziehen … Drei Mitglieder des Ede-Sonderkommandos haben den Überfall auf das Lager überlebt, doch nur einer – mit extrem wenigen Lebensmitteln – übersteht den Winter. Der einzig Überlebende ist nicht in der Lage (oder besser gesagt nicht gewillt), anzugeben, was mit den anderen passiert ist oder wo sich ihre Körper befinden. Also hat er sie möglicherweise aufgegessen. Oder sie getötet und aufgegessen. Das würde seine Bemühungen erklären, vorzugeben, er hätte sein Gedächtnis verloren. Es würde ebenfalls erklären, weshalb er so unwillig war, über bestimmte Vorkommnisse in der Antarktis zu sprechen. Die Tatsache, dass man Ramsdens Körper gefunden hat, vermochte ihn von einem Vorwurf freizusprechen, ihn in den anderen jedoch umso mehr zu verstricken. Nun wussten sie, dass er den Obermaat nicht gegessen hatte, seinen Commanding Officer mit größter Wahrscheinlichkeit jedoch schon. Weshalb sonst würde er behaupten, jener sei tot gewesen, als er noch lebte?

Lockwood realisierte, dass das Gericht einen großen Erklärungsbedarf haben würde. Und wenn er seine Aussage verweigerte, würde es nur eine einzige Schlussfolgerung geben.

Du kannst dir all das ersparen, flüsterte eine Stimme. Sag ihnen, wo das Uran liegt.

☆

Eine Woche, bevor die erste Verhandlung angesetzt war, kehrte Lockwood nach Porthallow zurück. Er wollte Ruhe finden vor dem Sturm.

Es war keine einfache Woche. Ein paar Mal rief der Direktor an und sprach mit ihm über den Antarktis-Vertrag. »Verdammte Politiker«, schimpfte er frustriert – was für ihn untypisch war, »sie wollen immer noch nicht ratifizieren. Als ob sie, weiß der Himmel auf was warten würden.« Lockwood konnte sich ziemlich genau vorstellen, worauf sie warteten. Wie um seinen Verdacht zu bestätigen, rief Burnett am nächsten Tag an. »Mr. Lockwod, würden Sie mir bitte einen Moment zuhören?«

»Selbstverständlich.«

»Ich möchte einen letzten Versuch unternehmen, Sie umzustimmen.«

»Tut mir Leid, ich habe mich entschieden.«

Länger als eine halbe Stunde telefonierte der Commander mit Lockwood und wandte dabei das altbewährte Mittel Zuckerbrot-und-Peitsche an. Er ließ ihn wissen, falls er kooperierte und ihnen sagen würde, wo das Uran sei, würde das Gericht die Anklagepunkte Kannibalismus und Mord fallen lassen. Täte er das nicht, würde man ihn kreuzigen.

Nun riss Lockwood die Geduld. »Ich kann mich nicht erinnern!«, brüllte er, »ich kann mich nicht erinnern, ich kann mich nicht erinnern, ich kann mich nicht erinnern.« Selbst als er den Hörer längst schon auf die Gabel geknallt hatte, schrie er immer noch: »Ich kann mich nicht erinnern!«

Er fühlte sich schrecklich einsam an diesem Tag. Er hatte niemanden, mit dem er all seine Geheimnisse teilen konnte, niemanden, mit dem er völlig offen reden konnte, niemanden, dem er etwas über seinen Kannibalismus und den Fundort des Urans erzählen konnte. Niemals, sagte er sich, hatte ihm jemand nahe genug gestanden, dass er ihm seine Geheimnisse anvertrauen konnte.

Am Abend, als er Musik im Radio hörte, kam ihm die Idee. Erst sagte er sich, der Einfall sei lächerlich, ja geradezu grotesk. Dann aber nagte der Gedanke an ihm, und in der Nacht träumte er von Dingen, an die er das letzte Mal auf Benbecula gedacht hatte.

Am Morgen, als er aufwachte, war eine fixe Idee daraus geworden. Er wählte die Telefonauskunft, und als er schließlich die gewünschte Nummer und den Namen hatte, rief er dort an und sagte: »Ich möchte den Versuch unternehmen, jemanden ausfindig zu machen, mit dem ich im Krieg zusammen gedient habe ...«

Die Chancen standen nicht allzu gut; als er zwei Tage danach eine überprüfte und bestätigte Adresse erhielt, konnte er sein Glück kaum fassen. Er war so überrascht, dass er plötzlich nicht mehr wusste, was er mit der Adresse anfangen sollte. Am Ende entschloss er sich, einen Brief zu schreiben.

Mit Sicherheit war dies der schwierigste Brief, den er je geschrieben hatte. Am Anfang spielte er die Dinge noch herab, wie um sie nicht zu überfordern. Andererseits wusste er, dass Herunterspielen nicht der Zweck der Übung war. Am Ende erzählte er ihr alles.

Als der Brief beendet war, wurde er sich eines überraschenden Gefühls bewusst: Er fühlte Frieden. Er kam sich vor wie Atlas, dem die Last der Welt von den Schultern genommen worden war, er hatte sich einer fast körperlichen Bürde entledigt.

Während er schrieb, hatte er entfernt wahrgenommen, dass es draußen stürmte und regnete. Als er jetzt aus seinem Wohnzimmerfenster sah, hatte der Regen aufgehört, der Himmel hatte sich geklärt und war übersät mit Sternen und dem Licht des Mondes. Der Sturm war einem kräftigen Wind gewichen.

Er war müde, andererseits aber zu erregt und irgendwie auch zu glücklich, um einschlafen zu können. Er hatte Lust auf einen Spaziergang.

Seine Hündin konnte es kaum fassen. Als er um 1.00 Uhr nachts seine Stiefel anzog, rollte sie sich auf den Rücken, begann an seinen Schnürsenkeln zu zerren. Als er die Tür öffnete, passierte etwas Merkwürdiges. Sie wollte nicht mitkommen. Als ob sie Angst hätte, kroch sie ins Haus zurück und legte sich auf ihre Decke. Komisch, dachte er sich, als er den Klippenpfad hinaufging, das hat sie noch nie getan.

☆

Es war eine wunderbare Nacht zum Spazierengehen. Er beschloss, dem Klippenpfad bis hinauf auf das Rumpfland zu folgen und einen Blick auf die Manacles zu werfen. Das Riff bot nach einem Sturm immer einen herrlichen Ausblick. Es dauerte eine Stunde, bis er zu dem Punkt kam, von wo er auf die Manacles hinabschauen konnte. Die Aussicht war in der Tat fantastisch. Riesige Wellen stürzten sich wie ein Wasserfall aus Milch über die Felsen, strömten wieder zurück und ließen die Klippen wie von Phosphor glänzend im Mondlicht stehen. Es herrschte ein solches Getöse, dass er sich sicher war, dort unten würde nichts überleben. Nur wenige Schritte, dachte er, und es gäbe keine Probleme, keine Qualen mehr. Er setzte sich nahe an den Rand der Klippen.

Die Szene erinnerte ihn an die Antarktis: hell glänzend und makellos. Er schloss die Augen und fuhr hinein in den Kanal mit den sich tummelnden Robben, den kreischenden Pinguinen und den ewig kreisenden Meeresvögeln. Er wartete darauf, dass sich das Bild änderte, aber dieses Mal blieb er von der Apokalypse verschont; dieses Mal blieben seine Freunde der Wildnis bei ihm. Er wusste nicht weshalb und wollte es auch gar nicht ergründen. Es genügte ihm, dass sie da waren und er mit ihnen und er seinen Frieden hatte.

Wenn es ihn nicht gefroren hätte, wäre er bis zum Sonnenaufgang dort sitzen geblieben. Er stand auf, verspürte ein trockenes Gefühl in seinem Mund, sein Atem ging kurz. Ich habe es übertrieben, sagte er sich, ich gehe besser ins Bett. Auf dem halben Weg nach Hause fiel ihm seine Hündin wieder ein. Komisch, sagte er sich, wie sie plötzlich Angst gehabt zu haben schien und ihn nicht begleiten wollte; er hoffte, sie würde nicht krank werden. In Gedanken versunken achtete er nicht auf den Weg.

Die Möwen schliefen am Rand des Pfades, einmal trat er fast auf sie, da stoben sie flügelschlagend davon.

Er schreckte zurück, fuhr zusammen, Schmerz zuckte durch seine Brust, und Möwen, Klippen, Meer und Himmel flossen ineinander zu einem riesigen weißen Netz, in das er fiel, fiel, fiel, und das Netz verwandelte sich auf eine ihm unverständliche Art in die Schneeflächen der Antarktis; er streckte die Arme danach aus und fiel in sie hinein und durch sie hindurch zu einem Ort, der irgendwo dahinter lag.

Bewusstlos, mit dem Gesicht nach unten, lag er auf dem Pfad, und noch bevor die Möwen ihren Kreis beendet hatten und zu ihren Nestern zurückkehrten, war er tot.

Der Wanderer ist heimgekehrt

Der durch eine gemeinsame Willenserklärung auf unbe-
stimmte Zeit ausgeweitete Antarktis-Vertrag wurde am 2.
Oktober 1991 in Madrid unterschrieben. Eine der letzten
Nationen, die unterzeichneten, war Großbritannien. Als
neue Klausel wurde ein 50 Jahre währendes Moratorium in
Bezug auf Bergbau in das Vertragswerk eingeführt.

☆

Kurz nachdem der Vertrag ratifiziert war, lief das For-
schungsschiff der »British Antarctic Survey«, die »RRS
Bransfield« zur Antarktis aus. Neben ihrer üblichen Anzahl
an Wissenschaftlern, und der üblichen Menge an Ausrüs-
tungsgegenständen und Lebensmitteln hatte sie, auf Anweisung ihres Direktors, noch eine andere Fracht an Bord ...

Etwa eine Woche nach Lockwoods Tod hatte die Sekretärin des Direktors einen Anruf entgegengenommen, mit dem
sie nicht so recht umzugehen wusste. »Eine gewisse Mrs.
Jean Martin möchte Sie sprechen. Sie sagt, es sei privat.«

Der Name sagte ihm nichts, aber er bat seine Sekretärin
trotzdem, die Anruferin durchzustellen.

Der Direktor und Jean Martin telefonierten eine ganze
Weile miteinander und das Ergebnis war, dass ihn Jean am
nächsten Tag im Hauptquartier in Cambridge besuchte. Die
Zeit war gnädig mit ihr umgegangen. Sie hatte immer noch
Sommersprossen, sie war immer noch scheu, aber auch

ebenso direkt wie früher. »Sehr freundlich von Ihnen, mich zu empfangen.«

»Ich freue mich, Sie kennen zu lernen. Ein Freund von James ist stets auch ein Freund von mir.« Er deutete auf einen Sessel. »Haben Sie den Brief mitgebracht?«

Sie nahm ein großes braunes Kuvert aus ihrer Tasche. »Ich habe Sie gewarnt, es sind 15 Seiten.«

»Kein Problem. Aber sind Sie wirklich sicher, dass ich ihn lesen sollte?«

»Ich bitte Sie darum – er ist nicht persönlich. Zumindest nicht auf die übliche Weise. Ich glaube nicht, dass er Sie aus der Fassung bringen wird.«

Er lächelte. »So habe ich es nicht gemeint, Mrs. Martin. Was ich meine, ist, dass James Ihnen offenbar Dinge erzählt hat, die er mir nicht erzählte. Sind Sie sicher, dass ich diese Dinge erfahren soll?«

Sie nickte.

Also las er den Brief.

Als er damit zu Ende war, ging er zum Fenster, schaute innerlich völlig aufgewühlt auf die schlanken, grauen Baumwipfel, die breiten Felder, und dachte an die Zeiten, als er mit James Lockwood hier zusammen diesen Ausblick genoss. »Er war ein guter Mensch«, sagte er schließlich. »Was möchten Sie, dass mit dem Brief geschehen soll?«

»Ich hatte gehofft«, antwortete sie, »dass Sie ihn behalten würden. Als ein Dokument, in Ihrem Archiv oder so?«

»Sie möchten nicht, dass er veröffentlicht wird?«

Sie schüttelte den Kopf. »Wenn er gewollt hätte, dass er veröffentlicht wird, hätte er ihn nicht an mich adressiert.«

»Und Sie wollen ihn nicht behalten?«

»Nein.« Sie sah die Überraschung in seinem Gesicht und sagte ruhig: »Ich habe Mann und Kinder, und Enkelkinder. Sie sind mein Leben, ich bin glücklich. Einen Geist aus der Vergangenheit kann ich nicht gebrauchen. Aber ich möchte, dass sein Brief in guten Händen liegt. Und dass er niemals verloren geht.«

»Niemals ist eine lange Zeit. Aber ich gebe Ihnen mein Wort: Wir fühlen uns sehr geehrt, ihn in unserem Archiv aufzubewahren.«

Sie dankte ihm von ganzem Herzen, und er dachte, die Angelegenheit sei nun zu Ende. Aber nach einem kurzen Zögern sagte sie ganz unerwartet: »Ich hoffe, es macht Ihnen nichts aus, wenn ich frage: Wo wird er beerdigt werden?«

Über diese Frage hatte er bereits nachgedacht. »Nun, da er keine nahen Verwandten hatte, wissen Sie, bin ich sein Testamentsvollstrecker. Ich werde vermutlich entscheiden müssen … ich dachte an Porthallow. Er liebte es.«

»Noch mehr liebte er die Antarktis.«

Der Direktor war schockiert. »Sie wollen mir nicht im Ernst vorschlagen, dass er dort beerdigt werden soll!«

»Nun, ich hatte die Absicht.«

»Ich fürchte, das steht nicht zur Debatte.«

Er erwartete von ihr, dass sie die Idee fallen ließ, aber sie tat es nicht. »Ich weiß«, sagte sie, »es wird teuer. Aber wenn es möglich ist, mein Mann und ich meinten, wir könnten uns das leisten.«

»Ganz sicher würde das sehr teuer werden, aber das ist nicht das wirkliche Problem.« Er erklärte ihr anhand einiger Details, dass alles, was auf die Antarktis gebracht wird, genauestens von Wissenschaftlern untersucht und kontrolliert wird; und wie gewissenhaft Wissenschaftler vorgehen, um sicherzustellen, dass der Kontinent unverschmutzt bleibt. »Wie Sie sehen, kann dort nichts begraben werden. Selbst die Exkremente der Wissenschaftler und ihr Urin müssen gesammelt und von dort wieder fortgeschafft werden!«

Er hoffte, sie würde zur Kenntnis nehmen, dass dies unmöglich war und den Gedanken aufgeben, doch sie sah ihn nur mit festem Blick an und sagte: »Ich dachte mir schon, dass es Schwierigkeiten geben würde, aber es muss einfach geschehen.«

»Mrs. Martin, können Sie mir einen vernünftigen Grund sagen, weshalb er in der Antarktis beerdigt werden muss?«

»Weil es das ist, was er immer wollte«, antwortete sie.

Wieder stand er auf und ging zum Fenster. Sie hat Recht, dachte er. »Ich fürchte«, sagte er, »Sie verlangen etwas Unmögliches. Aber ich will sehen, was ich tun kann.«

Sie rang ihm kein Versprechen ab, sie stand einfach nur auf und reichte ihm die Hand. »Danke Sir, für alles.« Sie hielt einen Augenblick inne, dann fügte sie scheu hinzu: »Es war nie einfach, ihm zu helfen, als er noch lebte, nicht wahr? Vielleicht haben wir jetzt, da er tot ist, mehr Glück?«

Die meisten Menschen denken, dass die Spitze der Antarktischen Halbinsel kalt, nass und windig ist. Eine der gottverlassensten Gegenden der Erde. Doch für zehn Millionen Pinguine, Robben und Seevögel ist sie der Ort, wo sie gezeugt und wo sie großgezogen wurden, und wohin sie immer wieder zurückkehren werden. Nicht gottverlassen, sondern gottgegeben. Deshalb passt es vielleicht, dass Menschen niemals ihr Auge auf Lockwoods Grab senken werden. Nur seine Freunde, die Tiere der Antarktis, sehen ganz in der Nähe, wo das *behouden huis* einmal stand, den Felsen aus Granit, auf dem geschrieben steht:

JAMES CALDER LOCKWOOD
1920–1991
Ein Verehrer der Antarktis

Hier liegt er, wo er immer wollte sein;
Der müde Wanderer fand heim,
Er ist zurückgekehrt über die See.

MINETTE WALTERS

»Dieser mit stilistischer Bravour
geschriebene literarische Krimi
sollte am besten in einem Rutsch
verschlungen werden!«
Der Spiegel

42462

GOLDMANN

ANNA SALTER

Mitreißende, psychologisch perfekte Spannungsromane
für alle Leser von Patricia Cornwell, Minette Walters
und Elizabeth George

43859

44282

GOLDMANN

ANN BENSON

Die Archäologin Janie Crowe findet bei ihren
Nachforschungen über Alejandro Chances
ein ungewöhnliches Tuch aus dem
Mittelalter. Sie ahnt dabei nicht, daß ihre
Entdeckung eine tödliche Bedrohung
für die Menschheit birgt ...

44077

GOLDMANN

BILL BRYSON

Humorvoll, selbstironisch und mit
einem scharfen Blick für die Marotten von
Menschen und Bären!

»Bill Bryson ist ein Naturwunder!«
Sunday Times

44395

GOLDMANN

GOLDMANN